魔剣天翔

森 博嗣

KODANSHA NOVELS
講談社ノベルス

ブックデザイン＝熊谷博人
カバーデザイン＝辰巳四郎

目次

COCKPIT ON KNIFE EDGE

by

MORI Hiroshi

2000

登場人物

関根《せきね》　朔太《さくた》……画家

関根《せきね》　杏奈《あんな》……パイロット

西崎《にしざき》　勇輝《ゆうき》……パイロット、チームリーダ

西崎《にしざき》　翔平《しょうへい》……パイロット、勇輝の息子

倉田《くらた》　芳正《よしまさ》……ベテランパイロット

布施《ふせ》　健《たけし》……見習いパイロット

赤池《あかいけ》　透《とおる》……チームマネージャ

柴山《しばやま》　安彦《やすひこ》……整備長

河井《かわい》　佑之《ひろゆき》……整備士

太田《おおた》　玲華《れいか》……勇輝の愛人

牧浦《まきうら》　宗之《むねゆき》……カメラマン

各務《かがみ》　亜樹良《あきら》……ジャーナリスト

斉藤《さいとう》　静子《しずこ》……亜樹良のアシスタント

祖父江《そぶえ》　七夏《ななか》……愛知県警刑事

林《はやし》……愛知県警刑事

立松《たてまつ》……愛知県警刑事

朝倉《あさくら》……愛知県警刑事

保呂草《ほろくさ》　潤平《じゅんぺい》……探偵、便利屋

小鳥遊《たかなし》　練無《ねりな》……大学生

香具山《かぐやま》　紫子《むらさきこ》……大学生

森川《もりかわ》　素直《もとなお》……大学生

瀬在丸《せざいまる》　紅子《べにこ》……自称科学者

——あなたは牝山羊《めやぎ》のようにサラダを食べる、あなたは豚のように豚を食べる、羞恥心《しゆうちしん》のないあなたの女たちは人間に顔をさらす、自分は何度も見た、と、こう言うのです。あなたはけっしてお祈りをされない、と、こう言うのです。あなたの飛行機も、無線も、ボナフも、何の役に立つか、もしあなたが真理を所有しなかったら？　とこう言うのです。

(TERRE DES HOMMES／Antoine de Saint-Exupéry)

プロローグ

唐突《とうとつ》な話で恐縮だが、「飛行機が美しい」と口にした場合、それは具体的にどういった意味なのかというと、その機体が力学的に優れた設計で飛行性能にも目を見張るものがある、などと客観的かつ冷静な評価を下していると本人がたとえ信じていても、実のところ、ある特定の女性が美しいと口にする（さらには、口にできなくてもそう確信している）場合と、いささかの違いもない。すなわち、それは、飛行機の表面をなす曲面の形状が美しいという、ただそれだけの単純な意味であって、それ以外のいかなる蘊蓄《うんちく》も、はるか射程外の後方からの音だけの援護射撃と同類のものとみなして良いだろう。

　さらに、その機体の表面にどれほど華やかなペインティングが施されていようが、あるいは、ノーズ・アートと呼ばれるマーキングがいかにセクシィだろうと、大勢《たいせい》に影響することはありえない。不思議な類似であるが、表面の平滑《へいかつ》度や色彩に関する仕上がりに関しては、女性についてもほぼ同じ傾向が存在する。つまり、支配的ではない。

　逆にいえば、そういった非支配的な対象に目を奪われるようでは、評価者として失格である。宝石は磨《みが》けば光り輝く。だが、磨いたからといって本質に変化はない。真にそれを愛する者にとっては価値は変わらないのである。むしろ、磨かれる以前の方が、未知の可能性に輝いてさえ見える。

　さて、では形の美しさとは、どのような理由を含んでいるのか。それに魅力を感じる動機は何か。

　飛行機であれば、力学的な意図を除いた場合、その形状に価値を見出す行為は、はたしてどんな感情によるものなのか。

不謹慎ではあるが、これも、女性を思い浮かべてみると、いくらか納得に接近することが可能かもしれない。ただし、言語表現に依存した理解とその伝達にはまだまだ非常な困難が伴うだろう。そもそも、そんな理解や伝達にどれほどの意味があるのか疑わしいし、アルコールとニコチンの香りに溶け込んだ一夜の僅《わず》かな一瞬に垣間見《かいまみ》える幻想の類《たぐい》、と諦《あきら》めるのが適当かもしれない。しかし、人生に価値があると、まず立証しなければ話はさきへ進まないのである。

もう一度、飛行機に話を戻そう。

飛んでいる姿が美しい、と言う人も多い。しかし、鳥とは違い、飛行機の場合は、地上に下りているときに翼《つばさ》を折り畳んでいるわけではない（それに近いことができる機体も一部に存在する。確かに、飛行中に比較すれば大変見苦しい形状となる）。したがって、飛んでいるときも、飛んでいないときも、通常、飛行機の形は同一である。ランディング・ギアと呼ばれる接地用のタイヤが、空気抵抗を軽減する目的から飛行中には機内に収納されていることが多く、これが唯一の僅かな例外であって、他には飛行中と着地時の形状に差は見られない。

もしかすると、飛んでいる姿が美しいと感じるのは、バックに大空があるためであろうか。

何故美しいのか、という問に、私の友人の飛行士たちは答える。

美しいからこそ、飛ぶのだ。

あるいは、美しいから命を預けられる、と。

元来、「美しい」という形容は、無駄なものを排除した「洗練」を示すことが多いようだ。どことなく、シンプルな対象が思い浮かぶ。「綺麗な」という形容とは、その点が異なるものと私は感じる。研《と》ぎ澄まされた刃先にも似た緊張感が「美」の中には存在する。そんな気がするのである。

だから、私にとって美しいというイメージは、何らかの目的（面積のない点のような存在である）を目指し、そこへ収斂《しゅうれん》する優雅な曲線群である。有限を無へ結ぶことは、無限を有限に返す幻想を見せる。そして、目的を成し遂げるためには不必要な部分を潔《いさぎよ》く切り捨てる。「美」には、そんな冷たく固い意志が感じられなければならない。的確に目標を捉える尖鋭《せんえい》さ、危うさにこそ、私たちは畏《おそ》れ、そして憧《あこが》れる。

もちろんこれは、私の定義だ。

美とは、したがって、あくまでも人工的なもの、すなわち行動と思考を伴う人の行為に向けられる評価、人の意識でなくてはならない。女性が、否、人間が美しく見えるのも、それが生きている、あるいは、私が生きているからであって、生きたものが、生きたものに対峙《たいじ》したときの評価にほかならない。

何かをしようとしてもがいている。

その「形」を見る。

もがく形。

そのための形だ。

形とは、動こうとする意志なのである。

ところで、私は美術品がとても好きだ。その中でも、特に絵画に興味がある。それが好ましく、あるいは美しく感じられる理由（あるいは対象）は、物体としての「絵」そのものにはない。つまり、そこに描かれているものに対する美ではありえない。もしそうならば、絵画の写真を撮れば、ほぼ自分のものになるだろう。そうではなく、絵筆を持ちキャンバスに向かっている画家の姿、その目、その手、その姿勢、その生きざまのすべてが、つまりは、「美」として、彼の絵の中に焼きついているのだ。

それを私は観《み》る。

結局のところ、人が作ったものが美しいと感じるのは、すべてこのシステムによるものだと、おぼろげながら、私は考えている。まだまだ言葉が足りないとは思うけれど、この辺でやめておこう。

さて……、

何故、いきなりこんな話をしているのか、といえば……。

秋晴れの日曜日。落葉に支配されつつある地面。桜鳴六画邸《おうめいろっかくてい》の広大な敷地内の一角。私、保呂草潤平《ほろくさじゅんぺい》は、木製の低い柵に腰掛けて煙草を吸っている。模型飛行機が飛ぶところを見ていた。その場所にいる理由は、主として、すぐ近くに赤色の錆《さ》びついた吸殻入れがあったからだ。ここは、那古野《なごの》市が管理する公共の土地で、現在は建物自体は完全に閉鎖されているものの、庭園内への出入りは自由で、近くの市民の憩《いこい》の場となっている（実は公共物になる以前からそうだったのだが）。

私から数メートルのところに、一人の女性が日傘をさして立っている。白いワンピースに白いカーディガン。彼女の影が、私の足もとまで伸びていたので、私は、飛行機が飛んでいるとき以外は、その影を、つまり地面を、ぼんやりと眺めていた。彼女の名は瀬在丸紅子《せざいまるべにこ》。もともとは、この桜鳴六画邸に住んでいたという。それは、ほんの僅かな過去のこと。もちろん、彼女はまだぎりぎり二十代で（私よりは歳上であるが）、それほど昔の話だというわけでもない。しかし、どんなものにでもいえることだが、作られる時間に比較すれば、ものが壊れる時間はとても短い。一瞬だと表現しても良い。こんな大邸宅を所有していたという事実は、瀬在丸家が何代も続いた名家であることを偲《しの》ばせるが、その没落がどれほどあっけなかったかも、また想像がさして困難ではない。現在はこの敷地内の小さな小屋に彼女は住んでいる。おそらく特例的、そして福祉的な理由で黙認されているのであろう。

私は瀬在丸紅子という女性と知り合って数ヵ月になる。最初は、彼女の表面的な特性に目を奪われた。だが、それは本質ではない。まるで違っていた。最初に見た形は、やがて、もっと凄まじい形に変貌し、そして、気がつくと、まるで同じなのだ。わかってもらえないかもしれない。彼女のこの特殊な「形」こそが、特記に値するものだと、私は強く信じている。没落した名家の令嬢。しかし、そのような暗い陰は、彼女からは欠片《かけら》も発見できない。おそらく、そういったことは、彼女の「形」には影響しないからだろう。多面的で、多次元的で、揺るぎがなく、しかし、実に単純で、明快で、そして動的で定まらない。言葉にした瞬間に矛盾する。それが彼女の「形」だ。

　だからこそ、私は、彼女の影をずっと見ていられる。

　まだまだ、眺めていて飽きない。

まるで、絵画と同じ。

　こういった経験は、これまでにあまりなかった。

私たちから少し離れたところで、香具山紫子《かぐやまむらさきこ》がゴム動力の模型飛行機を飛ばして遊んでいた。彼女は大学二年生。長身でボーイッシュな女性である。ここから数百メートルの阿漕荘《あこぎそう》という名のアパートに彼女は住んでいる。実は、私も同じ阿漕荘の住人だ(私の部屋から廊下を挟んで斜め向かいが香具山紫子の部屋である)。彼女の作った飛行機は、さきほどから元気良く飛んでいた。彼女と同じくらい元気だ。もう何度も飛行が繰り返されていたけれど、そのたびに、彼女が走り回る。そちらの方が面白い。

　小鳥遊練無《たかなしねりな》も近くにいる。彼は紫子と同年の大学生、そして、やはり、同じ阿漕荘の住人の一人だ(部屋は私の隣になる)。髪が長く小柄なので、少し離れると少女に見える、というのが彼の代表的な特徴といえよう。ときどき、間近《まぢか》に見ても少女に見える。男性としては特異な衣裳を身につける多少希少《きしょう》な趣味を除外すれば、極めて真面目《まじめ》で常識的な青年である。彼は紫子の飛ばす飛行機を眺めてはいたが、脚を高く蹴り上げたり、バク転をしたり、と彼自身の方が高度なアクロバットを演じていた。きっと、躰《からだ》を動かさずにはいられない歳頃なのだろう。

香具山紫子も小鳥遊練無も、二人とも、まだまだ無限に近い可能性を未来に見出し、それを抵抗なく自分に取り込める若さがある。ファスナをいっぱいに開けたナップサックのようなものだ。その柔軟さは、すなわち曖昧《あいまい》な「形」に象徴される。何か大きなものを中に入れれば、その形になるだろう。ファスナが閉まらないうちなら、放り出して身軽になることだってできる。それが「若い」という意味だろう。

もう一人、若者がいる。瀬在丸紅子の息子が、少し離れた芝生の上に座って、スケッチブックを広げていた。彼はまだ小学生だ。とても大人しい少年で騒《さわ》いでいるところを見たことがない。たいていは、図書館に出かけているようだが、たまに見かけるときは、桜鳴六画邸の敷地内で独《ひと》りで遊んでいることが多い。彼は、飛行機を追いかけて大騒ぎしている紫子や練無たちに背を向けて、植物の絵を描いている。さきほど尋ねてみたら、無表情で「宿題です」と答えた。自分もこういう割り切った子供だったので、私は、この少年が好きだ。まだ彼の「形」は見えないけれど。

そして、その少年の姿を、瀬在丸紅子がじっと見つめている。私はそれをときどき確認し、控え目に視線を落として、彼女の影の形を見た。自分は我慢しているのだろうか、と思って苦笑……。残念ながら、影の実体は彼女の形ではなく、大きな日傘の円形だった。

世の中には、何かをするための形がある。

空を飛ぶゴム動力飛行機がそうであるように、必要なもの以外を取り除き、目的達成のためだけに残された形もあれば、また、多くの無駄を許容し、それらに軟らかく包まれた形もある。だが、何故その無駄が許容されたのかを考えるとき、やはり、そこにはそれぞれの理由が存在し、無駄は、無駄ではなくなり、自らの完璧さを失う。合理は不合理を生み、不合理は合理を飾る。

だからこそ、こういった季節、つまり、落葉が小径《こみち》の両隅に集まって人間の不安定さを顕在化させる時期には、どういうわけか、様々な無駄に彩《いろど》られた秘密を、日頃は表《おもて》に現れない隠れた意図を、ぼんやりと考えてしまう。

何故、彼女はここにいるのか。

何故、彼女はこうしているのか。

そして、何故、自分は彼女を見ているのか……、といった小さな無駄の理由を。

さて、問題を解く場合は、このように、何故、何故、とひたすら理由、原因を究明していく方向が、通常の筋道、手順であろう。しかし、これとは逆に、原因を仮定し、また、それが作用するシステムの仕組みを大胆にモデル化し、もしそれらに従えば結果はこうなるはずである、といった数々のシミュレーションを繰り返すアプローチが存在する。いわゆる、逆問題、あるいは逆解析と呼ばれる手法だ。この場合、それらの分析から得られた結果と実現象の比較が行なわれ、見かけ上それが一致していれば、仮定した原因およびシステムが正しいのではないか、と推定できる。もちろん、原因と結果は必ずしも一対一に対応しているわけではないので、ただ一つの事例だけで、仮定した原因やシステムのモデルが正しいと決めつけることはできない。他の理由で、あるいは他の作用で、たまたま同じ現象が現れることがあるからだ。推論が間違った結果を招く場合（たとえば、人が勘違いでちょっとした思い込みをしてしまうようなときなど）、その誤解が生じるメカニズムは、単純な計算ミスを除けば、この逆解析に包含《ほうがん》される根本的なジレンマに起因している、といって良いだろう。

話が難しくなったので、簡単な例を挙げよう。

目の前の美人が、自分に優しく微笑《ほほえ》んだとしても、それで、単純に好意を寄せていると決めつけることはできない。別の目的（原因）で彼女は微笑んだのかもしれないし、それとも、目的もなく微笑むような仕組みを（彼女が）持っているのかもしれない。さらには、そのとき一瞬だけの好意だった、という可能性もある。

そういったわけで、私はわりと些細《ささい》なことで悩むタイプのようだ。おそらくは、それが、私の好きな些細なことだからだろう。

どんな出来事でも、ある観測点から見れば奇跡である。したがって、どんな事象についてもほとんど例外なくいえることだが、今回の物語も、いろいろな偶然が重なった、その結果だった。つまり、偶然というのは、人が偶然だと感じる、ただそれだけの評価であって、その気になって観察すれば、自然界のいたるところに偶然は存在する。木の葉は偶然にも、私の足もとに舞い降りる。こんな奇跡的なことが無限に発生して、日常を形成するのだ。

一つには、小鳥遊練無の古い友人が、この奇怪な事件の中心にいた。また、私自身が別の方面から、関係者とつながりを持った。これは明らかに偶然だった。香具山紫子や瀬在丸紅子は、偶然にも近くにいただけである。

例によって、以降の章では、私（保呂草）自身も含めて登場人物はすべて三人称で記述されているが、実際には、私たち四人（保呂草、紅子、紫子、練無）が見聞きした情報を基に、多少の演出を含めて、私が再現した物語である。多少の演出とは何か、という問に対しては、まだ答えるわけにはいかない。

ただ……、

一言でいうならば、それが私の「形」である。

第1章　それぞれの形

ぼくらは、食糧さえあれば満足する家畜ではない、またぼくらにとっては一人の貧しいパスカルの出現が、らちもない富豪の出現などよりずっと価値がある。

1

ガラスのドアが静かに開き、香具山紫子は生協購買部の建物の中へ足を踏み入れた。自動ドアの前では、いつも一瞬だけ立ち止まらなければならない。つまりペースを乱される。もしも自分が王様だったら、家来がもっと早いタイミングでドアを開けてくれるはずなのだ。つまり、自動ドアという代物《しろもの》は、「お前は王様じゃないぞ」と気づかせるために、わざとこんなにのろまな動作をするように設計されているとしか思えない。それでも、子供の頃から、自動ドアの前に立つと魔法の呪文をついつい口にしてしまう紫子である。さすがにこの頃はその回数も少なくなっていたけれど、それを思い出すこと自体、機嫌の良い証拠といえる。

外の気温に比べると、室内はとても暖かかった。ずいぶん込み合っているようだ。

金曜日の午後三時という時間からすれば、人の数が多い。大学は既に後期の授業がスタートしているはず。この時刻は、休み時間なのだろうか、と紫子は考える。

彼女は、ここ、国立N大学の学生ではない。二十分ほどで歩いていける距離に彼女の大学はある。周辺は坂道が多い住宅地で、お洒落《しゃれ》な建物（と紫子は勝手に評価している）が沢山《たくさん》建っている。彼女が通っている私立大学のキャンパスは、この国立N大学とは比べものにならないほど小さい。紫子はそこの文系学部の学生だ。最近、授業をサボりがち、もちろん単位も不足がちな、ぎりぎり断崖絶壁の二年生。そろそろ心を入れ替えて真面目に勉強しよう、と毎朝ベッドで神様に誓うのだが、その次の瞬間には、明日からにしよう、来週からにしよう、と希望的計画を立ててしまう慎重派（と彼女は勝手に自己評価している）でもある。換言すれば（しなくても良いのだが）、ごく平均的な女子大生だ。

那古野市の東部から郊外にかけては、幾つか大学が集まっている。その中でも、国立N大学は破格にキャンパスが広い。図書館もそうだが、生協の購買部も食堂も、いずれも規模が大きく充実していた。お隣で近いということもあるが、香具山紫子がときどきこうして足を運ぶのはそのためだ。

大学というところは、一つの都市といって良い。大学の関係者以外の人間が歩いていても、また、どんな人種が歩いていても、誰も気にしない。たとえば、少し大きな教室であれば、紛《まぎ》れ込《こ》んで講義を勝手に聴くことだって簡単だ。それをチェックする機構など存在しない。おそらく、学生でもないのに、毎日キャンパスの中を徘徊《はいかい》している人間が大勢いるものと推測される。ときどき、そんなことを考えて、すれ違う人々を観察してしまう。自分は容疑者を追っている刑事だ、と妄想して歩くことがよくある紫子だった。

今日の彼女は、しかし、特に目的があったわけではなかった。久しぶりに、朝から真面目に自分の大学で講義に出席し（もちろん、危機感からの行動であったが）、多少は大学生の勘《かん》を取り戻して、思いどおり楽観的な気持ちになった。ところが、午後の二コマ目の講義が急に休講になったため（当然ながら、まったく腹は立たない）、夕方のバイトまでの時間が中途半端に空《あ》いてしまった。こういったケースは頻繁《ひんぱん》にあることだったけれど、今日は生憎《あいにく》、気の合った仲間たちは全員街へ繰り出していった。バイトを休むわけにいかなかったため、彼女はつき合えなかったのだ。しかたがないので、散歩がてらN大学までやってきた、というわけである。

気候は、ほど良く冷えたプレーンヨーグルトのように清々《すがすが》しく、高い空は、宝塚の男役くらい気障《きざ》で、べったり、こってりと青一色だった。少し歩いたおかげで気持ちの良い空腹感も加わりつつある。生協の書籍購買部で面白そうな雑誌でも買ってから、どこか喫茶店にでも入って甘いものを食べるか、それともハンバーガとコーラでも買って、キャンパスの芝生で軽いハイキング気分でも味わうか、と紫子は考えていた。

N大学には、大規模な生協購買部が二つある。紫子の大学から歩いてきた場合に近いのは南部生協。いつもはこちらを利用している。ただ、今日は、天気が良かったことと、時間を持て余していたこともあって、キャンパス内を少し余分に歩いて、北部生協まで来ていた。

この近辺の建物の室内には、窓越しに不気味な機械類が眺められる。太いパイプが工場みたいに建物から飛び出していた。また、ときどき窓ガラスに、雑誌から切り抜いたものだろう、アイドルの写真がテープで貼りつけてあったりする。それらの写真は一度貼ったら変更しない決まりでもあるのだろうか、どれも古いものばかり。これらの光景から、この辺《あた》りが工学部だとわかる。生協の建物のすぐ近くまで、研究棟や実験棟が建ち並んでいた。

N大のキャンパスは、南部は文系、北部は理系という棲み分けにだいたいなっているようだ。以前にも一度だけ、この北部生協までやってきたことがあったが、確かに書籍購買部の品揃えは、それとわかるものだった。本のタイトルが読めないもの、読めても意味がまったくわからないものが多い。数学、物理、化学、電気、情報、金属、原子核、航空、建築、土木などというプレートが書棚の上にある。試しに手に取ると、横書きの文章と数式が目に飛び込んで、たちまちすり抜けていく。無線やオーディオ関係の趣味の雑誌もずらりと並んでいて、もちろん、半分は普通の書店と変わりはないのだが、南部生協に比べるとファッション関係の雑誌のコーナが明らかに狭かった。

北部生協は一階が購買部、二階が食堂である。入口のピロティには、たこ焼きとたい焼きを売る屋台が出ていた。紫子は真剣に悩んだ。しかし、近頃お腹が空《す》くためか、食べ過ぎる傾向があると自覚していて、多少自重《じちょう》しているところでもある。つまり、腹八分目キャンペーン実施中。そういうわけで、香《こう》ばしい匂いを強引に振り切って店内に入った彼女だった。

写真屋や時計屋などの小さな専門店、それにスーパ形式で並んだ文具、雑貨、食料品。少し離れたところには、チケット売場、それに電化製品を取り扱うコーナもある。真っ直ぐに通り抜けて一番奥の書籍購買部へ辿《たど》り着《つ》いた。ここはいつも混雑している。大勢が立ち読みをしているからだ。学生ばかりではない、よく見ると、明らかに三十代、四十代、それ以上の人も多い。教官も職員もいるのだろう。性別も人種も様々だ。

人込みをかき分けてお気に入りの雑誌を探す。腕を伸ばし目当ての本を手に取った。さらに、しばらく近くの書棚を眺めながら歩いていると、知った顔に出会った。

森川素直《もりかわもとなお》が立ち読みをしていたのだ。彼は、二ヵ月ほどまえに紫子の住むアパート阿漕荘に引っ越してきたばかり。今は彼女の隣の部屋の住人である。ひょろっとした体格で、髪は短く刈り上げている。ファッションは常にいたってシンプル。このN大学の学生なので、ここにいても全然不思議ではないのだが、こうして、書籍購買部で出会うと、何故かいつもより多少理知的に見えないでもない。その印象がなかなかに新鮮だった。

紫子はそのまま森川に近づいて、彼の顔の前にそっと片手を出した。森川はゆっくりと顔を上げて、紫子を見る。驚いた顔をしない。森川素直という人間はそういうふうにできているのである。彼が読んでいたのはバイクの雑誌のようだった。

「やっほ」紫子は小声で挨拶する。

「こんにちは」濾過紙《ろかし》で感情を取り除いたみたいな声と口調で森川は無機質に言った。

どうして紫子さんがここに？　とか、今日は紫子さん珍しくスカートじゃありませんか、とか、そういった気のきいた無駄口とは、彼の場合は無縁である。お世辞にいたっては絶望的といって良い。とにかく、必要最小限、否、それ以上にこの男は無口なのだ。

「暇《ひま》そうやん。授業ないの？」紫子は尋ねた。そんなこときいてもしかたがないが、場が持たないので、やむをえない。彼女の場合は必要最大限以上にしゃべってしまうようにできている。間《ま》が持たない沈黙ほど、恐ろしいことはない。

「四限目は」森川はそう言って頷《うなず》く。四時間目は授業がない、という意味だろう。

二階の食堂の片隅にカフェテリアがある。そこで軽く何かを飲もうかと思いついたが、森川素直を誘っても、二人きりで楽しく会話が弾《はず》むとはとうてい思えない。かえって、「どん底」と名づけても良い気まずい時間を過ごすことになるだろう。想像しただけで滅入《めい》る。紫子は瞬時にそう予測した。雑誌を読みながら、独り気ままにいた方が、ずっと社交的だ。

「ん、じゃまた」出していた片手を、ほぼそのままの位置で広げて、紫子は人工的に微笑んだ。

彼女は歩きだす。しかし、予期しないことだったが、森川に呼び止められた。

「え、何？」紫子は立ち止まって振り向く。

「小鳥遊君がいるよ」

そのあとの言葉が続かなかった。そりゃどこかにはいるだろう、と思ったが、さらに待っても、森川はそれ以上の説明をしない。

「どこに？」しかたなく尋ねる。

「二階」森川はそう答えると、もう雑誌に視線を戻していた。既に、紫子の存在は彼の意識からは排除されたようだ。どうも、この男が何かを口にする場合、会話というよりは、情報伝達（しかも不完全な）という印象が強い。

ありがとう、という言葉を飲み込んで、紫子はその場を立ち去る。レジで雑誌を購入し、さっそく二階の食堂へ向かうことにした。

森川が話していた小鳥遊練無（彼もこのN大学の医学部の二年生だ）も、やはり同じ阿漕荘の住人である。部屋は廊下を挟んで向かい側。大学に入学したときからなので、森川に比べると、練無の方がつき合いはずっと長い。ほぼ毎日といって良いほど顔を合わせている。だが、やはり、キャンパスで出会う機会は今までにほとんどなかった。森川素直では駄目だと思ったが、小鳥遊練無とならば、おしゃべりでもして、それなりに楽しく時間が潰《つぶ》せるだろう。練無の場合、ほとんど同性の友人に近いからだ。彼女はそう考えながら階段を上った。

食堂特有の匂いと音。三百人くらいは座れるだろうか、広い空間。今はそこに、五十人ほどが適度に分散して、テーブルについていた。手前のすぐ近くに、プラスティックのトレィが積まれている。紫子は入口付近で立ち止まって、練無の姿を探した。

小鳥遊練無は、非常に極端な服装でいることがあるので、探しづらいといえば探しづらい。否、もし極端な服装（日曜日に多い）をしている場合は、たちまち発見できるだろうから、単に、探すときの目標設定における精神的なストレスに過ぎない。今日は平日なので、普段のバージョンのはずだ。窓際のテーブルに、彼の姿をすぐに発見できた。

そちらに一歩踏み出した紫子は、しかし、すぐに足を止める。

練無は誰かと話をしていた。テーブルの向かい側に座っているのは女性のようだ。紫子の側からは、後ろ姿しか見えなかったが、髪は染めているのか茶色っぽい。練無自身は髪が長く小柄である。知らない人間が見たら、必ず性別を間違える。二人の女性が向き合っているように見えるだろう。彼はテーブルの上に紙コップを一つのせていた。とても真剣な表情だった。こちらにはまったく気づいていない。

紫子は、販売機のコーナへ歩き、コインを入れてからブレンド・コーヒーのボタンを押した。待っている間も、ときどき振り向いて、窓際の二人を観察。どうしようか、と考えたものの、結論が出ないうちにコーヒーが出来上がってしまった。紙コップを手に、彼女はわざと遠回りをして、練無の背後のテーブルまで近づいた。驚かしてやろう、という気持ちも多少あった。

小鳥遊練無と話をしている女性は、作業着のようなモスグリーンのジャンパを着ている。髪は短く、顔は抜けるように白い。どことなく日本人離れした顔つきの美人だった。テーブルを一つ挟んだ椅子に紫子は腰掛け、窓の外を眺める角度に躰を向けて、買ったばかりの雑誌を紙袋から取り出した。そして、それを読む振りをして、そっとその女性を観察し続ける。練無は背中しか見えない。ジーンズのジャケット。長い髪は後ろで縛《しば》られていた。

窓ガラスには色がついている。室内が映って見えた。紫子は不機嫌な自分の顔に気づく。

どういうわけか、気に入らなかった。

練無と話をしている女性がとても魅力的な容貌だったのが、ますます良くない。練無の友達だろうか。二人きりではないか。今までに、そういった話を彼から聞いたことはなかった。

けれども、キャンパスでは小鳥遊練無はいつもこうなのかもしれない。紫子の知らない練無がいても不思議ではない。それはしかたのないことだ。

恋人でもないし……。

まさか……、と紫子は息をもらす。

いったい、自分は何を考えているのか。

熱いコーヒーをすすりながら、彼女は小さく首をふった。

それにしても……、
嫌な場面に出くわしたものだ。

紫子が席についてからは、練無も相手の女性も、なかなか口をきかなかった。ただ見つめ合っていた。なんだか、ただならぬ雰囲気にも見える。少なくとも、彼女の方は練無をじっと見つめているのだ。彼がどこを見ているのかはわからない。

しばらくして、女の方が天井を見上げながら呟くように話した。

「へえぇ……、まいったなあ。そうだったんだぁ。だけどさ、そういうことってね、ちゃんと言ってくれなきゃ駄目だよ」落ち着いた口調である。しかもとても親しげな感じがした。

「ごめんなさい」練無が謝った。彼の声はとても高音だ。

「私ね、特に……、そういうの気づかない方だから」

「いいえ、別にいいんです」練無が頷きながら話す。「それで、今なら、どうですか？」

「ごめん、気持ちはとってもありがたいけど、もう無理だな」彼女は首をふった。「もう、なんていうの、うーん、戻れないし、私、今はあちらに夢中だしね。悪い、諦めて」

「そんなつもりで言ったんじゃありません。僕はただ、その……、関根《せきね》さんに憧れていたし……、だから、少しでも……」

「ありがとう。ねえ、これ以上はやめておこうよ。なんだかさ、すっかり元気になった」微笑んで彼女は立ち上がった。「やっぱり、ここへ来て良かった。また、会おう」

「あ、ええ」練無も立ち上がる。

そのまま、二人は階段の方へ向かう。コップを屑籠に捨ててから、階段を下りていった。二人とも一言も口をきかなかった。

度も振り向かなかった。

顔を合わせれば挨拶するつもりでいたのに、と紫子は思った。

ジェット気流の溜息。

練無が話していた内容が妙にひっかかる。

2

ピロティの前で、小鳥遊練無は、関根杏奈《あんな》と別れた。彼女は、ヘルメットをかぶり手袋をしてから、大型バイクのセルモータを回した。エキゾースト・ノイズは低い。杏奈はシートに跨《また》がり、最後に練無の方を向いて片手を軽く挙げた。周りのみんなが注目していた。女性が乗るバイクにしては大きいから目立ったのだろう。

「すっげえ」後ろで声がしたので振り返ると、森川素直が立っている。

「何が?」

「バイク」

「へえ、そうなの?」練無は尋ねた。

「うん」森川は頷く。

「何が凄いの?」

「三百万はする」

どうやら値段が凄いということのようだ。森川素直もライダである。練無は生憎《あいにく》、その方面には興味がない。バイクの形式の違いも、その価値も、まったくわからない。だいたい、バイクというものは、どれも同じ形をしているように思える。彼は、自動車の免許は持っていたが自分の車はなく、滅多に運転する機会もなかった。アパートからの通学には自転車を使っている。

「香具山さんは?」森川が無表情できく。

「しこさん?」練無は首を捻《ひね》る。「何のこと?」

「会った?」

「ううん。いるの?」

「いるよ」

「どこに？」練無は辺りを見回す。

「さっき中に」

「ここの？」

「二階って教えてあげたのに」

「あれ、じゃあ、すれ違ったのかな」練無は建物の方へ戻りかける。「変なの」

「じゃあね」森川は歩いていく。もう顔はこちらを向いていない。

「バイバイ」

　あまりの良い匂いに抵抗できず、ピロティの屋台でたこ焼きを一皿買ってから、練無は建物に入った。階段を上り、食堂へ戻ると、窓際のテーブルに香具山紫子が見つかった。さきほど、自分が座っていた場所の近くである。やはり、入れ違いだったようだ。

「しこさん」練無は歩いていき、彼女の前の椅子に腰掛けながら言う。「たこ焼き食べる？」

「やあ……、君か」無愛想な顔で紫子が口を斜めにした。

「森川君に聞いたんだって？　ごめん、ちょうど今ね、外に出てたんだ」たこ焼きの包み紙を開けながら練無は話す。「珍しいね、こんなところに来るのさ」

「誰やの、あの女」

「え？」

「さっき、一緒やった」

「ああ……」練無は一瞬視線を逸《そ》らす。窓の外。もう一度、紫子に目を向けると、彼女は機嫌が悪そうだった。「見てたわけ？」

「ま、別に……、言いたなければ、黙秘権はあるんよ。私もな、君の保護者やないし」

「うわぁ……」練無は顔をしかめる。しかし、すぐに微笑むことができた。「しこさん、なんか怒ってない？」

「全然。もう、これっぽっちも怒ってぇへん。もうパーペキの平常心やも」

「どうして、怒るわけ？」

「だから、怒ってない、言うてるやろ。ホンマに、どついたろか！」

練無はにっこり微笑んだ。彼は黙って、テーブルの上のたこ焼きを押し、紫子の方へ差し出す。数秒間、練無を睨んでいた彼女は小さな溜息をついてから、爪楊枝《つまようじ》を手に取り、たこ焼きを一つ持ち上げる。

紫子はそれを口に入れた。

「うわちっ！」彼女は息を吸い込んでいる。

「空冷？」笑いながら練無は言う。

しばらくの間、紫子はしゃべれなかった。口を押さえ、びっくりした表情のまま目をきょろきょろと動かす。ようやく、たこ焼きを処理したようだ。彼女は紙コップに残っていたコーヒーを飲み込んだ。

「大丈夫？」

「なんで、こんな熱いの？」紫子は押し殺した声で言う。

「猫舌なんだね」

「もう殺人的。口ん中の細胞、大半、死滅したと思うわ。ああ……、しばらく後遺症が残るで、これは」

「たこ焼き殺人事件とか？」

「くだらんこと言うてんと、質問に答えたらどないなん？」

「黙秘しても良いって、言ったじゃん」

「あ……、なんやのそれ」紫子はのけ反《ぞ》って顎《あご》を上げる。「そりゃあ言いましたよ、ええ、言いましたとも。けど、そんなん、言葉のあやや ん。君と私の間柄やないの。今さらそんな寝ぼけたことよう言うわ、口が腐るでぇ、ホンマに。そんな隠し事して、友情にびしっと亀裂を入れたいんか？」

「うーん」練無は腕を組む。「だけど、あんまり言いたくないしなあ」

「なんで？　ただならぬ関係なん？　君の身にどんな秘密があっても、過去にどんな傷があっても、私、驚きません。そんな絶対怒りもしません。そんなことで悪い印象なんて持つと思う？　でも、秘密は嫌や。そんなも、見てしまった以上、黙っとられへん。そやろ？　思わへん？」

「高校のときのね、クラブの先輩」練無はたこ焼きを食べながら答える。

「歳上《としうえ》かいな」

「先輩っていったら、普通そうだよ」

「クラブって、少林寺拳法？」

「うん」

「そんで？」

「それだけ」

「そんだけっちゅうことないやろ。なんか、いわくありげな深刻な話してたやん」椅子にもたれかかり、紫子は練無を見据えている。

「してない」練無は簡単に答えたものの、紫子がそんなところまで見ていたのか、と不思議に思った。

「しこさん、いつからここにいたの？」


そういえば、カップのコーヒーは既に残っていない。自分と入れ違いで食堂にやってきた、というのは思い違いだったのか。

練無はもう一つたこ焼きを口に入れた。確かに熱い。たこ焼きの温度のせいで紫子はカッとなったのだろうか。そういう自分も、なんだかだんだん腹が立ってきた。紫子に盗み見られたような気がしたからだ。そもそも、こんな追及を受ける謂《いわ》れもない。

「あと、残り、あげる」練無は立ち上がって、テーブルの上のたこ焼きを紫子の方へさらに押しやった。まだ三つ残っている。本当はもっと食べたかったけれど、その犠牲を払って、自分が怒っていることを彼女に示したかったのだ。

「あ、それから、これも」彼は胸のポケットから数枚のチケットを取り出す。それは、ついさきほど、関根杏奈からもらったばかりのものだった。七枚あったうちの二枚を紫子の前のテーブルに置いた。

「何、これ」彼女はチケットに視線を落とす。

「割引券じゃないよ。招待券だからね。間違えないで」

「なんで二枚なの？」

「保呂草さん誘ったら？」

練無はそう言うと、紫子の顔を見ずに歩きだす。

そのまま食堂から出て、階段を駆け下りた。ピロティを横切り、歩道に駐《と》めてあった自転車の鍵を外す。

香具山紫子は食堂から出てこなかった。

3

保呂草潤平はようやく駐車スペースを見つけ、三回切り返してビートルをそこにねじ込んだ。繁華街の裏通り。間もなく時刻は午後十時。近くに公園があったけれど、もうこの時刻には数人のホームレスの姿しか見つからない。もちろん駐車禁止区域だったが、夜間の取り締まりがないことは、ずらりと並んだ車の数で明らかだ。

目的の店までは二ブロックほどあった。彼は煙草に火をつけて、最初の煙を吐き出す。どんな煙草でも、最初に一番上等な煙を出すものだ。それから、金属製のライタをポケットに戻した。そろそろコートが必要な季節になったな、と彼は思う。

歩きながら、以前にバイトをしていた店がこの近くにあることを思い出した。すっかり忘れていた。近くまで来て気づいたのだ。確かこの辺りだったな、と思ったときには、そのビルの前に立っていた。看板を見上げて、店の名前も思い出す。間口《まぐち》の狭い、貧相なビルは昔のままだった。もしかしたら、知った顔が残っているかもしれない。あとで寄ってみよう、と決めて、また歩きだす。

道路を斜めに横断し、渋滞している車の間を抜ける。歩道には看板も多く、人も大勢いて、障害物が多い。歩いている者、立っている者、座り込んでいる者。タクシーから降りてくる羽振りの良さそうなグループ。閉まった店のシャッタにもたれかかり眠るように目を細めているカップル。目だけを動かして、できるだけ広範囲に、保呂草は注意を配る。

ビルのネオンを確かめ、黒く煤《すす》けたコンクリートの階段を下りていく。地下の床は微妙に歪《ひず》んだ平面で、光沢《こうたく》のあるタイルで覆《おお》われていた。店の入口にタキシードを着た若い男が一人。煙草を吸っている。休憩しているのだろう。

「込んでる？」保呂草はその男に尋ねた。

「いえ、空《す》いてますよ」

自動ドアが開いて、生暖かい空気が流出する。頑固な暗さと曖昧な明るさが対立する店内を素早く観察する。彼は、急にゆっくりとした歩調に切り替えて、カウンタまで歩み寄った。まだ煙草をくわえたままだった。

灰皿で煙草を消して、ビールを注文する。店内を見回したが、それらしい人物はいない。テーブル席は半分以上空《あ》いていたし、カウンタの席には、保呂草とは反対の端にサングラスをかけた女性が一人座っているだけだった。

一般的な傾向として、著名人というのは、時間に遅れてくるものだ。そうすることで自分の立場をアピールする姑息《こそく》な人間も多い。待つよりは待たせる方が偉いという錯覚が、どういうわけか根強いからである。時計を確かめると、約束の時刻まであと二分少々だった。

さて、どれくらい遅れてくるか……、それとも、現れないか。

小さなグラスに注《つ》がれたビールがコースタの上にのせられる。新しい煙草を取り出してくわえる。ライタをポケットの中で探す。背後に気配がしたので振り向くと、サングラスの女性が、保呂草の隣の椅子に座ろうとしていた。

顔を見ると、彼女は軽く微笑み返す。

連れが来るから、という言葉を口にしようとしたが、そのまえに相手が話した。

「保呂草さんですね？」

「ええ」

「お電話をした各務《かがみ》です」

保呂草は驚いた。しかし、表情には出さなかった。ライタを使い、そして戻す。この短い動作のうちに、彼は呼吸をコントロールして、煙を吐き出しながら彼女を慎重に観察した。

ここで会う約束になっていたのは、各務亜樹良《あきら》という名の作家だった。ジャーナリスト、ノンフィクションのライタとして、かなり名の通った人物である。確かに、電話をかけてきたのは女性の声で、それは各務の秘書かアシスタントであろう、と保呂草は考えていた。だが、ここへは本人が来ると確かに言ったはず。

「えっと、各務亜樹良さんって、女性だったのですか？」

「ええ」彼女は無表情で軽く頷いた。

「しかも、こんなに若い……」

「三十三になります」歯切《はぎ》れの良い理知的な口調で彼女は言った。「お世辞ありがとう」

「え？　もしかして、本当に？」保呂草は灰皿を引き寄せる。驚きが顔に出てしまった。それくらい驚いた。「冗談じゃなくて？」

「冗談だったの？」

「あ、いえ……、失礼しました」

「私の方が歳上だよね？」各務亜樹良はサングラスを外す。外した方が百七十倍は魅力的だと保呂草は評価した。

「さっきの数字が真実なら、そうなりますね」なんとか気を落ち着けて彼は答える。これでは完全に向こうのペースだ、と感じて多少焦《あせ》っている自分を意識しながら。「あの、テーブルに移りましょうか？」

「そうだね」

保呂草は煙草と灰皿を持って空いているテーブルへ移動した。マスタがカウンタから出て、二人のグラスを運んでくれる。各務亜樹良は保呂草の向かいのシートに腰掛けた。ほとんど黒といって良い濃いグレィのジャケットにスラックス。彼女はグラスを片手に脚を組んだ。指には指輪がない。化粧も目立たない。髪は短く、バックに整えられ、額には直線的な眉が鮮明だった。どちらかといえば、男性的な精悍《せいかん》な印象である。

「ご用件は？」保呂草は尋ねた。

「どうして、私が貴方を知ったのか、という質問がさきじゃないの？」

「きいたら、教えてもらえますか？」

「きき方による」

「どなたのご紹介ですか？」

各務はくすっと笑った。グラスをテーブルに戻し、バッグから煙草を取り出す。保呂草はライタを出そうか迷ったが、それはやめておいた。保呂草のものよりずっと上品なライタがナイーブな炎を出し、彼女の煙草に火をつけた。

「各務亜樹良が女だということを知っている人間は少ない」しばらく下を向いていた彼女の目が、再び保呂草を捉える。「私は、直接貴方に会いにきた。ただ、駆け引きをするつもりはありません。ただ、信じてもらいたいだけ」

「ご用件をおっしゃって下さい。違法駐車しているものですから、あまり長くはいられません」

「その程度の違法行為が気になる人じゃないでしょう？」煙を細く吹き出し、冷静な口調で彼女は言った。「私の認識は、違っているかしら？」

「相手によりますね」

「どういう意味？」彼女は僅かに首を捻る。

「ご用件を」

「ええ……、特に時間がかかるような内容ではない」各務は座り直し、灰皿に煙草の灰を落とした。「関根朔太《さくた》という画家を知っている？」

保呂草は無言で頷く。

関根朔太は、最近フランスから帰国して話題になった芸術家だ。テレビや新聞を賑《にぎ》わせている。しかし、その名前を聞いて、保呂草は密かに防御態勢を整え始める。まず、店内の他の客をそれとなく見た。店の外に誰かいなかったか思い出す。車までの経路を頭に浮かべる。

「那古野市の美術館が彼の絵を買いたがっている」各務は続ける。「向こうで描いた絵も、全部こちらへ引き上げてきたらしいし……。地元だから、噂は聞いているでしょう?」

「ニュースでやっていますね」保呂草は答える。「僕への質問を省略して、お話を続けた方が効率が良いと思います」

「効率を求めてここへ来たわけではない」彼女はそう言うと、じっと保呂草を見据えて黙った。

「ご用件は?」保呂草は尋ねる。「これで、四回目かな」

「Sky bolt《スカイ・ボルト》という名の美術品のこと。ご存じでしょう?」

「いいえ」保呂草は首をふった。

「Mascovy murmur《マスカヴィ・マアマア》とも呼ばれている。これは、正確には、その美術品に付属した装飾の一部をさすんだけれど」

「知りませんね」

「あるいは……、最近では、Flight feather《フライト・フアザ》とも書かれたことがあったかな。だけど……、正式な名称は……」

「Angel maneuver《エンジェル・マヌーヴァ》」保呂草は答える。

「そう……」各務亜樹良は片方の眉毛を少し上げて、短く微笑んだ。「天使の演習。ようやく、実のあるお話ができそう」

「そうじゃないかなと思っただけです。なんだか、こう、急に閃《ひらめ》いて」保呂草も笑顔を作る。とてもエネルギィが必要な笑顔だった。「えっと、五回目の質問をしても良いですか?」

「気が短いのね」

「ええ、十五センチくらいかな」

「何が?」

保呂草は煙草を消して、グラスのビールを全部飲んだ。各務亜樹良は、煙たそうに目を細めて煙草を吸っている。もしかしたら、やはり本人ではないかもしれない。非常に有能なアシスタント、という可能性も充分にある。

　瓶を傾け、ビールをグラスに注ぐ。しかたがないので、彼女が話すのを待つことにした。

　しばらく沈黙。静かな音楽が流れている。

「もし警戒しているのなら、その心配は無用だよ」各務亜樹良が口をきいた。「私が貴方のことを知ったのはね、本当に偶然だったし、それも、海外でのことだから……」

「それ、どんな偶然なんですか？」

「ベッドで、ときどき飛び出す偶然」

　保呂草は口もとを上げる。ちょっとだけ想像してみた。国はどこだろう。おそらくギリシャか、それとも、トルコの辺りか。確かに、彼の友達は、命を懸けて沈黙を守る連中ばかりではない。

「日本じゃ、誰も知らないと思う」彼女は不敵な目つきで保呂草を見据えて言った。「貴方が、こうして普通に生活できているのが、その証拠でしょう？」

「貴女、今、日本にいませんか？」保呂草はきいた。グラスを片手に持っている。

「はっきり言いましょうか？」彼女は身を乗り出して、声を落とした。「エンジェル・マヌーヴァを手に入れたいの」

「誰が？」

「私が」各務は答える。

「何に使うんです？　ペーパ・ウエイト？　それとも、ハイヒールを履《は》くときの補助に？　えっと、ああ、そうか、靴べらっていうんだっけ」

「面白いね。他には？」

「そう……、髭《ひげ》は剃《そ》れないでしょうね。林檎《りんご》くらいなら、なんとか剝《む》けるかも」

「驚いた」彼女は数センチ顔を後退させる「見たこ

とがあるんだ」

「いえ、なんか、急に閃いて」保呂草は頭の横で手を広げてみせ、無理に微笑んだ。「お袋はもっと勘が良かったですよ。僕がランドセルの中に隠している猫を見抜いたことがある。残念ながら、僕にはその手の能力はあまり遺伝しなかった。今も、僕にどう関係する話なのか、皆目《かいもく》見えてこない」

「だから、入手したい、と言っているでしょう?」

「えっと……、レプリカを作れ、という意味ですか?」

「まさか……」各務は吹き出した。「そんな技術が貴方にあるわけ?」

「盗み出すよりは簡単だ」

「難しい方にチャレンジしてほしいな」真っ直ぐに保呂草を見て、各務は言った。

「盗め、と?」そうきいて、保呂草は勢い良く息を吐く。

「そう」彼女は簡単に頷いた。

「そんなの、僕に話してどうするつもりです? もっと、ほら、機関銃とか、爆弾とか、沢山持って威張っている連中がいるでしょう? 外国のなんとか部隊にいたとかってのを売りものにしてる奴だとか。その手の仕事なら、相応《ふさわ》しいのがいくらでもいそうなもんじゃないですか」

「ここは日本だよ」

「ああ、びっくり。意外に土地勘があるんですね。依頼主は、でも、フランスでしょう?」

各務亜樹良の目が一瞬だけ大きくなった。どうやら図星だったようだ。

「で、どうなの?」

「フィーズィブルか、という意味の質問ですか?」

「そんなことは貴方の問題だ。私が知りたいのはね、同じ説明を他の誰かにもう一度しなくちゃいけないのかどうかってこと」

「説明なら、代わりに僕がしても良いですよ」

「ふざけた男って大嫌いなんだ」

「僕もです」

「イエス、それとも、ノー？」

「保留は？」

「ない」

「もう一本……、煙草を吸う間、待ってもらえますか？」

「ＯＫ」

　彼女は自分の煙草を消して、灰皿を保呂草の方へ押した。彼は軽く頷いてから、煙草を取り出す。

「どっちかっていうと、アドベンチャは性に合わないんですよ。けっこう見かけによらず、気が小さい方だから」

「十五センチくらい？」

「ええ、それくらい」

「話を断っても、危ないことには変わりがないと思うんだけど」

「ああ、なるほど……。なるほどね」保呂草は煙を吐き出しながら入口のドアの方を眺める。さきほどから人の出入りがない。誰か、外に立っているのか。ああ、そういえば、一人いたな。休憩していたわけではなかったのか……。

「実は、私ね……、人に忠告とかするの嫌いなんだ」

「今回は特別ってわけですか？」

「そう……、わりと好みのタイプだから」

「僕が？」

「違う。この仕事がよ。まあ、このシチュエーションも、悪くはない。わりと好みの感じ」

「ちょっと、意味がわからない」保呂草は微笑んで尋ねる。「大人の会話って、難しいなあ。他に何か、僕に忠告したいことは？」

「そうだね……。今夜は、真っ直ぐ自宅へ帰らない方が良いかもしれない」

「どうして？」

「つけられる可能性がある」

「誰に？」

「私じゃない誰か」各務亜樹良はにっこりと微笑んだ。

「ああ、なるほどね……」保呂草は肩を軽く上げる。「それはまた、最悪だなあ」

「嫌でしょう?」

「ええ、貴女じゃないってのが」

「とにかく、気をつけること」

「誰に?」

「私に」

各務亜樹良はバッグを手に取り立ち上がった。保呂草は一瞬緊張したが、彼女はそのまま店の奥へ歩いていく。化粧室があるようだ。あるいは、電話かもしれない。

未来のことを即座に決めることはできなかったが、とにかく、返答は既に決まっていた。イエス以外にない。それ以外の選択をした場合、今夜が台無しになること請け合いだ。

マスタがテーブルへやってきて、新しい飲みものを尋ねた。保呂草は断った。

マスタが見張り役だろうか。

店の中にいる客も、なんとなく疑わしく思えてくる。

まあ、いいさ……。

いつかは、寝床へ帰れなくなる日が来る。

そう思わない夜はない。

それの繰り返し。

繰り返し。

煙草を消そうと思った頃、各務亜樹良が戻ってきた。

「決まった?」

「条件を聞きましょう」保呂草は言った。

「条件?」

「ビジネスですからね。価格の折り合いをつけないと」

「そちらの言い値は?」

「どこか、店を変えませんか?」保呂草は彼女に顔を近づけて小声で言った。

「どうして？」

「腹が減ったんで」彼は答える。「美味《うま》いピザを出す店がこの近くにあります。一緒にどうです？」

各務亜樹良は保呂草を見据えたまま、唇を軽く噛んだ。それがどういった意味のサインなのか、彼には見当もつかない。

「嫌いですか？」

「え？　何が？」

「ピザ」

「ああ……」ふっと息を吐いて、彼女は天井を一度見上げる。呆れた表情を作ったつもりだろう。

「この近く？」

「そう言いました」

「わかった。つき合おう。でも、悪いけれど、裏口から出てほしいんだ」

「僕が入ってきた、あっちは、表口ですか？」

「ええ、一応」


「へえ、じゃあ、裏口ってやつがあるんですね？」

「まあね」各務は頷く。「裏口のない店には、なるべく入らない方が良い」

「本当に忠告が嫌いなんですか？」

「特別だって言ったでしょう？」彼女は立ち上がった。「行きましょう」

「かまくらとか、入れませんね」保呂草も立ち上がる。

「え？」眉を顰《ひそ》めて各務は首を傾《かし》げた。

「あ、いえ」保呂草は片手を広げてみせる。「どうか、おかまいなく」

4

おそらく信用を勝ち取るために、各務亜樹良はついてきたのだろう。少なくとも、ピザが食べたかったわけではない。裏口というのは荷物用のエレベータのことで、屈《かが》み込んで乗らなければならない代物だった。それで一度二階まで上がり、道路とは反対側にある非常階段を下りた。つまり地階のロビィを通りたくなかっただけのようだ。

暗い路地を大回りして、保呂草が以前にバイトをしていた店まで辿《たど》り着《つ》く。来るときに思い出した店だ。小さなビルの三階にあるパブ・レストランで、店内に入ると、装飾は違っていたが、レイアウトは昔のままだった。もう、十年近くまえになる。残念ながら、保呂草の知った顔は見当たらなかった。否、この場合、その方がありがたい。数十分まえとは、こちらの立場が違うからだ。

ピザとパスタのサラダ、それにソーセージを注文してビールを飲んだ。各務亜樹良はワインだった。奥行きのある店内は見通しが悪い。客も疎《まば》らである。

料理はたちまちテーブルに運ばれてきた。学生のバイト風の青年が「ごゆっくりと」と明るく挨拶して立ち去った。

「あれ……、駄目だ」保呂草は呟く。「ごめんなさい。僕が覚えていたときとは、もうすっかり変わっちゃったみたいです」

「ピザのこと？」

「ええ」

「食べてみなくちゃわからないんじゃない？」

二人は最初にそれを口にする。一口目で顔を見合った。

「見たとおり。正直なやつだ」保呂草は笑いながら言う。「謝ります。このとおり」彼は頭を下げた。

「そうね、今どき、こんなに不味《まず》いのも珍しいな」

「ワインはどうです？」

「一応、お酒みたいな感じではある」グラスを見つめて、彼女は答えた。

「今度、もっと良い店にご案内しますよ。今度があれば」

「覚えておく」

各務亜樹良は、関根朔太の話を始めた。八割方、保呂草が知っている情報だったが、彼は黙って聞いていた。

若い頃にヨーロッパに渡った画家・関根朔太が、つい半年ほどまえに帰国した。今年で還暦を迎える。以後は日本に永住するつもりだとインタヴューに答えているらしい。もともとは長野県の出身だが、この地、愛知県にも身寄りがあった。現在は、県内の北部に新しいアトリエを建築中だという。

さて、当然ながら、話はエンジェル・マヌーヴァに移る。

その美術品は、十九世紀にイギリスで造られたものだ。見た目は、長さ三十センチほどの短剣である。しかし、実用的なものではなく、資産となる美術品として、結婚する令嬢のために貴族が発注したものらしい。柄《つか》の部分に埋め込まれた最も大きな宝石は、マスカヴィ・マァマァと呼ばれる楕円形のエメラルドで、さらに三百年ほど歴史を遡《さかのぼ》る品といわれている。


「どういうわけか、最初から、悲劇がつきまとっていた」各務亜樹良は淡々とした口調で説明した。「製造を依頼した家に、不幸が続いた。主人が事故死、それから、婚約中の娘が自殺」

「よくある話ですよね」保呂草は相槌《あいづち》を打つ。「そういうのって、保証書には書いてない事項だから」

「それで、結局人手に渡って、最後にはフランス人の富豪が競《せ》り落《お》として話題になった。それが、そうだね、三十年くらいまえかな」

「貴女が三つのときですね」

「記憶力が良いのね」各務は少し怒った顔をする。

「本当は、六つくらいだったんじゃあ？」

「私が怒るところが見たい？」

「ええ、実は」

「そういう趣味なんだ。覚えておく」彼女は舌打ちして、首を小さく左右にふった。「あとは、知っているでしょう？」

「いえ、詳しくは知らない。ただ、現在は、関根朔太がそれを持っている。そういう実質的な情報が僕は好きなんです。昔の因果とか歴史とかって、結局のところ、何の役にも立たない。今は、どうなっているのか、役に立つのはそれだけ」

「関根朔太は、向こうでフランス人の娘と結婚したの。子供もできた」

「結婚相手が、そのお金持ちのお嬢さんだったわけですね？」

「そう、でも彼女は子供を産んですぐに亡くなった。それも、自殺じゃなかったのかって噂がある。やっぱり不運につきまとわれたのかもしれないしね。とにかく、エンジェル・マヌーヴァは、以来、行方知れずというわけ」

「結婚の持参品だったというわけか……」保呂草は溜息をついた。「ということは、つまり、もともとの目的にようやく使われたってわけだ」

「いいえ、勝手に持ち出したんだと、主張している」

「誰が？」

「持ち主が」

「ああ、そのお金持ちの？　関根画伯の義理の父親が、ですか？」

「そもそも二人の結婚を認めていなかった、というのが、彼の立場」

「そんなの、しかし、勝手でしょう？　個人の自由なんだから。それとも、あちらじゃあ、まだ何か特別な法律でもあるんですか？」

「だけど、エンジェル・マヌーヴァの所有権は、関根朔太にはないのよ。ちゃんと相続したのなら、それこそ、税金も納めないといけないわけだし」

「だったら、警察に届けたら良い」

「もちろん、盗難届は出ている」

「関根画伯の家は捜索された？」

「当然」

「そうか……。娘が死んでしまったし、証拠もないってわけか」

「そういうこと」

「その持ち主が、貴女の依頼主ですね？」

「そんな感じ？」保呂草は首を傾げる。「まあ、いいや。その人、まだ生きているんですか？」

「ええ、もうすぐ九十歳になるけど」各務はグラスに口をつけて、ワインを一口飲んだ。「合法的には取り戻せない。関根朔太は、表向きは、そんなものは持っていないと主張している」

「もしかしたら、既に第三者に売り渡された可能性もあるのでは？」

「それは無理だね」

「どうして？」と尋ねたものの、それは保呂草も承知のことだった。

「それだけのお金が動けば、必ず噂くらい聞こえてくるはずなんだ」各務は小さく頷きながら答える。

「僕には聞こえてこないなあ」保呂草は自分の耳を触った。「どうせ役に立たないんだし、正式なルートで取り引きもできないのなら、そうですね……、特価で潔く一千万円くらいで売ってしまえば、後腐れがないのに」

「彼はお金には困っていない。売る理由がない。それに、最愛の妻の形見なんだから」

「どうして最愛だって言えるんです？」

「いえ……」彼女は溜息をついた。「それは、私の勝手な想像」

「もし、画伯が持っているとして……」

「絶対持っている」

「もう、日本に持ち込んだと？」

「間違いないな」各務亜樹良は真剣な顔で頷いた。

「どうして言いきれます？」

「フランスには何も残してこなかったからね。向こうの屋敷も売り払ってきたんだ」

「どうやって持ち込んだんです？」

「そんなの簡単だよ。どうにでもなる」彼女は両手の間隔で大きさを示す「ほんの、これくらいだもの」

「絵画作品も全部、日本へ運んだのか……。保険屋がびびったでしょうね」

「娘のことは知っている？」

「ああ、ええ……。飛行機乗りの」

「そう」彼女は頷いて、バッグから薄い雑誌を取り出した。タイトルはフランス語ではなく英語だった。「関根杏奈。エアロバティックス・チームのパイロット。もともとあちらのチームでも、日本人の仲間が彼女の周りにいたんだけど、ごっそり引き連れて日本へ戻ってきちゃったわけ。かなり揉《も》めたみたいだけどね」

「でも、みんな、日本に帰りたかったのかも」

「こちらじゃ、ちょっと営業として成り立たないと思う。サーカスの類《たぐい》は、日本では無理だから」

「サーカスなんですか？」

「あちらじゃ、同じ部類だね」

関根朔太の娘、関根杏奈は生まれてすぐ母親を亡くし、日本の関根の実家で育てられたらしい。高校を卒業後、フランスの父の元に渡り、以来、七年ほどパリで暮らしていた。小型飛行機によるエアロバティックス・チームには、彼女の希望もあって、関根朔太がかなりの出資をしたという。

道楽者の娘がいる話は、保呂草も知っていた。そういった噂は伝達効率が良い。芸術家の家庭にはよくある系統の話だ。

「しかし、見つけられるかな……」保呂草は煙草に火をつけて呟く。「まず、どこにあるのか、調べないと……」

「それは、弱音？」

「いえ、単なる問題提起」

「どうすれば、見つかる？」

「一番簡単なのは、貴女が、関根朔太と結婚することですね。まず、絵のモデルにでも志願したらどうかな」

「古い戦法だなあ」各務は片目を細める。

「それじゃあ、何か最新の探知機でもありますか？」

「金属探知機くらいなら、小型のものが用意できると思う」

「冗談ですよ」保呂草は笑った。「今は、飛行場の格納庫を借りているそうですね」

「調査済みなんだ」

「まあ、仕事ですから」

「新しいアトリエが完成したら、そちらへ引っ越すことになるらしい。今は、それこそ凄い警戒をしているみたい。どっちが狙いやすい？」

「今の方かな」

「どうして？」

「危ないからこそ、警戒しているわけでしょう？」

5

瀬在丸紅子が住む無言亭《むごんてい》のリビング。香具山紫子はテーブルに顔を伏せて眠っている。十時頃、彼女はウイスキィ持参でやってきた。最近は小鳥遊練無と二人で遊びにくることが多かったが、今夜は一人だった。森川素直か保呂草潤平を加えて四人で麻《マー》雀《ジャン》をすることもたまにある。そんなときも、アルコールが入ると、陽気になり、ついには突然眠ってしまう紫子だ。飲むペースは同じだったけれど、今夜は、少しだけ雰囲気が違っていた。どうも元気がない。あまりしゃべらない。彼女らしくなかった。紅子は途中で自分の部屋に本を取りにいき、それを読みながら紫子につき合っていたくらいだ。既に時刻は十二時に近い。

　ここ無言亭はとても小さい。一階には、リビングルーム（キッチン付属の食堂でもある）と紅子の部屋（書斎兼研究室兼寝室）の二部屋しかない。二階には（といっても屋根裏部屋だが）、紅子の息子のへっ君と、使用人（という表現は今ではすっかり不適切になったけれど）の根来機《ねごろき》千瑛《ちえい》が使っている。既に二人とも眠っているだろう。

「どうせ私のことなんか」という台詞《せりふ》を、香具山紫子は何度も繰り返していた。若いときは、いろいろと不自由なことがある。とても広い大草原のはるかかなたに存在する囲いを、若者は不自由だと感じるものだ。紅子くらいの年齢になると、少しだけそういった無邪気な不満が羨ましくもなる。

テーブルの上のグラスを片づけることにした。ボトルは既に空《から》になっている。ちょうど半分くらいずつ飲んだのではないだろうか。酔わなくなったものだ、と紅子は思った。壊れている証拠だろう。

さきほど、阿漕荘の小鳥遊練無に電話をかけた。そのときには、香具山紫子がまだ起きていて、一人で帰れると言い張ったのだが、とてもそうは見えなかった。練無はもうすぐ彼女を迎えにここへやってくる。

書斎に入って、デスクの上にある煙草を探した。書物や測定機器のマニュアルに埋もれていたが、すぐに見つかった。まだ三本は残っているはず。近頃は一日に一本と決めている。健康のためではない。経済的な理由からだった。

紅子は明るいリビングに戻る。紫子は寝息を立てて眠っていた。少し外の空気が吸いたくなったので、コートを羽織《はお》り、靴を履いて、そっと玄関から出た。

まず、煙草に火をつける。

星空がとても高く、そして黒い。星は小さく、ピントが合っている。気温はかなり低かった。煙草を味わうのにもってこいの空気だ。

彼女は、ゆっくりと歩きだす。

途中で小鳥遊練無と出会うだろう。

はっきりとはわからないものの、どうやら、練無と紫子は喧嘩をしたようだ。しかし、そういったことに立ち入るほど紅子はおせっかいではない。世界中の人間の中でも、この若い二人は彼女の最も身近な存在だったけれど、それでも、深く関わりを持つ気はなかった。自分にはそういった真似はできない、と紅子は信じている。

しばらく歩くと木製のベンチがあり、そこに吸殻入れがある。これは最近据《す》え付《つ》けられた公共物だ。ここはもう彼女の庭ではない。

毛の長い犬が紅子に近づいてきた。

「ネルソン、こんばんは」紅子は屈《かが》んで犬を撫でる。

小鳥遊練無も彼女に気づいて駆け寄ってきた。スポーツウエアを着ている。息が早く、なかなか話せないようだった。

「トレーニング？」紅子はきいた。

「ええ……、ちょっとだけ」練無は頷く。「ついでだから」

小鳥遊練無は少林寺拳法を習っている。紅子の世話をしてくれている根来機千瑛が、練無には武道の師に当たる。実は、紅子もかつて（ずっと小さな頃だ）、根来から少しだけそれを習ったことがあった。これは両親には絶対に内緒だった。今でも、誰にも話したことはない。根来でさえ、そのことを決して口にしない。

「保呂草さん、まだ帰ってこないのね」紅子は立ち上がったが、足もとに座ったネルソンに話しかける。

「ええ」練無が代わりに答えた。

飼い主の保呂草潤平の帰りが遅いときは、練無か紫子がこの犬を散歩に連れ出す習慣だった。部屋から出してやりさえすれば、勝手に出歩いてくる、という話も聞いている。

紅子は最後の煙を吸い込んでから、煙草を吸殻入れに捨てた。少しだけ浮遊感があった。気持ちが良い。

無言亭に向かって、二人は黙って歩く。紅子が歩いてきた距離は、せいぜい二百メートルほどだったので、すぐに到着した。

「しこさん、起きるかなあ」高い声で練無が呟く。

「いつかは起きると思うよ」

「そりゃいつかは起きるけど……。あの、何か言ってなかった？」

「どんなこと？」

「僕のこと」

「さあ、どうだったかしら」

紅子がさきに木製のステップを上がって玄関のドアを開ける。暖房が効いているわけではなかったが、室内の空気は外気に比べると暖かかった。ネルソンは中には入らない。いつも戸口で待っている。

相変わらず、テーブルに腕と頭をのせて、香具山紫子は眠っている。顔はまったく見えなかった。

「コーヒー、それとも、紅茶？」紅子は練無に尋ねる。

「どっちでも」彼は答える。「あ、そうだ……」

「何？」キッチンに入る手前で紅子は振り返る。

「これこれ」練無は胸のポケットのジッパを開けて、中から小さな紙切れを取り出した。片面はカラー印刷で艶《つや》がある。チケットのようだ。

「映画？」

「いえ、飛行機のエアロバティックス・ショーです」

「へえ」紅子はそれを受け取る。三枚あった。「珍しいね。近頃では観たことがない」

「招待券だから、これがあれば無料だよ」

「いただいて……、良いの？」

「もちろん」

「来週の土曜日か……」紅子はチケットを見ながら言った。「嬉《うれ》しい。へっ君も喜ぶわ」

「喜びますか？」練無は苦笑した。「あまり、こっち方面、興味がないんじゃあ？」

「そんなことないと思うけど……。とにかく、ありがとう。座ってて……。あ、でも、これ本当に良かったの？　小鳥遊君、行けなくなったわけ？　三枚も、どうして……」

「僕の高校のときの先輩が、そのエアロバティックス・チームのメンバなの。チケット、七枚もらっちゃったから」

「それじゃあ、紫子さんにあげなくちゃ」

「あげたよ」

「ちゃんと誘ってあげた？」

「どういうこと？」練無は不思議そうな顔をする。

「紅茶にするね」紅子は話を切り上げてキッチンに入った。

6

三十分ほど紅子と話していただろうか。

練無は、紫子が何か自分のことを話しているものだと予測していた。だから、紅子がその話題に触れることを覚悟してきたのだ。けれど、話は予想外の世間話で、ほとんど笑いどおしだった。彼はずいぶん気が楽になった。

十二時を回った頃、どうにか香具山紫子が目を覚ましたので、無言亭をあとにする。なにしろ、紫子は練無よりも躰が大きいのだから、一人で運ぼうとしたら、台車のようなものが必要になる。自分の足で歩行してもらわないかぎり、連れて帰ることは困難だった。一応紫子は歩いた。それでも、彼女は練無の肩に寄りかかり、体重の何割かを支えなくてはならなかった。こういったシチュエーションは過去に幾度か経験している。この逆だったことは一度もないはずだ。

幸い、いつもに比べると紫子は大人しく、憎まれ口もきかなかった。話しかけると、うんうんと頷くので意識はあるようだ。

阿漕荘まで戻り、玄関の式台に彼女を座らせたとき、ちょうど、保呂草が帰ってきた。近くにいたネルソンが尻尾《しっぽ》を振って彼を出迎えた。

「あ、保呂草さん、おかえりなさーい。どうもぅ、お仕事お疲れさまでーす」紫子が半分ほど目を開けてそう言ったが、もう次の瞬間には、後ろにのけ反って仰向けになってしまう有り様だった。

「どこで飲んでたの？」保呂草がきいた。

「紅子さんのとこ」練無は靴を脱いで答える。「僕は飲んでないよ。迎えにいったんだ。もう本当に世話がやけるんだよね。なんか、収支が合わないよなあ」

「収支？」

「うん、支出ばっかりだもん。赤字ブー」

「輸出している、貿易黒字だと思えば良い」

「うーん、でも、お金もらってないもん」

「投資だと考えれば？」

「投資かぁ……。しこさんに？」練無は顔をしかめる。「将来性ある？」

「なさそうでありそうなのが、狙い目なんだ」

「ふうん」練無は唸《うな》った。「まだまだ、背は伸びそうだけどね」

とにかく、二人で彼女を運び上げた。階段がぎしぎしと音を立てる。ドアの鍵はなんとか紫子が自分でポケットから出した。練無がドアを開けてやると、彼女は一人で部屋の中に入っていく。

「大丈夫？」戸口で練無はきいた。

「大丈夫でーす」奥から弱々しい声。

「気持ち悪くない？」

「とっても気持ちいい。ありがとう、れんちゃん」

保呂草は斜め向かいの部屋のドアを開けて、ネルソンをさきに入れたところだった。

「保呂草さんも、今日は飲んでいるね。飲酒運転、駄目だよ」

「あれ、わかる？」

「うん」練無は自分の部屋の戸を開けながら答える。

「おやすみ」保呂草はそう言ってドアの中に消えた。

「あ、そうだそうだ」練無は思い出して、隣のドアをノックした。

保呂草の返事が聞こえたので中に入る。彼の部屋はとても散らかっている。デスクがあって、その横に大きなソファがある。ベッドはない。保呂草はいつもソファで寝ているようだ。今は、その上にネルソンがのっていた。

「何だい？」コートを脱ぎながら保呂草がきいた。

「えっとね、これ」練無はポケットからチケットを出した。「招待状だよ。只券《ただけん》。来週の土曜日、空いてる？」

「土曜日か……、ちょっと難しいなあ。あれ、それ、映画じゃないね。コンサート？」

「違う違う。フライト・ショーだよ」

「しこちゃんと行っておいで」彼はセータを脱いでいたが、途中で止まって、また顔を出した。「え？　飛行機？」

「しこさんは、きっと保呂草さんと行きたいって言うと思うんだ。あのさあ、僕がこんなこと言うのもなんだけど、もう少し、彼女に……」

「ちょっと見せて」保呂草は、練無が持っていたチケットをひったくるように手に取った。彼はすぐに顔を上げて練無を見る。「どうしたの？　これ」

「僕の先輩がチームの一員なの」

「へえ……」保呂草は驚いた表情だった。「わかった。ありがとう。これ、もらえるの？」

「保呂草さんの分はね、しこさんにもう渡したから、彼女を誘ってあげて」

「ＯＫ」

「本当に？」

「ああ」

「あれ、飛行機とか、好きなの？」

「大好き」保呂草は簡単に頷く。しかし、今まで練無はそんな話を聞いたことがなかった。「小鳥遊君の友達って、メカニックか何かを？　格納庫なんかに入れるんだね？」

「違うよ、パイロットだもの」

「え？　そりゃ、凄い」

「フランスに留学してて、向こうで訓練を受けたんだ」

「フランス？」

「高校のときのクラブの先輩」

「少林寺の？」

「そう」

「じゃあ、あまり歳が違わないわけか」

「ううん、僕が中一のとき、もう彼女は高三だったから五つかな……。中学と高校が一緒の学校だったの」

「彼女？　男じゃないの？」

「共学だよ」

「名前は？」

「え、学校？」

「違う違う、その先輩の」

「どうして、そんなこときくの？」練無は笑った。

「いや……、パイロットの友達が欲しいから」

「関根さんだけど……」練無は答える。

保呂草は目を瞑《つむ》って、突然小さく指を鳴らした。

彼は目を開けると溜息をついて、天井を見上げる。

練無も天井を観察してみたが、特に異状はなかった。

「どうしたの？」

「いや、別に」保呂草は急に真面目な顔に戻った。

「なんか、嬉しそうだったじゃん」

「そう見える？」

「むちゃくちゃ見える」

「小鳥遊君、飲み直さない？」保呂草はにやりと笑った。珍しい表情だ。

「僕は飲んでないんだってば」

第2章　飛ぶものの形

マグネシウムは燃えつきた、ぼくらの焚火は赤らんだ。そこにはおびただしい熾火《おきび》が残っているだけだ。その上にうつむいて、ぼくらは、暖をとる。

1

翌週の金曜日の夕方、保呂草潤平のオレンジ色のビートルは、空冷エンジンの軽やかな回転音を響かせながら、那古野市北部郊外の国道を北上していた。助手席には小鳥遊練無、後部座席には香具山紫子が座っている。練無は赤いジャンパ、紫子は茶色のセータを着込んでいたが、雨が降りだしそうな空模様のためか、気温はそれほど低くない。

「明日、晴れると良いね」練無が心配そうに呟く。既に同じ台詞を何度か口にしていた。

フライト・ショーの本番は明日と明後日。関根杏奈からもらった招待状は明日、土曜日の午後の指定である。今週になってからテレビのローカルニュースでショーの話題が取り上げられたり、保呂草が航空雑誌を買ってきたり、阿漕荘ではこのイベントの話で持ちきりだった。もともとは、特に誰かが顕著な飛行機マニアだったわけではない。せいぜい、香具山紫子がゴム動力の模型飛行機をたまに作って遊んでいるとか、小鳥遊練無が半年に一度くらいのインターバルでジェット戦闘機のプラモデルを作ったりするくらい。いずれも軽い気晴らしの域を出ない。

紫子は、父親が模型飛行機マニアであったため、その影響で子供の頃からその手のおもちゃでよく遊んでいたらしい。

「うん、きっと男の子が欲しかったんよね」と彼女は言った。

「だから、そんなに大きくなったんだね」練無は笑いながら、紫子の攻撃を躱《かわ》した。

理論的なことでは、自然科学者を自称する瀬在丸紅子がさすがに一番詳しかった。水曜日の夜には、阿漕荘の練無の部屋で深夜まで麻雀をした（四人の他に、森川素直が加わり、彼は無口な交代要員に徹していた）が、そのときも、紅子が航空機および発動機の歴史を、力学の初歩的な解説を交えて、ゲームの片手間に語った。テクニカル・タームが多かったので、他の者はいつものように軽く聞き流していた。

木曜日には、練無のところへ関根杏奈から電話がかかってきた。飛行練習は月曜日から始まったが、ようやく仕上がってきた、土曜日の本番ではゆっくり話もできない、もし良かったら明日の金曜日に遊びに来ないか、いろいろ案内しよう、と彼女は話した。練無は当然ながら、その場で即答して時間の約束をする。飛行場へは車で行くのが一番便利だと聞いたので、保呂草のビートルを貸してもらおうと彼は考えた。帰ってきた保呂草を廊下で捕まえて、さっそくその話をすると、意外なことに、保呂草は自分も行きたいと言う。

「えぇ……、なんで？」練無はきいた。少し不満な表情が顔に出ていただろう。彼にしてみれば、デートに近いイメージだったので、明らかに一人で行くことしか考えていなかった。少なくとも、友達を連れていくのは望ましくない。

「一度、見てみたかったんだ」保呂草は簡単に答える。「頼むよ。なるべく邪魔しないからさ」

そう頼まれると、車を借りる手前、断るわけにもいかない。ところが、廊下で立ち話をしていたのがいけなかった。二人の会話を向かいの部屋の香具山紫子が聞きつけて、出てきたのである。

「私も行く」ドアを開けるなり、彼女はそう言った。

「あぁ、もう……」練無は頬を膨らませるだけの抵抗がやっとで、数秒後には、そのエネルギィも虚しい溜息に消費された。

「私は、保呂草さんと行くんよ。たまたま同じ場所におるだけ。れんちゃんが気にすることないやん」

今日も出かけるときに紫子は笑いながらそう話した。「こういうときはな、いきなり暴走せん方がええねんよ。覚えとき」

「何？　暴走って」練無がきき返す。

「空を飛ぶときは、えっと……、暴飛とか、言わへんなあ。何て言うん？」

「何が言いたいわけ？」

「つまりやね、適度に歯止めが利いてる状態がベストなん」紫子はにやりと笑う。「あかんあかん、て言われると、よけいに好きになってしまう若い二人。周りが邪魔をするほど、どうしようもなく親密になっていくんが、恋の道理ちゅうもんや。ほらほら、恋敵《こいがたき》とかがいる場合なんか、もうごっつい驀進《ばくしん》やろ？」

「そうなの？」練無は首を傾げる。

「そうや」紫子は頷いてから、練無を横目で睨《にら》んだ。「私にきき返さんでもええやん。そのへんは、紅子さんにきいたげて」

「何の話だったっけ？」練無は眉を寄せた。

「まあ、あんまし、私たちを恨んじゃ駄目なのさってこと。ウランじゃいけない、原発反対ってやつだな。ウララ、ウララ、ウラウララ。私を、恨んじゃ、駄目なのさ」

「それすっごい新しいね」顔をしかめる練無。

　ビートルの助手席で、電話で聞いた道順を練無がときどき指示した。時刻は四時少しまえ。相変わらず、雲の多い寒々しい空である。

「小鳥遊君の彼女さ、フランスのどこにいたの？」信号待ちになったとき、保呂草がきいた。

「彼女なんかじゃないってば」

「テレビに出てはったの見たよ」紫子が後ろで言う。「なんかな、このまえ生《なま》で見たときと、えらい違いやったわ、なんかお化粧がちょっと、なんていうか……」

「それは、テレビ用だからだよ。ショービジネスなんだから、しかたがないでしょう?」

「そう、プロやもね。遊び慣れている感じやし」

「どういう意味、それ」練無が振り返る。

「ごめんごめん」紫子は笑った。「そんな怒らいでも……。フレンドリィっていう意味。うーんと、開放的っていうか。やっぱし、ハーフだから? ああいうん」

「しこさんの方がずっと開放的じゃん、もう開けっぴろげで羞恥心とか欠片《かけら》もなくってさ」

「誉めてくれて、ありがとう」紫子が後ろから練無の髪の毛を引っ張った。

「痛い痛い!」

「私はね、君に合わせているんよ。ホンマはものごっつい清楚で大人しいんやから」

「わかった、わかったってば」

「なんていう名前だったっけ?」保呂草が尋ねる。

「関根さん」

「関根、何ていうの?」

「杏奈さん」

「お父さんが、画家なんだろ?」車が走りだしたので、保呂草は前を向いた。

「うん、そうみたい。フランスにいたのは、そのせいだよ」

「ふうん……。有名なん?」後ろから紫子が尋ねる。

「さあ、どうかな」練無は首を傾げた。「有名は有名なんじゃないかな、お金持ちみたいだし。あれ、保呂草さん、そっち方面のこと詳しいんじゃないの?」

「あ、うん……、そうだね。まあ、名前は通っているかも。一流かなあ。僕もよくは知らないけど」

「そやけど、命懸けの仕事でしょう？　女だてらに、ようそんなことさせた思う、親がさ」

「しこさんのとこだったら、駄目？」練無が尋ねた。「警察に就職したいんでしょう？」

「駄目、もう半分諦めてる」

「わりと名家のお嬢様なんだよね」練無が笑う。

「清楚で大人しい」

「笑いながら言うな」

練無が振り向くと、紫子はシートにもたれて難しい顔をしていた。

「まあ、人間、それぞれ人生の形ちゅうもんがあるさかいね」彼女は練無を見て呟くように話した。

「抜けられる穴と抜けられへん穴があるんよ。大きさがOKでも、形が合わなくて引っかかる場合もあるわけ。この歳になると、そういうのが、こう、ひしひしと感じられるこの頃だよ、ホンマ、大人は辛《つら》いわ」

「哲学してるじゃん。もしかして病気？」

「君はええよな。スカート穿《は》いて、可愛らしい格好して喜んで。けど、結局は男やもん。男はええよな、ホント。なんだかんだいうても、しょせん女は女やも」

「うわぁ、まずい方向へ話が逸れてる感じ」練無は前を向いて座り直しながら囁《ささや》いた。

飛行場の敷地に沿った直線の道路をしばらくビートルは進んだ。電話で聞いたとおりのゲートを見つけて、守衛小屋の前で車を停める。関根杏奈の名前を言うと、ガードマンが電話をかけて確認を取った。代表者の名前を書かされ、入構許可証をもらう。目の前の遮断機のバーが上がり、ビートルは再び走りだした。

構内の幅の広い真っ直ぐの道。両側に並木が疎《まば》らに整列している。倉庫のような巨大な蒲鉾《かまぼこ》形の建物。二階建ての住居と思われるブロック造。飾り気のない鉄筋コンクリートの四階建て。いずれも、同じ形式の建築物が複数個並んでいる。土地はどこまでも見渡すかぎり平たい。空港が隣接しているはずだが、建物や樹木が邪魔をして、滑走路は見えなかった。

案内板や標識を頼りに、敷地の一番奥に近い場所まで行き着いた。手前に広い駐車場があって、二十台ほど車が駐まっていたが、まだ倍以上のスペースが空いている。端には大きなトレーラが三台、コの字形に駐車されていた。窓があるので、トレーラ・ハウスのようだ。

前方には、白い大きな格納庫が建っていた。そこに近づくほど、思っていたよりも、さらにそれが大きいことが認識される。平たく横に長い形状だったので、最初はせいぜい二階か三階建てだと思っていたが、目の前に迫ると、非常に高い。普通のビルなら五、六階の高さはあるだろうか。小さな明かり採りの窓が開いているほかには、凹凸《おうとつ》はほとんどなく、巨大なシャッタと、それとは対照的に小さなアルミのドアが二つ、こちら側に見えた。

ちょうど、ジェット・エンジンの轟音が鳴り響き、格納庫の向こう側の空を急角度で上昇していく旅客機が間近に見えた。どこからともなく別のエンジンの音も聞こえてくる。

ガードマンなのか、警察官なのか、それとも自衛隊員なのか、じっと動かない制服姿の男たちが、入口付近に三人。さらに駐車場に二人。また、トレーラ・ハウスの近くにもう一人立っていた。

練無、紫子、保呂草は、格納庫の正面中央の入口に向かって歩いた。そこに立っていた制服の男に、練無が話しかける。

「関根杏奈さんのところへ行きたいんですけど、ここで良いですか？」

「ええ……」男は頷いた。

ところが、ちょうどそのとき、アルミのドアが勢い良く開いて、当の関根杏奈が顔を出した。

「やあ、来たね」彼女は笑顔を作って、ドアの外に出る。オレンジ色のツナギに黒いジャンパを着ていた。

「こんにちは」練無が頭を下げる。

「迷わなかった?」彼女は白い歯を見せる。「電話があったから、迎えに出ようかと思っていたところ」

「一人で来るつもりだったんだけど……」練無は後ろを振り返る。「こちら、保呂草さんと、香具山さん。二人とも、どうしても見たいって言うから」

もちろん、二人を連れていくことは、事前に電話で連絡済みだ。

「お邪魔します」保呂草が挨拶する。

「よろしくお願いします」他所《よそ》行きの声で紫子が言った。

「関根です。よろしく」杏奈はドアを大きく開ける。「とにかく、中へどうぞ」

三人は中に入った。

「うわぁ、凄い」練無は思わず口にする。

体育館よりも何倍も大きな空間だった。床のコンクリートには、ラインが何本も引かれている。天井と壁には、トラス構造の鉄骨の柱や梁《はり》が剝き出しになっていたが、壁面や天井そのものは、綿《わた》を固めたような灰色の建材。また、空調のダクトと思われる銀色のパイプラインがそこかしこに導かれている。水銀灯が高い位置に沢山並んでいて、それが一つおきに光っていた。入ったところの反対側が滑走路になるはずである。そちらには、小さな飛行機が五、六機見えた。眩しいほどのスポットライトがその近辺で輝いていて、緑色のツナギを着た何人かが動いている。立ち話をしている者、台車を押している者、ボードを抱えてメモを取っている者。また、屋内には、四角い形のオープンの作業車が二台駐車されていた。だが、そういったすべてのものは、全体のほんの一部(奥の方の半分以下)を占めているに過ぎない。手前には、テニスコートが何面も取れるほどの空間が残っているのだ。

入って右のコーナには、コンテナのようなものが設置されていた。窓が開いているので、人が入ることのできる部屋だとわかる。さらに、その左から奥へかけて、ちょっとした建築物が建っていた。格納庫の中にまた建物がある。小学校の教室二つ分くらいの広さは優にありそうだった。その周辺には五人ほどのガードマンが立っていた。

排気臭いというのか、油臭いというか、独特の匂いがする。外よりは多少暖かい。

「まず、飛行機を見る？」歩きながら、杏奈がきいた。

「あれに乗られるんですか？」紫子が前方を見ながら言った。「ぴかぴかで綺麗ですね」

「本当、プラモデルみたい」練無は声を弾ませる。

まだ、飛行機までは何十メートルも離れていたが、それでも、ライトの光を反射して、機体は光っていた。近づくにつれて、ピンクと白の二色が直線的に塗り分けられていることがわかった。

プロペラ機である。機長は六、七メートルだろうか。大きなエンジンを搭載しているためだろう、前方は太くてヴォリュームがある。胴体の前半分は円形の断面のようだ。前に回ってみると、カウリングの中に放射状に並んだシリンダなど、鈍く光るエンジンの一部が見えた。胴体は後方へいくにしたがって細く絞られ、垂直方向に長い楕円形へと変化している。主翼は真っ直ぐ左右に延び、前縁は正確無比の曲面に見えた。翼が胴体と接する部分は緩《ゆる》やかな曲面のカバーに覆われ、「連続」という表現を自然に思いつく。どこにも段差がない滑らかさ。上部に突き出した大きな透明のキャノピィも例外ではない。それは主翼の後縁付近、胴体のほぼ中央にあって、今は後ろの半分がスライドして開いていた。もちろん、そこがパイロットが乗り込むコクピットである。主翼の下の胴体からは、カーブして伸びた支柱の先に比較的小さなタイヤがあって、その一部を覆い隠すように流線型のスパッツが被さっている。

飛行機自体は、想像していたよりもずいぶん小さい、というのが練無の第一印象だった。

同じ塗装の機体が四機並んでいた。上半分はピンク、下半分が白、ストライプやスター・マークが、反対の色で入っている。コクピットの前のボンネットは艶のない黒。おそらく太陽光の反射を防ぐ目的だろう。ボディには、グレィの文字で、ANGEL MANEUVERS と記されている。比較してみると、この四機にはそれぞれ垂直尾翼のところに白いレタリングで1から4までの数字があった。他にもあと二機、同じ形式の飛行機があったが、塗装が赤と白の二色で、塗り分けのパターンが若干異なっていた。それら二機には、5、6のナンバが尾翼にあった。

「カッコいいなあ」練無が呟き、溜息をつく。

「そう、格好良いでしょう?」隣に立っていた関根杏奈は、当然だという口ぶりだった。

「ドイツ製ですね?」保呂草が尋ねる。

「ええ……、よくご存じですね」杏奈は彼の方を振り向いた。「フランス製じゃないので、向こうでは、けっこう抵抗がありました。これは、最初から完全に曲技のためだけに設計された機体なんです」

「どう違うの?」練無が質問する。

「そう……、まずエンジンのパワーが絶対的に大きくて、あとは、とにかく軽量で、失速が遅い。舵角《だかく》が大きいし、燃料系やエンジンがgに強くて、レスポンスがシビアなこと、くらいかな」

「ダカクって?」

「舵の作動角度のこと」

「ジェット機なんかでも、アクロバット・チームがあるでしょう。自衛隊のチームなんかで」

「たいていは練習機がアクロバットに向いているの。つまり、ゆっくり飛べる性能が一番必要なんだ」

「ふうん。そうか」練無は頷く。「あまり速く飛ぶと、観る方が大変だもんね」

「普通のジェット機なんかじゃ、滅多に失速なんてさせられない。そういうのは、こういった小型の機体の独壇場ね。つまりは、失速のし方と、失速後の挙動が、このタイプの機体の命なんだから」

飛行機のことを語る関根杏奈を練無は見つめていた。まるで、彼女がそのまま空を飛べるような錯覚が一瞬ある。

「乗りたい？」彼女が尋ねる。

練無は目を丸くして三度無言で頷いた。

「機会があったら」杏奈も微笑んだ。

今、四人が眺めているのは、1番機だったが、それは、緑色の作業着姿のスタッフがこの近辺にはいなかったためだ。他のところは、いずれも作業中の様子で、邪魔をしそうで近づきにくかった。4番機はカウリングが外され、パイプ構造に支持されたエンジンが剝き出しになっていた。

黒い帽子をかぶった若い男が近づいてきた。小柄で髪が長い。杏奈と同じオレンジ色のツナギ姿だったが、その上に灰色の作業着風の上着を着ていて、袖口が油で汚れていた。

「西崎《にしざき》君、リーダは？」杏奈がその男に尋ねた。

「滑走路に出ていったよ」西崎と呼ばれた青年が答える。彼は、練無たちの方を睨むようにして見た。「雑誌だかの取材が来てて、そいつらと一緒……。俺、今日はちょっと休みたいな」

「いいんじゃない？」杏奈は西崎から顔を背《そむ》けて言った。そして、練無の方を見る。「えっと……、お茶でも飲もうか」

2

関根杏奈に従って、三人は格納庫の片隅に建てられたプレハブ小屋の中に入った。室内は暖かい。杏奈はジャンパを脱いで、ファイルが並んだ棚の上に置いた。ソファとテーブルのセットがある。パーティションが立ち、奥にもテーブルと椅子、ホワイト・ボードなどが見えた。

「そこに座ってて。ここだけは煙草が吸えますから、吸いたかったら、今のうちにどうぞ」杏奈が保呂草を見て言った。「あ、誰か一人手伝ってもらおうかな」

「はい、私が」紫子が片手を広げる。

奥のコーナに食器棚があり、中央部に電子レンジとコーヒーメーカが収まっていた。杏奈と紫子がそちらへ行くと、保呂草と練無はソファに並んで腰掛けた。窓からは、さきほど見てきた整備中の飛行機が見える。室内の壁には、様々な大きさの写真や、雑誌の切り抜きが貼られていた。それらの半分は、スモークを吐いて飛行中のピンクの機体。残りは、オレンジ色のツナギを着たパイロットたちの笑顔のスナップだった。

皿にのせたカップを両手に持って、杏奈と紫子が戻ってくる。彼女たちは、練無の向かい側に並んでいた一人掛けの椅子にそれぞれ腰掛けた。

「ブラックだよ」杏奈が言う。「生憎《あいにく》、シュガーもミルクも切れてて」

「お邪魔じゃありませんでしたか？」保呂草がジェントルな口調で尋ねた。

「いえ、そんな……」杏奈はポケットから煙草を出した。「ああ、さっきは、ごめんなさいね」

「え、何のこと？」練無がきいた。

「あの子」煙草に火をつけ、杏奈は窓の方を一度見てから言った。「もともとが、ああなの。ぶっきらぼうなんだ。それに明日が本番ともなるとね、気が高ぶるのもしかたがない」

「こんなときに、来ても良かったですか？」練無が尋ねる。

「私は全然平気。心臓だけは特別製みたい」

「彼、若そうでしたね」保呂草も煙草を取り出したが、まだ火をつけていない。

「そう、二十歳かな、彼と私だけ、うんと若いんですよ。他のメンバはもう、ずっと上。さっきの子のお父さんが、チームのリーダなんです」

さっきの子というのは、西崎という名の青年のことだ。関根杏奈は二十五歳。「子」という呼び方に、練無は多少どきりとした。自分ももうすぐ二十歳だが、よくそう呼ばれることがある。

少し焦げ臭いブラック・コーヒーをすするように飲みながら、練無は、正面に座っている杏奈を見る。彼女も彼を見返して優しく微笑んだ。香具山紫子はその隣で緊張した表情で黙っている。保呂草は、横を向いて壁の写真を眺めているようだった。

「お天気が心配ですよね」紫子が口をきいた。

「そう、それだけはね……、日本は難しい」杏奈が溜息をつく。「飛べないようなことは滅多《めった》にないんだけど、でも、低空の演技とかは、ちょっと無理だなっていう風が多い」

「雨でもやるの？」練無が尋ねる。

「やるよ。飛ぶところだけは見せないと……。でも、そうね、半分の演技はキャンセル。第一、見えないでしょう？　雨が降ると、とにかくお客さんに申し訳なくて」

「事故とか心配ですよね」紫子が口にする。

「しこさん、そういうこと言っちゃ駄目だよ」練無がすぐに言った。

「ううん、大丈夫大丈夫」杏奈は笑った。「そんなの、何のジンクスもないから。それよりも、もし少しでも心配だったら、とことん練習して、とことん整備して、体調を万全に整える。それだけ。マシンの致命的なトラブルさえなければ、そうそう事故なんて起こらない。人間のミスの方がずっとずっと確率が高いんだからね」

「どんなミス？」

「それはいろいろ。たとえば、そうね……、極端な話、気を失ってしまったら、終わりでしょう？」

「ああ、それありそう」紫子が顔をしかめて囁いた。「気持ち悪くなったりしませんか？」

「一度、乗ってみる？」微笑みながら、杏奈が紫子に顔を向ける。カップを持ったまま、紫子はぶるぶると首をふった。「あの機体、全部タンデムなの」

「タンデム？」紫子がきいた。

「あ、つまり、二人乗り」杏奈はコーヒーを飲みながら答える。「練習機としても使えるようにね。でも、軽量化のため、操縦系統も取り外してあるから、前の座席は単なるお客さん用。そう、よくね、カメラマンとか乗せるんだよ。本当のお客さんも乗せたりする」

「乗ってみたい」練無が声を上げる。さきほども、それはアピールしてあった。

「ショーが終わったあと、また、一度遊びにおいで。ジェットコースタよりは、ずっと乗りごこちが良いよ。保証する」

「また来ます」練無が頷いて答える。「うわぁ、楽しみ」

杏奈はにっこりと微笑んだ。その横で、紫子が練無を睨んでいた。保呂草は煙草に火をつけて立ち上がり、窓に近づいて外を眺める。

「あの倉庫みたいなもの、何ですか？」彼はきいた。

「え？」突然の質問に杏奈はきょとんとした表情になる。彼女はカップをテーブルに置いて、腰を浮かせる。「倉庫って？」

「そこのプレハブです」保呂草は指をさした。すぐ隣の仮設の建物のことだ。

「ああ……」杏奈はにっこりと微笑む。「飛行機とは全然関係ありません。ちょっと場所を借りているだけです」

「警備の人が立っていますよね」保呂草はソファに座り直す。

杏奈は微笑んだまま軽く頷き、灰皿で煙草を消した。

さらに二十分ほど話をしているうちに、外で話し声が聞こえ、ドアが開いた。入ってきたのは、がっしりとした体格の中年の男性と、メガネをかけた女性、そのあとに、大きなストロボを装備したカメラを持った若い男の三人だった。

「あ、お客さん？」最初に入ってきた男が、関根杏奈に声をかける。

「ええ、お友達です」杏奈が立ち上がって答える。

「ここ、お邪魔ですか？」

「いやいや、かまわんよ。奥を使う」男は、それから、練無、保呂草、紫子を順番に見て愛想良く微笑んだ。「ごゆっくり」

メガネの女性が保呂草の顔を覗き込んだ。

「あ、どうも」保呂草は彼女を見て、片手を軽く挙げる。

三人は、そのまま奥のパーティションの中へ入っていき、見えなくなった。

「保呂草さん、知り合い？」紫子がきいた。

「ああ、うん」彼は頷き、杏奈に尋ねた。「取材ですね？」

「ええ。彼がチームのリーダです」

西崎勇輝《ゆうき》という男に、このとき三人は少しだけ会ったことになる。年齢は五十五歳。もとレーサで、その後、フランスで日本人によるエアロバティックス・チームを結成した男だった。壁に貼られたスナップ写真のうち、大勢が集合している写真では、いつも彼が中央に立っている。このときは、そこまでは気にもしなかったのだが……。

パーティションの奥ではインタヴューが始まったようだ。練無と紫子は、コーヒーカップを洗って食器棚に戻したあと、その仮設事務所を出た。

「じゃあ、明日、頑張って下さい」練無は格納庫の出口の手前で立ち止まって言う。

「ありがとう。1番機を見ていてね」杏奈は自信ありげに微笑み、片手を挙げて、敬礼した。その姿がなんとも格好が良い、と練無は思った。しばらく眺めていたかったけれど、紫子が彼の袖を引っ張ったので、ドアから外に出る。

格納庫の外で練無は腕時計を見た。結局、三十分ほどいたことになる。もう外は真っ暗だった。ガードマンが彼らを見ている。三人は駐車場のビートルまでの百メートルほどを歩いた。

「小鳥遊君、運転していってくれないかな」保呂草が小声で言った。

「うん、良いけど」

「ちょっと、僕、さっきの彼女に話があるんだ」

「え？」練無は首を傾げる。

「久しぶりだから、少し話をしてくる」

「ああ、さっきの取材にきてた人？　綺麗な人だったよね」練無が目を大きくして話す。「車で待っていれば良い？」

「いや、取材にまだ時間がかかりそうだったから。二人でさきに帰って良いよ」保呂草は火のついていない煙草を斜めにくわえていた。

「そんな……」紫子が車の反対側でこちらを睨んでいた。

「保呂草さんは、どうやって帰るの？」練無は尋ねる。

「そんなの、どうやったって帰れるさ」保呂草は煙草に火をつけた。「飛行機以外、だけどね」

3

各務亜樹良は、カメラマンの牧浦宗之《まきうらむねゆき》と一緒に格納庫から出た。時刻は六時を回っている。その付近は、常夜灯に照らし出されて明るかったが、周辺は予想外に暗く、気温もすっかり下がっていた。

駐車場まで歩く間に、牧浦と今後のスケジュールを打ち合わせた。彼は地元のカメラマンで、会うのは今日が初めてだった。歳は尋ねなかったが、まだ二十代ではないだろうか。

「それじゃあ、明日また」四輪駆動の背の高い車の前で、牧浦が立ち止まって頭を下げる。「よろしくお願いします」

「お疲れさま」彼女は横を向いたまま応え、自分の車の方へ向かう。

「あ、斉藤《さいとう》さん」牧浦が呼び止めた。「各務さんは、こちらへはいらっしゃらないんですか?」

「ええ、たぶん」

「そうか……、そりゃ残念だなあ」

「明日、遅れないでね」

「はい、大丈夫です」

後ろでドアの開く音を聞きながら、各務は歩く。

斉藤静子《しずこ》、それが、各務亜樹良の架空のアシスタントの名だ。彼女はその名刺を使うことが多い。東京の事務所に以前実際にいたバイトの女子学生の名前を拝借し、漢字だけ変えて使っている。もう、二年ほど名乗っていたので、すっかり馴染《なじ》んでいた。

駐車場の反対側のトレーラ・ハウスを観察しながら、車のドアを開けて、運転席に乗り込んだ。

車内は冷えきっている。

「こんばんは」

背後からの突然の声。

彼女は咄嗟《とっさ》にシートの下に手を伸ばした。

「驚かしてすみません」

「保呂草さんか……」彼女は顎を上げてゆっくり溜息をつく。

「早くエンジンをかけた方が良いですよ」

格納庫の前に立っているガードマンを横目で見ながら、各務はエンジンをかける。それから、後ろを振り返った。

「キーを壊さなかった? あまり感心しないやり方だな。撃たれるよ」

保呂草は、後部座席の隅に斜めにもたれかかるように座り直した。頭を少し上げて、窓の外を見る。それから、各務の方を向いて片手を差し出す。それは拳銃だった。運転席のシートの下に隠してあった彼女自身のものだ。

「返しておきます」彼は小声で言った。「間違って撃たれたら、困るから」

彼女はそれを受け取り、助手席に置いた。

「よりにもよって、同じ日に来なくても」各務は鼻から息をもらす。「もしかして、私をつけていた？」

「いいえ、偶然です。なんて運が良いんでしょう」

「誰が？」

「二人のうち、どっちか」保呂草は答える。「車を出して下さい。少し離れたところで、僕は降りますから」

「頭を下げていて」ギアを入れて、各務は発車させる。駐車場から出るためには、格納庫に一度近づく必要があった。「一緒に来ていたのは誰？」

「彼らは関係ない。単なる友達です。何も知りません。気にしないで下さい」

「関根杏奈と親しそうだったじゃない」

「格納庫の中の……、あの倉庫みたいなやつですね？」保呂草は話題を変えた。

「あ、ええ、そうだと思う」

「関根朔太を見ましたか？」

「いいえ、見かけなかった」

「警備しているのは、あれ、民間のガードマン？」

「はっきりとはわからないけれど、格納庫の中には、私服の刑事が何人かいるみたい。西崎勇輝がそれらしいことを話していた」

「西崎って、さっきインタヴューしていた人ですね？」

「ええ、そう」

「警察ね……、気づかなかったなあ。だいたい目つきでわかるものだけど」

「なんだか、全員殺気立っていなかった？」

「そうかな」

「そんな感じだった」

「ざっと周辺も歩いてみましたけど。外回りは、あまり警戒していないようです。あそこかどうか、僕は半信半疑」

「疑り深い方？」

「どっちかというと」

「私も、そう」

「駐車場のトレーラ・ハウスを使っているのは？」

保呂草はきいた。既に駐車場は後方に遠ざかっていた。

「パイロットと専属のメカニックみたい」

「夜はあそこで寝るわけですか？」

「たぶんね」

真っ直ぐに道路を進んでいた車が減速し、静かに停まった。格納庫から数百メートル離れた場所、しかし、ゲートまではまだかなりの距離が残っている地点。ちょうど常夜灯が遠く、すぐそばに倉庫のような建物があったが明かりもなく、辺りは暗かった。

「今夜、仕事をするつもり？」後ろを振り返って各務は尋ねる。

「ええ……、まあ、誘われなければ」保呂草が答える。暗いので表情は見えなかった。

「誘う？　誰が？」

「誰かが」

「意味がわからないジョークだね。降りて」

「明日もここへ？　それとも、会場へ？」保呂草はきいた。

「両方」各務は答える。「一人寂しくキャンプでもするつもり？」

「わりと孤独が好きな方なんです」

「ロマンチックだこと」

後部のドアを開けて、保呂草は黙って出ていった。

その姿は暗闇に消え、たちまち見えなくなる。

助手席の拳銃を確認し、シートの下に隠してから、彼女は再び車を走らせた。

4

帰りの車の中で、香具山紫子はずっと不機嫌だった。

最近、自分はよく腹を立てる、と気づいてはいたものの、結局、何度考えても自分のせいではない、というのが彼女の結論だった。

隣で鼻歌を歌いながら運転をしている小鳥遊練無を盗み見るたびに、そして、一緒に帰らなかった保呂草とあのメガネの女を思い出すたびに、投げやりな溜息がもれる。

「しこさん、どうする？　ご飯」

「どうだって」

「ファミレスでも入る？」

「うーん」溜息とシンクロさせて思わず大きな唸り声を上げてしまう。「君と二人で入ってもな」

「森川君も誘ってみる？　あと二十分くらいで着くと思うけど」

「森川君かあ……」どいつもこいつも、と言いかけそうになって、紫子は思い留まった。

そうこうしているうちに、車はあっけなく阿漕荘に到着してしまう。すっかり夜だという錯覚があったが、まだ六時少しまえだった。

裏道に保呂草の車を駐めて、二人は黙って阿漕荘の玄関に入る。一階は靴を履いたまま各部屋にアプローチできるが、二階は靴を脱いで階段を上がらなくてはならない。ちなみに、現在一階の住人は全員が女性で、二階は、香具山紫子以外は全員男性である。その二階へ上がる式台の手前に、女性ものの靴。

「あれ？　紅子さんやわ」紫子は見覚えがあった。

「上で待っているのかな？」練無が靴を脱ぎながら言う。「保呂草さんはいないわけだから……」

二人は急いで階段を上がった。二階の一番奥の両側が、練無と紫子の部屋だ。廊下には誰もいなかった。

「違うじゃん」練無が小声で囁いた。「よく似た靴なんじゃない？　どこかのお客さんだよ、きっと」

「女の子連れ込むような奴おったかぁ？」紫子が首を捻る。「誰やろな。あ、あいつだ、フュージョン高田《たかだ》！」

左側二つ目の部屋に照明が灯《とも》っていた。紫子は躊躇《ちゅうちょ》なくドアをノックする。返事がすぐに聞こえ、ドアが開いた。

「あ、こんちは」アフロヘアの高田が顔を出す。紺のジャージの上下。裸足だった。「何です？」

「いや……、別に」紫子はにっこりと笑って片手をふった。さようなら、というジェスチャだったが、相手にどう受け取られるかは不確定だ。「元気？風邪治った？」

「風邪？　ああ……、二ヵ月くらいまえだよ、それ」高田は紫子の後ろに立っている練無を見る。「あ、おい、小鳥遊、不動産屋の管理人かな、さっき見回りにきてさ、消火器知らないかって、みんなにきいて回ってたぞ」

「ふうん」練無は軽く頷いた。「オッケイ。今度出しとく」

「やっぱり、お前か……。消火器、使ったんか？」

「重しにね」

「重しぃ？　何の？　漬物でも作ってんのかよ」

「押し花」

「じゃあ、ばいばい」紫子はさらに手を振って、ドアを無理やり閉めた。彼女は振り返って練無を睨む。「押し花やとぅ？」

「高田君じゃなかったなり」練無は微笑んだ。

他に電気が灯っているのは、左側の奥から二つ目、紫子の隣、つまり森川素直の部屋だけだった。

「うわぁ、どきどき」半分ほど廊下を進んだところで、練無が声を押し殺して囁いた。「どうしよう、どうしよう。しこさん、ノックしてみて」

「やだ」彼女は首をふった。

どういうわけか、抜き足差し足になっている。二人はそれぞれ自分の部屋の前まで来て、そっと鍵を開ける。そのとき、森川の部屋から高い笑い声が聞こえた。

「あ、やっぱり、紅子さんじゃない？」練無が囁く。

「そうかな」紫子は首を傾げる。「だけど、紅子さんが、なんで森川君とこに？」

「僕らを訪《たず》ねてきたけど、留守だったから」

「想像でけへんわ」紫子が顔をしかめる。「森川君とこで、笑うようなネタあると思う？」

「他にも誰かいるとか」

また、笑い声がする。間違いなく瀬在丸紅子の声だった。とても楽しそうだ。

紫子はドアをノックした。少し遅れて、森川素直が顔を出す。

「森川君、食事済んだ？」紫子は尋ねる。

「まだ」彼はぼんやりとした顔で答えた。特に楽しそうな顔には見えない。

「誰か来てはるの？」

「あ、うん、瀬在丸さん」

「紫子さん、こんにちは」奥から紅子の声。「小鳥遊君は？」

「いるよ」紫子の後ろで練無が答える。

「入っていい？」紫子は森川に一応きいた。彼が頷いたので、二人は部屋の中に入る。

窓際の床、丸いクッションに紅子は座っていた。スカートが広がり、脚を折り曲げ横に投げ出している。彼女の前には、雑誌が広げられ、スナップ写真も何枚か並んでいた。

「おかえりなさい」座ったまま、紫子たちを見上げて紅子は微笑んだ。「森川君にね、写真を見せてもらっていたの」

「楽しそう」練無が呟く。

「もう、話が弾んじゃって」紅子は笑いを堪えるように唇を嚙み、森川を見た。「ねえ……」

「話が……、弾んだ？　森川君と？」紫子は森川を三秒ほど見据えてから、練無の顔を見る。練無もほぼ同じタイミングで紫子の方を向いた。

「あ、そうそう」紅子が練無を見て言った。「このまえの日曜日だったわね、へっ君がお世話になりました。どうもありがとう」

「え？」練無は目を大きくする。「ああ、工作のこと？」

「何、工作って？　スパイごっこ？」紫子が尋ねた。

「図画工作。へっ君の学校の宿題だったの」練無は真面目に答える。「紙粘土で何か作って色を塗るんだ。僕のところに、プラモの塗料があるから来てたわけ。ピカピカにしたいって言うから。けっこうマジで手伝っちゃった」

「ちゃっかりしてるわ、へっ君」紫子が微笑む。「何作ったん？　あ、フランス人形？　君、モデルしたんとちゃう？」

「ざる蕎麦《そば》」練無が言う。

「何ぃ？　ざる蕎麦って……」紫子は首を傾げた。どんなジョークなのか意味がわからない。新しいギャグだろうか、と考えた。

「だから、ざる蕎麦を作ったんだってば。色を調合するのが難しかったけど。最終的には緑にしたんだ」

「凄く美味《おい》しそうにできていたわ」紅子が言った。

「ざる蕎麦」紫子は呆れてもう一度繰り返す。

「ご飯は？」森川が口をきいた。

「そうね、私はそろそろ帰らなくっちゃ」紅子が立ち上がる。「森川君、どうもありがとう。続きは、またね」

全員が廊下に出た。

「明日は、フライト・ショーね」紅子が言う。「へっ君がとても楽しみにしているの」

「根来先生は？」練無が尋ねる。「行くって言ってました？」

「珍しくね」紅子は頷く。

「紅子さんたち、電車とバスで？」

「ええ」

「保呂草さんの車が使えても、みんなは乗れないもんね」練無が言った。

「姉ちゃんの車借りてこようか？」森川がドアの鍵をかけてから振り向いた。

「え、あのぼこぼこのやつ？」紫子がきく。

「つい最近、ワゴンを買ったんだ」

「へえ、景気ええなあ、君んとこ」

「七人か八人は乗れるよ」

「そうしよう、そうしよう。うわあ、なんか遠足みたいじゃん」練無が両手を合わせて言う。「歌を歌いながら行こう」

「幼稚園児か」

「しこさん、きっと酔うから窓際だよ。ビニル袋持ってって」

「あ、嫌な想い出やわ、それ」

「うわ、ホントに？」

「あら……」紅子が小さな声を上げる。廊下の奥を彼女は見つめていた。「そこにあった消火器はどうしたの？」

「れんちゃんが無断使用したんですよ」紫子が答える。「押し花とか嘘ばっか……。そや、きっと……、冷たいもん抱いてないと眠られへんとか、不純なことに使ったんやろ」

「どうやって使うの？」練無が顔をしかめる。

「ああ、ざる蕎麦ね」紅子はにっこりと微笑んだ。

第3章　消された形

死というものは、それが正しい秩序の中にある場合、きわめてやさしいものだ。たとえば、プロヴァンスの老いたる農夫が、自分の世代の終りに際して、自分の持ち分の山羊《やぎ》とオリーヴの木を、息子たちに与えて、彼らもまた彼らの順番に、彼らの息子の息子たちに分ち与えさせようとする、あのときのようなものだ。

1

フライト・ショーの会場は飛行場から十キロほど北西に離れたところにあるサーキットだった。大手自動車メーカのテストコースとして創設されたが、国内の各種のレースが開催されるようになり、また隣接して遊園地が建造されてからは観光施設としても人気を集めている。北部に木曾《きそ》川が流れ、周辺には田園や森林が広がり、県下最大の面積を誇る湖も近い。さらに北方にはアルプスの山々。自然を愛する人々には素晴らしいロケーションといえるだろう。

飛行場から飛び立ち、このレーシング・サーキットの直線コースに離着陸をするためには、大きな飛行機では不可能である。もしかしたら、ジェット機などでは無理かもしれない。特に、近傍にまで小高い山々が迫っている。普通の飛行機では、離陸は可能でも、着陸は相当に難しいものと思われる。

このサーキットのメインスタンドの中段に、小鳥遊練無は立っていた。まだ午前中だったので、フライト・ショーは正式には始まっていない。しかし、既に観客席は半分以上埋まっていたし、ときどきエンジン音が聞こえ、上空を見上げると小型の飛行機が飛んでいた。また、スタンド前のストレート・コースに進入し、着地してすぐに飛び立つ機体もある。ただ、どれも、昨日見せてもらったピンクの塗装の機体ではなかった。入口でもらったプログラムを見ると、エンジェル・マヌーヴァス（それが関根杏奈のチームの名である）以外にも、飛行機のアトラクションがあるようなので、飛んでいるのは、それらのどれかが練習をしているのだろうか、と練無は想像した。

今朝は、結局全員が一緒だった。森川素直が姉の会社から借りてきたワゴン車（「森川商会」という文字が後ろに描かれていた）に乗ってきたのだ。ただし、一人だけ欠けている。

今朝になっても、保呂草は帰ってこなかった。だから、阿漕荘の森川、練無、紫子の三人は、無言亭の紅子、根来、へっ君の三人を拾ってやってきた。補助席を出せば八人乗れる車だったが、結局その必要はなかった。

十一時にはサーキットの駐車場に到着。既に満車に近い状態だった。周辺の道路も路上駐車する車で溢れていた。何千人も、否、スタンド外を含めればそれ以上に観客が集まっているだろう。ショーが始まるのは午後一時からだ。

練無は今、ソフトクリームを食べている。階段の手摺《てすり》にもたれかかり、コースに着陸した黄色の飛行機を眺めていた。主翼がキャビンよりも上にある高翼というタイプの軽飛行機で、犬の鼻のように突き出したカウリングの横からエンジンのシリンダ・ヘッドが飛び出しているのが見えた。プロペラが回ると、白い排気を出し、遅れてその臭いがやってくる。

「そうや、一応きいとかなあかん、と思って」後ろで声がする。いつの間にか香具山紫子が立っていた。彼女はポップコーンが入った大きな紙コップを片手に持っていた。

「何？」練無は目を細めて彼女を見る。スタンドの背後が南向きになる。幸い、空は眩しいほど天気が良かった。

「今日、土曜日やろ？　それにお出かけやん」ポップコーンを口の中に放り込んで紫子が微笑む。「こういうケースで、君がスカートを穿いてへんちゅうのは、むっちゃ不思議やと思うけど」

「よけいなお世話」彼はむっとして口を尖らせる。

「へっ君に対する教育的配慮かいな？」

「まさか」練無は紫子のポップコーンに片手を伸ばす。

「そう……」頷きながら紫子は紙コップを差し出した。「そんな理由じゃない。ほいでもさ、いつもの赤いワンピの方が、スタンドで目立って、関根さんにも、見つけてもらいやすいと思わへん？」

「しこさんね」ポップコーンを食べてから、自分のソフトクリームを嘗《な》める。練無は彼女をじっと見据えた。「どうして、そういう憎まれ口をきくんだろうって、毎晩反省しちゃうでしょう？」

「うん、半分は当たってる」紫子は軽く頷いた。「ま、しかし、これも一種の使命感ってやつやもな」

「くすくす」無表情で練無は言う。

「何やの、くすくすって。おもろないぞ」

「保呂草さん、どうしたんだろう？」練無は言った。

紫子は空を見上げて溜息をつく。練無もそちらへ視線を移す。しかし、青い空と白い雲以外、何も見つからない。今聞こえるエンジン音は、コース上に着陸した小型のヘリコプタのものだった。

「乙女心と秋の空」紫子は呟く。「溜息、メランコリィ」

「きっと、もうすぐ来るって」練無は言った。

招待状は指定席だったので、保呂草がやってくれば、出会えるはずである。練無は自分たちのシートを見た。彼が今いるところから、階段を下りていき、通路を横に十メートルほど行った場所だった。

紅子、へっ君、そして根来の後ろ姿が確認できる。その横の座席が連続して空いていた。保呂草がやってきた様子はなかった。

練無と紫子が立っている場所は、客席から売店やトイレへ通じるコースの交差点だったので人通りが激しい。二人とも階段の傾斜した手摺に躰を寄せていた。観客席の上部には後ろから張り出した屋根があったが、背後の南側は大きく開いているので、今はそこから日差しが届く。

森川素直が階段を下りてきた。缶ジュースを持っている。スポーツ・ドリンクのようだ。

「刑事さんに会ったよ」ぶっきらぼうな口調で彼が言った。

「刑事さんって？」紫子がきいた。「どこの？」

「あの女の刑事さん」

「え？　祖父江《そぶえ》さん？」今度は練無が尋ねる。

森川は頷く。「上の売店」

「いたの？」練無はそちらを見た。「へえ……、飛行機を観にきたのかな？」

「さあ……」

「娘さん連れてはった？」紫子が尋ねる。

「さあ……」森川は首を捻る。「周りに子供、いたけど、知らないから」

「どんな服装だった？」練無が尋ねる。「スーツ？　それともカジュアルな感じ？」

「さあ……」

「さあって、どっちなん。見たんやろ？」紫子が追及する。

「あんま真剣に見てないし……」

「自分、不真面目に見てん？」

「うん」

「何か言ってた？」練無が尋ねる。

「ううん」

「もしかして、仕事で来てはるんかしら？」紫子が練無を見て言った。期待に満ちた表情だ。彼女はそれから、観客席を眺める。瀬在丸紅子たちが座っているシートを見たのだろう。

愛知県警の刑事、祖父江七夏《ななか》は、瀬在丸紅子とは複雑な関係にある。紅子が離婚した相手である林《はやし》という男が、現在の七夏の上司だった。それだけならば、もちろん何の問題もない。だが、七夏は結婚していないが娘がいて、その父親が林だった。さらに驚くべきことに、紅子は先夫である林と今でも交際を続けている。詳しいことは聞き出せないが、紅子と七夏の間に波風が立たない道理がない。練無も紫子も、彼女たち二人が火花を散らす場面を目撃したことがあった。

森川素直はさっさと階段を下りていき、自分の座席に戻っている。練無がそちらに目をやると、紅子が森川に顔を近づけて話しかけている光景が見えた。隣に立っている紫子は、階段の上、出口の方を眺めている。やはり心配なのだろう。

スタンドのコンクリートの柱にあったデジタル時計が、間もなく正午を示そうとしていた。

2

祖父江七夏は勤務中である。同僚の立松《たてまつ》と二人で出てきたのだが、まだ目的の人物に会えなかった。売店で温かい缶コーヒーを二つ買って、関係者以外立入禁止のドアの中に彼女は入る。古いタイプの蛍光灯がぶら下がっている天井も、壁も床もすべてコンクリートで、プールを連想させる匂いがした。真っ直ぐに通路を進む。一度階段を下りたところで、立松が煙草を吸って待っていた。観客のざわめきや唸《うな》るようなエンジン音が聞こえてくる。今いる場所はスタンドの真下になるはずだ。

角柱体《かくちゅうたい》形状の吸殻入れが立っている。その上で煙草をもみ消してから、立松は腕時計を見た。

「すみません」彼は七夏から缶コーヒーを受け取ると軽く頭を下げた。「売店、遠かったですか?」

「いえ、上で知り合いにばったり」答えながら、彼女はバッグから煙草を取り出した。今のうちに吸っておこう、と考えたのだ。液体であるコーヒーと気体である煙が一緒に味わえるなんて、人間の機能も捨てたもんじゃない、と常々彼女は思う。

「場所が違うってことはないですよね?」コーヒーを飲みながら、心配そうに立松が言った。

「それも電話で確かめてきた」七夏は煙草に火をつける。「もうすぐ、来るんじゃない?」

「だといいけど」立松はまた時計を見た。

赤池透《あかいけとおる》という人物に会う約束になっていた。今朝、彼自身から電話があって、警察に来て欲しい、という要請だった。赤池は、西崎勇輝が代表を務めるエアロバティックス・チームが日本で雇ったマネージャである。チームの一員である関根杏奈(観客をここまで動員できるのは彼女の人気にほかならない)の父親であり、チームへの出資者でもあるのが、画家の関根朔太だ。時の人、噂の人物である。別の班が、飛行場の格納庫に仮設されている画伯のアトリエ兼倉庫の警備に狩り出されているらしい。そもそも、七夏や立松には関係のない仕事である。それが、こうして出てくることになったのは、未確認だが、西崎勇輝が受け取ったという脅迫状のためだった。

電話があったのが、一時間くらいまえのこと。関根画伯のアトリエがある格納庫へ出向こうとしたところ、再び電話連絡が本部に入った。フライト・ショーが開催されるサーキットの控室で待っていてくれ、という指示だった。無線で場所の変更を知らされて、二人はここへ直接やってきた。約束の時刻から既に十分以上も過ぎている。

煙草を吸い、コーヒーを流し込んだ。昼食にはまだありついていない。実は朝食も食べ損なった。昨夜は久しぶりの深酒で、まだ調子の出ない七夏である。

「昨日、祖父江さん、帰っちゃったから」立松が言った。

「なんで？　何か面白いことあった？」七夏は煙を吐き出しながら尋ねる。昨夜は課の飲み会で、タイミング良く、比較的大勢が揃った。

「いえいえ、祖父江さんが帰ったら、もう一気にしんみりしちゃって、あとはじめじめですよ」

「警部は？」七夏はきいた。本当はきかなくても知っている。

「警部もあれからすぐ帰られましたね。なんか、お疲れのご様子で」

「なんだ」口もとを上げて七夏は答える。「カラオケに行ったの？」

「ええ、だってもう、渡辺《わたなべ》さんがしつこいんですよ」

七夏は煙を吐き出しながら微笑んだ。

実は、警部は……、つまり林は、そのあと七夏とずっと朝まで一緒だったのだ。だから、昨夜は娘の顔を見ていない。静かに一人でビールを飲んだりもしなかった。そういった素敵なことを引き換えにするだけの価値のある、珍しく特別な夜だった。毎晩そんなふうだったら、きっとバチが当たるだろう。朝になって、妹の家に預けた娘を迎えにいった。妹がどんなに厭味を言っても、七夏は微笑んでいられた。

「どうしたんです？　にやにやして」

「え？」七夏は立松を見る。

そのとき、通路の突き当たりの階段を男が一人下りてきた。少し遅れて、赤い派手なコートを着た女もやってくる。立松は吸殻入れの上に缶コーヒーを立てる。七夏も慌てて煙草を消し、まだ半分も飲んでいないコーヒーを並べて置いた。

「警察の方？」男がきいた。

「赤池さんですね？」七夏が前に進み出て言う。一応、立松よりも彼女の方が一年先輩なので、今日は主として彼女が話をすることに決まっていた。

「遅れてすみません。赤池です」彼は七夏と立松のどちらを見たら良いのか迷っている様子だった。こういった反応には、七夏は慣れている。女性であるために経験できる面白い現象の一つだった。

「部屋の鍵をお持ちですか？」七夏は尋ねる。

控室のドアには鍵がかかっていて入れなかった。だから、通路で待っていたのだ。

「ああ、ええ、借りてきました。ちょっと待って下さい」赤池は背広のポケット、ズボンのポケット、それから手に持っているコートのポケットを順番に探す。「あれ……、えっと……、ああ、あったあった」

彼は鍵を開けて、アルミ製の軽そうなドアを押し開けた。白い壁に囲まれた正方形の部屋で、テーブルと椅子が中央にあるだけの殺風景な場所だ。

軽く頭を下げて、七夏と立松がさきに入り、次に赤池、そして連れの女性が最後にドアを閉めた。

「あ、こちら、太田《おおた》さんです」額の汗をハンカチで拭きながら赤池が言った。「西崎さんのご友人です」

「愛知県警の祖父江といいます」

「立松です」

赤池が名刺を出した。会議用のテーブルを挟んで向き合い、四人は椅子に腰掛ける。

七夏は赤池透を観察した。歳は四十歳くらい。髪は薄く、体重は平均よりは多めだろう。色黒の顔に、黒縁のメガネ。紺色のスーツに茶色のネクタイ。気の弱そうな話しぶりだったが、こういう男に限って、商売になると意外に粘り強いものだ。一見なんとなく頼りなげに見える。そこが、相手に「騙されている」と思わせない武器となる。成功する商売人はこのタイプが多い。

一方の太田玲華《れいか》(彼女の名前を正確に知ったのは、もう少しあとのことであるが)は、七夏とあまり歳が違わない。小柄で整った顔立ちの女性だった。身に着けているものはすべて高級そうなのに、どこか今一つ垢抜《あかぬ》けない印象である。このとき、彼女はほとんど口をきかなかった。のちのちのことだが、彼女の会話のアクセントや、舌足らずの発声などから、第一印象が間違っていないことがわかった。眺めている分には良くても、知的な生活を楽しみたい人間ならば間違いなく敬遠するタイプの女性であろう。

「これです」緊張した表情の赤池が、カバンから封筒を取り出し、テーブルの上に置いた。

七夏はポケットから出した手袋をはめてから、封筒を手に取る。横から立松が覗き込んだ。

白い横長のハガキサイズの封筒は、既に封が切られている。宛名は「西崎勇輝様」とだけあった。それ以外、住所などは一切ない。切手はなく、もちろん消印もなかった。封筒の裏にも、差出人の名は記されていない。

「今朝、ポストに入っていたのですね?」七夏は尋ねる。

「はい、郵便受けです。今日は、土曜日でしたけれど、配達はありました。他の郵便物と一緒でした」

「ポストまで郵便を配達するのは?」

「あそこは自衛隊の管轄で、事務所に届いた郵便を仕分けして、職員が私たちの格納庫まで運んでくれます。それとなく尋ねてみましたけれど、そんな手紙には覚えがないと言っています」

「しかし、一般の者が近づける場所ではありませんよね?」

「ええ、一応、柵がありますし、ガードマンもいるわけですからね。でも、ポストに手紙を入れるくらい、やろうと思えばできたかもしれません。けっこういろいろな人間が出入りしていますからね」

「たとえば?」

「たとえば……、そう、出前の連中とかです」赤池はまだ汗を拭いている。額に長い髪が貼りついていた。「いろいろ注文が多くて……」

「なるほど」七夏は頷いた。「中身を拝見してもよろしいでしょうか?」

「もちろんです」少々驚いた顔で赤池は目を見開い

た。

　そのために警察を呼んだのだ、とでも言いたそうな顔である。七夏にしてみれば、計算済みの問い掛けだった。こういったときの相手のリアクションを見ることが目的だ。

　中身は一枚だけの無地の便箋。書かれていた文字は、すべてカタカナだった。

　ヨワキココロヨリ
　スカイボルトヲイダク
　ソノモノノチルハサイワイ
　ヒトハチリテマケンハトム
　アタラシキチヲハサキニソソギ
　テンクウニミルユメハサラニトオキ

　六行の文が、乱れた筆跡で書かれている。利き手ではない方の手で書いたものだろうか。なかなか文章として認識できなかった。


「どういう意味でしょうか？」七夏は顔を上げて赤池を見た。

「いや、そんな……、まったくわかりません」顔をしかめて赤池は首をふった。「私にはさっぱり」

「スカイ・ボルト、というのは？」七夏は尋ねる。

「ああ、それは、その……」ネクタイに片手をやって、赤池は大きく一度息をついた。そして、横に座っている太田玲華をちらりと見てから、七夏に話した。「関根画伯が所持しているという、単なる噂なんですが、その美術品の俗称です。そんなもの、実際には存在しません。どこにもないんです。それが何故か、その……、画伯が持っているのだと、あちこちから中傷されている。非常に迷惑な話です」

「それはまた、変な中傷ですね」七夏は穏やかな口調できいた。「何か謂《いわ》れのあるものなのですか？」

「ええ、まあ……」赤池は頷いた。「私も聞いた話なので確かなことは言えませんけれど、もともとは、亡くなった関根夫人、この人はフランス人なのですが、その実家に伝わっていた品だそうでして、なんでも、特大のエメラルドが塡《は》め込まれている短剣だそうです。時価にして軽く億の単位だと聞いています」

「マケンと書いてありますね。その剣のことでしょうか？」

「魔力を持つ剣だとも言われているようですが、もっとも、本当に存在するものなのかどうかさえ、誰も確かなことはいえません。もう何十年も行方が知れなくて、とにかく、関根画伯が隠し持っていると噂する人が多い、ということです。きっと、故意に捏造《ねつぞう》され、流されたデマだと思いますけれど」

「関根朔太氏ご自身がそうおっしゃっているのですね？」

「そのとおりです」

「この手紙については、画伯は何ておっしゃっていますか？」

「いえ、まさか……」赤池は顔を僅かに上げた。「この手紙はお見せしていません。そんなことできませんよ」

「では、これをご覧になったのは、誰ですか？」

「もちろん、西崎さんが最初に開封されました。宛名は彼ですから。それで、私が呼ばれて……」

七夏は太田玲華を見た。赤池はそれに気づいて、小さく頷いて話を続ける。

「私が呼ばれたときには、太田さんもいらっしゃっていました。ですから、これを知っているのは三人です。他には、まだ誰にも話していません。なにしろ、今日はショーの本番です。こんな話は出せませんよ、そんなとてもじゃないけれど……」

「それは、西崎氏の判断ですね？」

「そうです。彼自身が警察と会って話をするのが良い、とは思いましたけれど、とても時間がとれません。ショーが終わってからでは、夜になってしまうし……、それで、私と太田さんで……」

「この場所を選んだのも、他のメンバに気づかれないように、という配慮だったのですね？」

「ええ、そう、そうです」

「何か、その、お心当たりのことがありますか？」

「いいえ、それが全然」赤池は首をふった。

「西崎さんも？」

「はい、彼も、まったくわからないと話しています」赤池が答える。

七夏は太田の方をもう一度見た。彼女は目を見開いて七夏に黙って頷いた。口をきかなかった。

「どうでしょう、見たところ、この文面は、具体的に何かを脅迫している内容ではありませんね」七夏は話しながら、横で黙って座っている立松を見る。彼は同意を示す視線を七夏に向けていた。「特に、第三者が読んでも、何のことかわからない。これですぐに警察を呼ぼうと思った、という理由をもう少しご説明願いたいのです。失礼ですが、はっきり言って、どうも私には今一つ事情が理解できません」

「これだけなら、そうかもしれません。単なる悪戯《いたずら》でしょう」赤池はようやくポケットにハンカチを仕舞った。この部屋は特に暖房は効いていない。「つまり、もともと、フランスでも、何度か盗難などの被害に遭っていたのだそうです。それで、その、今回も……」

「えっと……、それは西崎さんのチームが？　それとも、関根画伯のことですか？」

「両方です」赤池はメガネに手をやって、神経質そうに目を何度か瞑《つむ》った。「脅迫状なども頻繁に届いたそうなんです。そういったこともあって、関根画伯が帰国される機会に、エアロバティックスのメンバも日本人チームはそっくり日本へ帰ろうという話になった。それが、こちらへ来て、またこういったことになったわけでして……。もちろん、あちらのときとは、関連は薄いとは思いますけれどね。なにしろ、この手紙は日本語ですので」

「脅迫状というのは、その、やっぱり、問題の魔剣がらみなのですか？」

「そうです。なんとか取引をしたい、という人間もいたそうです。日本まで追いかけてくる可能性だってあります」
「持っていないと言っているのに、ですか？」
「信じてもらえないのでしょうね」赤池はひきつった顔で笑おうとした。「持っていないことを証明するのって、どうしたら良いでしょう？　難しいですよね」

3

保呂草潤平は、その頃まだ飛行場の敷地内にいた。だが、昨夜とは服装が変わっている。ロッカに忍び込んでグリーンのツナギを一着、それから白いキャップを一つ拝借したからだ。ツナギは少し短め、キャップは少し大きめだった。さらに、度の入っていないメガネをかけているが、これはいつも持ち歩いているものの一つだ。

格納庫からピンクの飛行機が四機出てきて、滑走路の端の短い距離で加速して飛び立っていった。それを見届けてから、彼は格納庫から離れる方向へ歩いた。どこかで柵を乗り越えるか、それとも、なんとかごまかしてゲートを通るか、と考える。

背後から車の走行音が近づいてきた。格納庫のシャッタが開いていたので、そこから出てきたのだろう。荷台にコンプレッサを載せた整備作業用のトラックだった。

乗っているのは男が一人。彼の顔が見える距離になってから保呂草は片手を挙げる。トラックは目の前で急停車した。

「外の商店街のところまで乗せていってもらえませんか？」保呂草は微笑みを作りながら言った。「飯を食いたいんで」

「どうして、食堂へ行かないんだ？」眉を寄せて運転手がきいた。

「どうもね……」保呂草は顔をしかめる。

「いいよ。乗りな」

保呂草は助手席の方へ回った。

「ありがとう」乗り込んでシートに座り、彼は言った。「ここの飯は口に合わなくて。塩辛くはないです？」

トラックはすぐにスタートする。

「来たばかりかい？」

「ええ」保呂草はポケットから煙草を取り出した。

「あ、吸いますか？」

「ああ、じゃあ一本」運転手は片手を伸ばして、保呂草の差し出した箱から一本抜き取った。

「どこへ？」保呂草はきいた。

「ああ、あっち」運転手はにやりと笑う。「さっき、みんな、飛んでいっただろう？」

「ええ、でも……」保呂草は後ろを振り返り、荷台を覗き込んだ。「これって、燃料じゃないし……。何のために？」

「まあ、救急の消火設備だね」

「へえ……」

「墜ちたら駆けつけるわけ」歯を見せて男は笑った。彼は胸から安物のライタを取り出して煙草に火をつける。

もう一度、保呂草は後ろを振り返る。確かに大きな消火器が五本ほど片隅に載っていた。

「だけど、サーキットには、こんな設備、整っているでしょう？」

「だから、外。森ん中」

「どこに墜ちるかわからないじゃない」保呂草は笑いながら、ジョークを言った。

「だいたい決めてあるんだってよ」運転手は保呂草の方を向いて口を歪《ゆが》める。ジョークを返している様子ではない。

「ふうん……」落ち着いて答える。あまり関心があるような振りはできない。緊急の場合には、不時着する地点が想定されている、という意味だろう。

ゲートが近づいてきた。運転手がダッシュボードの上にのっていた許可証を保呂草に手渡す。トラックは守衛小屋の横で停車し、保呂草は開いていた窓からホルダに入った許可証を差し出した。一度だけ、守衛が車内に目を向けた。

バーが上がり、トラックは進む。

「どこらへん？」運転手がきいた。

「え、何が？」

「商店街んとこで降りるんだろ？」

「ああ……、はい」保呂草はにっこりと微笑んで頷く。「煙草吸っていいかな？」

「変な奴だな、お前」鼻で笑って男は答える。片手を伸ばしてダッシュボードの灰皿を引き開けた。今までは窓の外に灰を捨てていたのである。

「どうせ、午後は帰るつもりだったんです。もし良かったら、ついでだから、向こうの会場まで乗せていってもらえないかな？」

「いや、だから、会場へは行かないんだよ。俺、森の中で待機だもの」

「でも、近くなんでしょう？」

「そりゃまあ、ここよりは近いだろうよ」

「じゃあ、そこから歩く。一応、飛んでいるところ、見てみたいし」

「そんなもん、散々見ただろう？」

「忙しかったから」

保呂草は煙草に火をつけ、再び箱を運転手の方へ差し出した。手首を軽く振ると、箱から煙草が数本、ほど良く飛び出す。男は横目でそれを見て、まだ吸っている煙草を口にくわえたまま、新しい煙草を箱から一本抜き取った。彼はそれを耳の上に挟んだ。

トラックは信号を右折して、国道にのった。片側二車線の幹線道路である。

「他には？」横を見て、外を眺める振りをして、保呂草はなにげない仕草《しぐさ》を演じる。

「他にはって？」

「同じ役目の車、他にまだいるんでしょう？」

「いや、俺だけだと思うけど」

ますます不思議だ、と保呂草は思う。万が一のことがあったとき、現場へ駆けつける救急班だと話していた。消防とレスキューを専門にする車両やスタッフが、サーキット内には当然いるだろう。しかし、場外には、この一台だけなのだろうか。

それではまるで、墜ちる場所が決まっているみたいだ。それとも、走り回れる車をとりあえず一台配備して、いざという事態に備えているのだ、という形だけでも繕《つくろ》うつもりか。

道はそれほど混雑していない。トラックは順調に進む。前方の遠くには小さな山々が見えた。道の両側を除けば、この近辺には人家らしきものは見当たらなかった。

「あ、そうそう……」保呂草は沈黙を破った。「えっと、絵描きの先生がいますよね？」

「誰のこと？」

「えっと……、ほら、何とかっていう……」彼は考える振りをする。しかし、運転手はなかなか口をきかない。しかたがないので、名前を出した。「そう、関根……、なんとか」

「関根杏奈？」

「いや、それはパイロットでしょう？」

「うん、なかなか可愛い」

「そうじゃなくて、画家の関根だよ。関根朔太じゃなかったっけ？」保呂草は言った。「関根杏奈の親父さん」

「知らねえなあ」

「見たことない？」

「どこで？」

「どこでって、格納庫で」

「お前、見たの？」

「え？　ああ、一度だけ、ちらりと……」保呂草は成り行きで頷いてみせる。「ほら、事務所の横にある、あのプレハブに出入りしてるのを、見たんだけれど……」

「へえそう。警備が見張っているやつ？」

「それ」

「なんで、あんなの見張ってんだ？」

「さあ……」保呂草は首をふった。「まあ、それなりに金目のものがあるんだと思うけれど」

「そいつが描いた絵とか？」

「うん、たぶん」

「ふうん……、ああいうのの価値って、俺わからんからなあ」

「わかる奴の方が少ないと思う」

運転手は耳に挟んでいた煙草に火をつける。信号待ちになったとき、保呂草の方を見て、急に笑った。

「俺の友達が、戦闘機に乗ってんだ」

「あそう」保呂草は頷く。「最高だよね」

「それが、すっげえがりがりで、弱々しい奴でさ。もう、両手でやっても、腕相撲、俺に勝てねえの」

「ふうん。でも、ジェット機飛ばすのに、力はいらないでしょう？」

「そうそう。そう言ってたな」何度も頷いて男は歯を剝き出して笑った。「むしろ、躰は小さくて軽い方がいいんだとよ。競馬の騎手と同じってこった。あの杏奈って子も、そうだよな。女の方が向いてっかもよ」

「F1ドライバも、躰のごつい奴は少ないですよ」保呂草は言う。

加速度を受けるわけだから、もともと躰が大きくない方が有利なのだろう。そういった説明をしても、きっと理解してもらえない。単に体重が軽い方が、馬と同じ理屈で、飛行機が飛ぶのに負担が少なくて有利だ、と彼は解釈しているみたいだ。

「飛行機が好きなの？」保呂草はきいた。

「そりゃ、嫌いじゃねえさ」

「どうして、自分で乗らない？」

「そりゃ、墜ちるもんな。地面から見てた方が、性に合ってら。お前は？」

「ま、だいたい同じかな」保呂草は相槌を打った。

ピンクの曲技機が四機、軽《かろ》やかに空を舞っている。

4

さきほどから、一機か二機ずつ降下してきては、スタンドの前を爆音とともに駆け抜けていく。同時に左右両側から二機が進入してくることもあれば、片側から二機が並行して飛んでくる場合もあった。いずれの場合も、低空をただ普通に通り過ぎるわけではない。いろいろなパターンの突飛な動きが加わる。そのたびに観客席から歓声が上がった。

小鳥遊練無の左横には、瀬在丸紅子の息子、へっ君が座っていた。彼は野球帽をかぶっている。その向こう側に紅子がいて、息子に顔を近づけて熱心に説明をしていたので、その声が練無にも聞こえてきた。彼女の名解説に聞き入りながら、練無も前方や上空で繰り広げられる飛行演技を眺めていた。

反対側の右隣には香具山紫子、その向こうには森川素直が座っている。そのさらに隣の席が保呂草の分で、今も空席だった。逆に、へっ君、紅子の向こう側には根来機千瑛がいて、ついさきほどは居眠りをしているようだった。

会場には、クラシックのワルツが流れている。ときどき、女性の声でアナウンスがあったけれど、エンジンの爆音やスタンドの歓声にかき消されて、ほとんど聞き取れなかった。スピーカの設置場所の関係かもしれない。

曲技機は低空飛行を繰り返し、メインスタンド前の直線コースをまるでレーシングカーのように駆け抜けていく。否、速度からすれば、むしろ車よりも遅い。コースの向こう側には、電光掲示板が立っていたので、客席とそこの間を飛行機は通過することになる。考えてみれば、なかなかスリリングな行為だ。しかも、真っ直ぐ、普通に飛んでいるわけではない。

「ほらほら、背面飛行をしているときは、尾翼のエレベータが少し上がっている」紅子が息子に解説している。「飛行機が背泳ぎをしている状態なの。少しお尻が下がっているでしょう？　主翼が裏返しになっても揚力《ようりょく》を得ないといけないわけだから、必然的に仰角《ぎょうかく》が必要になる。だから、あの姿勢になるのよ」

「普通に飛ぶときは、お尻は下がっていない？」へっ君が質問する。

「僅かに下がっているはず」紅子は答える。「だけど、主翼の断面の形、つまり翼型によるわね。仰角がゼロで、真っ直ぐの姿勢でも、揚力が発生する翼型だってあるから、そういう場合は、速度が充分なら、その姿勢で水平飛行が可能だよ。お尻を下げなくても良い。でも、そういう機体が背面飛行になったときは、もっとぐんとお尻を下げて、角度を余分につけないと駄目になるわけ。つまり、曲技機には向かない設計ということになる」

今度は、逆の方向から1番機が進入してきた。練無は心の中で声援を送る。コクピットに乗っている関根杏奈の姿は、キャノピィに光が反射して、残念ながらはっきりとは確認できなかったけれど、そこは想像で補った。彼女の勇姿が本当に見えるようだ。こちらに向かって手を振っているかもしれない。

「あれは、サイド・スリップ」紅子が説明した。

機体を水平に保ったまま、機首が観客の方へ四十五度近く向いている。つまり、斜めに横を向きながら飛んでいるのだった。紅子の言った言葉を「横滑《よこすべ》り」と訳すとぴったりのイメージになる。かなり低速の演技だった。

「あれができる機体は限られているわ」紅子が解説を続ける。「見て、垂直尾翼のラダーがあんなに切られているでしょう？　主翼のエルロンもかなり使っている」

練無は、よくわからなかった。しかし、どうやら、ラダーとかエルロンというのは、翼についている舵《かじ》の名称らしい。へっ君は理解しているのだろうか。質問しないところをみると、納得しているようだった。もしかしたら、昨晩にでも、予習をしてきたのかもしれない、と練無は思う。

「昔の戦闘機やレーサなんかではね、スピードを出すためにエンジンが大きくなって、パイロットから見て、ボンネットが邪魔で前方の下方向がよく見えない機体が多かったわけ。上空にいるときは、機体をどちらかに傾ければ良いわけだから、それほど不自由しないけれど、着陸するときは滑走路が見えないから、やりにくい。それで、そういうときにね、このサイド・スリップを使って、機首を少し横に向けて、滑走路へ進入したりするの。横風が吹いていればそれも利用できる。風がないと、少しずつコースがずれてしまうから、たまに左右を入れ換えて、こう、交互に横滑りするのよ。ツイストみたいでしょう？　でも、もちろん、普通はあんな角度ではとてもできないはず。簡単そうだけど、あの演技は背面飛行よりも難しいと思うわ」紅子は嬉しそうに声を弾ませている。「さあ、次は何でしょう。そろそろ、ナイフ・エッジを見せてくれるんじゃないかしら」

「ナイフ・エッジって、どんなのかな？」練無は隣の紫子に小声で囁いた。

「こうな、しゅぱっと、くるやつのことやろ」紫子が空手チョップのように練無の顔の前に片手を差し出す。

「しゅぱっと？」練無は言葉を返す。「敬礼をするときは？」

「しゅたっと」紫子が真面目な顔で敬礼する。

「じゃあ……、コーラを開けたときは？」

「しゃわぁぁっと」

「美味しいご馳走にありついた」

「じゅるじゅるっと」

「それさ、誰が決めてるわけ？」

「関西擬音推進委員会。略してK・G・B」

「どこがBなの」練無は笑った。

「しっ！　声が高いぞ」

紅子の予言どおり、右から進入してきた2番機が、コースの手前でくるりと九十度ロールし、主翼を地面に対して垂直に立てた。キャノピィが観客席の方を向いている。機体はそのままの姿勢で、どんどん近づいてきた。

「あれがナイフ・エッジ。主翼じゃなくて、胴体側面の揚力だけで飛んでいる状態だよ。ほらほら、見て。ラダーがあんなに切れている。それに、お尻がずいぶん下がっているでしょう？」

「主翼がいらないの？」へっ君の質問。彼は目を丸くして前方に注目したままだ。「凄いね」

「姿勢の制御以外には、この場合、主翼は使っていない。なくても飛べるってことね。あ、でも、主翼がなかったら、エンジンのトルクで胴体が回転してしまうわ。エルロンがそれを止める方向に切られているの、わかる？」

へっ君は頷いている。練無には、よくわからない。

完全に横転した状態のまま、ピンクの飛行機がメインスタンドの前を通過していった。機体を真上から眺めているような角度だったので、非常に奇妙な光景である。コクピットの中、前後に二つ並んだ座席がよく見えた。パイロットは後方に乗っている。

紅子の解説はさらに続く。

「あそこ……、あれが、インサイド・ループ。俗にいう宙返り。きっと、あの演技が一番パイロットには辛いと思うな。アウトサイド・ループといって、逆宙返りという演技もあるんだけど、それこそ、もっともっと危険なの。そのわりに見た目にはそれほど派手に見えないから、やり甲斐《がい》がないわね。素人相手のショーではなかなか見せない技なの。お客さんにしてみると、やっぱり、ロール系の演技が、ほら、こう、スクリューのように回転して飛ぶ方が派手で、動きも素早いし、なんか凄いなって感じるでしょうからね。本当は、ロール系の演技は、それほど難しくはないと考えて良いの。機体やパイロットにかかる負担も大したことはないはず」

そっと優雅に片手を差し出して、紅子は空を指さした。そういった上品な女性的な仕草と、話している工学的な内容がまったくアンバランスで、人格として一致していなかった。もっとも、これが瀬在丸紅子の大きな特徴の一つといえる。

「ほらあれ。今の、下から宙返りをすると見せかけて、ループの半分のところで、半ロールをしたでしょう。あのまま水平飛行をする。あれが、有名なインメルマン・ターンよ」

「インメルマン・ターンだよ」練無は紫子に顔を寄せて耳打ちする。「知ってる？　有名なんだって」

「隠元豆《いんげんまめ》ロール？　知ってる知ってる」紫子が囁く。

「そっちも、同じくらいマイナじゃん」練無は顔をしかめた。

「複葉機の時代の空中戦で編み出された戦法の一つね。あ、あそこは、コブラ・ロールをやっている。ほらほら、こちらは、今度はストールをするつもりだわ。やるわよ、いい？　真っ直ぐ上昇して、もう少し、もう少し、我慢、我慢、いくわよ……、ほら！　見た？　あれがストール・ターン。うん、完全に失速していたな。見事だわ」

紅子は嬉しそうに拍手をしている。

「どうしてお母様、そんなに詳しいの？」へっ君がきいた。

練無と紫子は思わず両手を握り締める。

「そうや」練無の耳もとで紫子が囁く。「そこそこ、へっ君、そこ、つっ込まな！」

二人の内緒話は紅子たちには気づかれていないようだ。練無も、紫子の心の叫びにまったく同感だった。

へっ君、頑張れ！

僕たちがついているぞ、と心の中で彼は叫ぶ。

「うん……」紅子は無邪気な笑顔を息子に向けて首を傾ける。「昔ね……、飛行機の好きな人とつき合っていたことがあるの」

「僕のお父様じゃなくて？」

「もっと若い頃です」

「ふうん……。その人が教えてくれたの？」

「そうよ。好きな人が教えてくれることって、もの凄くしっかり頭に入ってしまうものなの。一度聞いただけで絶対に忘れないわ。だから、もし、しっかりと覚えたいことがあったら、人でも本でも、その相手を好きになることね」

「それは、どうして？」

「さあ……、どうしてかしら。きっと、全部の自分が一斉にそちらを向いているときだからじゃないかな」

「いつもは、全部の自分はあちこち向いているの？」

「うーん、寝ている人もいたりするかもね」

今度は上空で木の葉のように飛行機が舞い始める。

横を見ると、横目で紫子が練無を見ていた。目を大きくして、息を止めているようだ。何かのサインである。解読すると、「君、今の紅子さんの話、聞いた？」という内容がおぼろげにわかる。練無は、軽く頷いて、紫子の呼吸を救ってやる。彼女は大きく溜息をついてから、目を細めて、へっ君を覗き込んだ。

「あ。あれはスピン」紅子は空を見上げて指をさす。「ストールして、舵をいっぱいに切って、エンジンのトルクで挙動をコントロールしているの」

「ストールって？」へっ君がきいた。

「失速のこと」

「あれは、キリモミっていいません？」紫子が身を乗り出して、大きな声できいた。「ゼロ戦特攻隊の映画で見たことある」

「そうね」紅子が頷いた。「でも、トルク・スピンは、ちょっと別ものだけど、まあ、だいたい同じに見えるわね」

「ゼロ戦って何ですか?」へっ君がこちらを向く。紫子に尋ねているのだ。

「うんとね……、日本の昔の戦闘機だよ。けっこう有名だけど、知らない?」紫子が答える「緑色でわりと地味めで、うーん、人が乗ったままやね、相手に体当たりとかしよるわけ。それが特攻隊」

「あ、それ先生に聞いたことあります」へっ君は真面目な表情だ。「人間兵器っていうんでしょう?」

「そうそう。平気でそういうことやったんよ、昔は」

「どうして、ゼロ戦っていうの?」

「え? そりゃ……、勝手やん。名前やも。ウルトラセブンかて、エイトマンかて、自分の好きなナンバつけてるんよ。背番号みたいなもんやね」

「しこさん、それ違うよ」練無が口を挟む。「間違ったこと教えちゃ駄目じゃん」

「ちょうど二六〇〇年に採用された戦闘機だから、ゼロ戦っていうの」紅子が言った。

「二六〇〇年ってまだだよ」へっ君はあちらを向いてしまう。

「西暦じゃないのよ」紅子は微笑んだ。

「信頼丸潰れ」練無は紫子に囁く。

「ぶうぶう」紫子は顔をしかめる。

上空のキリモミ演技を見上げていると、今度は低空にいる二機が、直線コースに右からゆっくりと進入していた。着陸するかに見せ、タイヤを一度だけ接地させると、白い排気を出してパワーを上げて加速する。地上十メートルほどの高さでくるりと半ロールをして背面になり、そのまま上昇していった。スタンドから歓声と拍手が上がる。二機が時間差でほぼ同じ演技をした。なかなかスリリングだった。

「タッチ・アンド・ゴーが、本当のところ、一番難しいのかもしれないわ」紅子の冷静な分析だった。

「着地というのは、やっぱり、固いものに直接機体が触るわけだから、少しでも間違ったらダメージが大きい。失敗は許されない。とても緊張するでしょうね」

やがて、次々に四機が着陸した。どうやら演技が終了したようだ。会場から大きな拍手が起こる。立ち上がっている客が多かった。練無たちの席は、すぐ前に手摺があって、前の席は通路を挟んで一段下になる。通路を人が通らなければ、前方に邪魔になるものはない。特等席といっても良いだろう。関根杏奈が用意してくれたのだから、やはりスペシャル・シートなのだ。

ピンクの四機は、ストレートのコースをそのままタキシングして、ピットのある場所まで軽快に移動してきた。途中でアヒルのようにお尻を振ってみせる機体もある。スタンドの前に張り出したテントの中に入って姿が見えなくなり、やがてエンジンが止まるのが音でわかった。急に静かになり、それとともに、周囲のざわめきが復活する。

スタンドの観客たちが大勢立ち上がった。

練無は時計を見る。時刻は二時半。プログラムによれば、休憩時間である。知らないうちに時間が過ぎていた。

「れんちゃん、なんか食べる?」紫子が尋ねる。

「うん、そうね……。ちょっとお腹減ったかな」

「へっ君は?」紫子が練無越しに片手を伸ばして、へっ君の膝を触る。「お腹減ったでしょう?」

「大丈夫です」少年は口もとをきっと結んで答えた。

「あったら食べるよね?」紫子がまたきく。「お腹いっぱいいで、もう絶対なんにも食べられへん状態?」

「そんなことは、ないけど……」へっ君は小さく首をふった。

「あ、香具山さん」根来が立ち上がって、こちらへやってくる。「一緒に何か買いにいきましょう」

根来と紫子が席を立って、横の階段を上がっていった。

「保呂草さん、どうしちゃったのかなあ」練無は後ろを見ながら呟く。

「どっかで観てるんじゃない」一つ離れた席の森川素直が口をきいた。

「なんか、怪しいよね」紅子が言う。

「え？」練無は彼女の方へ振り返った。「どうして？ 何が怪しいの？」

「ううん、なんでもない」彼女はゆっくりと首をふって、にっこりと微笑んだ。「あの人、もともと怪しいんだ」

意味がわからなかったが、何かのジョークだろう、と練無は思った。

またエンジン音が上がり、ヘリコプタが二機、同時に飛び立っていった。

5

不審な手紙は警官に本部まで届けさせることにして、祖父江七夏は、会場に残ってしばらく様子を見ることにした。もちろん、立松刑事も一緒である。それが上司である林の指示だった。

「もう一度頼む」電話で林は言った。

「いいですか？」七夏は自分の手帳を見ながらゆっくりと読み上げる。「弱き心より、スカイボルトを抱《いだ》く、その者の散るは幸い、人は散りて魔剣は富む、新しき血を刃先に注《そそ》ぎ、天空に見る夢はさらに遠き。ＯＫですか？」

「もう一回」

「あの……、事務所でファックスを借りましょうか？」

「いいから、もう一回だけ」

溜息をついてから、七夏はもう一度繰り返した。

「魔剣はトム？　トムって何だ？」林はきいた。

「知りませんけど、豊富になる、という富むじゃないでしょうか」

「でも、全部カタカナだったんだろう？」

「そうです」

「百人一首みたいだな」

「あれは、ひらがなです」

「いや、そうじゃなくて、文体が」林は機嫌が良さそうだ。「こういうのは、たぶん、気の良い奴だと思う」

「どういうことですか？」

「大丈夫だってことだ」

「よくわかりませんけれど……。えっと、警部。言われたとおり、一応しばらくは様子を見ていきますが、夕方には何人か来るって話でしたから、そのあとはそちらに任せて、帰っても良いですか？」

「ああ、そうしてくれ」

「警部、今夜の会議はどうされます？」

「何だ、会議って？」

「昨日、お話しになっていた会議のことです」七夏はきいた。すぐ近くに立松が立っているので、そちらを少し気にする。

「今夜は、別の会議だ」林は意味を察したようだ。口調に変化があった。解読すると、「そんな話を今するな」である。

「了解しました。では……」予期したとおりだったので、七夏はあっさりと受話器を置く。ほんの小さな溜息一つで、彼女は気持ちを切り換えた。立松に目で合図してから歩きだす。

二人は、コンクリートの通路を戻り、階段を下りた。

赤池と太田の二人は既に控室にはいない。ピットの方へ出ていったようだ。

「もっと大事な事件があるって言ってませんでした？」立松が途中できいた。

「ううん」七夏は答える。「なんで？　飛行機より、死体の方が好き？」

「ま、どっちかっていうと」

「変態」

雑音とざわめきが近づいてくる。アルミのドアを開けて、広いガレージのようなところに出ると、一気に音が大きくなった。

七夏と立松は辺りを見回した。

床のコンクリートは、オイルが染みついて真っ黒に光っている。機械の臭いというのだろうか、独特の空気が漂い、それがこのスペースの支配的な存在だった。前方のシャッタの一つが上がっていたので、外の眩しさがわかる。

複数のエンジン音が近い。カラフルなツナギを着た男たちが何人か動き回っているのが見えた。ヘッドフォンをしている者もいる。マスクをしている者もいる。一番多い共通のアイテムはサングラスだった。黒か銀色のゴーグルに近い大きさのグラスをほとんどの者が装着している。

七夏と立松は、開いていたシャッタから外に出た。

上部にはオーバハングしたコンクリートの庇《ひさし》が突き出している。その先にも、光が僅かに透過する黄色のビニル・テントが張られていた。作業用の自動車、台車に載った機械類、そして、テントの先には小さなピンクの飛行機が幾つか見える。いずれもプロペラは回っていなかったので、今聞こえているエンジンの音は、その機体が発しているのではない。下は、ざらざらしたアスファルトの平坦な路面。段差がほとんどない。ずっとオイル、ガソリン、排気などの刺激臭が鼻についていたが、少しだけ新鮮な空気が風で運ばれてくる。

シャッタを出たところに、赤池透が立っていた。背広を着ている人間は、ここでは珍しかった。見渡したかぎり、赤池の他には、相棒の立松しかいない。太田玲華が少し離れたところにあるベンチに一人腰掛けて、作業を見守っていた。

七夏たちに気づき、赤池が近づいてきた。

「手紙は科学班の検査に回しました」七夏は事務的に報告した。「事務所に明日か明後日、係員が伺うかと思います。つまり、その、指紋などのサンプルを集める必要があるかもしれませんので」それから、飛行機の方を彼女は一瞥《いちべつ》した。「もう、フライト・ショーは終わったのですか？」

「いえ、まだ途中だと思います」腕時計を見ながら赤池が答える。高そうな時計だった。

七夏は赤池から離れ、飛行機に近づく。パイロットの様子を見ておこうと思ったからだ。ただし、あまり前に出ると、作業をしているスタッフたちの邪魔になりそうだったので、飛行機からは十メートルほど離れた位置で立ち止まった。

尾翼に2のナンバが記された機体が正面にあった。コクピットのすぐ横の主翼の上に、黄色のツナギを着た女性が立っている。ヘルメットをかぶっていたが、躰つきから明らかに女性だと思われた。彼女は、もう一人のスタッフに助けられ、コクピットの前の座席に乗り込もうとしている。慣れた動作ではない。おそらく素人だろう。もしかして、イベントの一環で遊覧飛行でも企画されているのかもしれない、と七夏は想像した。

その機体の後方、4番機でも、同じ黄色のツナギの男性が、緑のツナギを着たスタッフに誘導されて前の座席に乗り込んだ。彼は大きなカメラを大事そうに抱えていた。3番機がその横、向こう側だ。既にキャノピィが閉じられ、コクピットの中で二つのヘルメットが動いているのが見えた。少し離れたところに停まっていた1番機も、キャノピィが既に閉まっていた。この機体は、後部座席に一人だけしか乗っていないようだ。

いずれもピンクと白の塗り分けで、ストライプが入った機体である。ANGEL MANEUVERS という文字が胴体側面に読めた。しかし、マヌーヴァの意味が七夏にはわからなかった。

煙草が吸いたかったが、ここは禁煙だろう。当然である。ガソリンの臭いがぷんぷんしているのだから。

立松が近づいてきた。

「臭いで頭が痛くなりますね」彼は苦笑いする。

「そう？　私は平気だけど」

「シンナ吸ってるみたいなもんですよ」

「免疫があるからかな」

「うわ、問題発言すね」

「立松君、飛行機とか、船とか、酔う方でしょう？」

「ええ、もう全然駄目ですよ。ジェットコースタなんかだったら、乗らなきゃいいんだけど、飛行機や船は、普通の人も乗るんですから、もう少し気を遣ってもらいたいですよね」

「普通の人？　ジェットコースタだって、普通の人が乗っているんじゃない？」

「そうですか。あんなものどうして、わざわざ作るんだろうって思いません？　好き好んで乗る連中の気が知れない」

「たまには人生、振り回されてみたいものなんだ」七夏は呟いた。

セルモータの音。

エンジンの不規則な爆発音。

機体の振動。

白い排気がカウリングの下から吹き出る。

爆発音は連続し、しだいに高いサウンドに変わった。他の機体でも、次々にプロペラが回り始める。尾翼と主翼の舵が左右上下に動く。

太いブースタのコードが外される。開いていたキャノピィがスライドして閉まった。

パイロットが片手を挙げる。駆け寄ったスタッフが、機敏な動作でタイヤのストッパを外した。

さらにサウンドは高く大きくなる。

四機の羽音が同調して、唸るような不思議な和音に変わる。

前方の道から人が逃げる。

1番機が静かにスタート。

続いて2番機、そして3番機が動き始める。

4番機が七夏の前を通り過ぎた頃には、コースに出た1番機がひときわ大きなエンジン音とともに加速していく後ろ姿が見えた。たちまち機体は浮き上がり、主翼を左右に振りながら西の空へ上昇していった。2番機と3番機がそのあとに続く。まるで、透明のガラスのスロープを滑るように上っていく。

何についてもいえることだが、上っていくものの後ろ姿は綺麗だ、と七夏はふと思った。おそらく、「羨望《せんぼう》」という言葉のイメージが、この角度、この構図なのだろう。

音は遠ざかり、煙だけが白くコースに残っていた。

スタッフたちが皆、上空を眺めている。

6

各務亜樹良は2番機に乗っていた。前の座席である。

彼女の前には、透明のキャノピィ。傷だらけでプラスティックのようだ。それを隔てて、下三分の一にはボンネットが見え、その先には、回転しているプロペラ。これは見えないのか、見えるのか、表現は難しい。しかし不思議なことに、それが存在することはわかる。横を向くと左右どちらにも、小さく頼りなさそうな主翼。

それ以外のものは、すべて消えてしまった。さきほどまで周辺にあった物体は、今はない。

確かに、浮かんでいる。

滑走しているときは、どすんどすんと下から突き上げる振動があったのに、それが消えて嘘のように静かになった。

周囲は青い空。

斜め左が特に眩しかった。

彼女は、このような小型飛行機のコクピットに乗るのが初めてではない。ヘリコプタも何度かある。装甲車や戦車に乗ったことだってあった。各務亜樹良はそういう人物なのである。そういう人物を自分で作り上げてきた。

ただしここでは、彼女はあくまでも斉藤静子だった。各務亜樹良のアシスタントとして、アクロバット機に乗り込み、体験取材をさせてもらっている。このような状況に至るまでには、多少の苦労があった。紆余曲折《うよきょくせつ》というよりも、ストレートな手法を使った。それはいつものこと、つまり、単なる手続きだ。

機体はバンクし、眩しい太陽は彼女の頭の上を回り、反対側に移動した。躰が少し持ち上がる。左手に地面が見えた。

傾いている。

そちらへ引き込まれそうな力を感じるが、意外にも実現象としては何も起こらない。むしろ、重力が感じられない、上も下もない、そんな空間に放り出された感覚に近い。最初はどこかにしがみつきたかったが、すぐに慣れた。

ポケットの中では小型のレコーダが回っている。マイクはヘルメットに内蔵されていたので、コネクタでレコーダと接続してもらった。自分の状況を彼女は口述する。

「左にバンク。眩しい。振動はあまり感じられない。上下に揺さぶられる方が多い。今は、他の機体は見当たらない。いや……、右手に一機いた。えっと、1番機。どれくらいの高さだろう。数百メートルか。どちらかというと、ここは暖かい。足もとも狭くない。バイクに乗るよりは快適だろう。高級車のシートには及ばないけれど。操縦者は、後ろの座席。前が助手席というわけである。これが普通の配置だと、さきほど聞いた。私が乗っているのは2番機。西崎勇輝の操縦に命を預けている。彼がこのチームのリーダだ。年齢は五十五歳。そろそろ体力の限界だと話していたけれど、それは反射神経の問題か、との質問に、彼は、集中力だ、と答えた。今、水平に戻った。太陽の位置は右後方。東を向いたことになる。1番機が斜め右を飛んでいる。3番機が下から上がってきた。同じ高さに並ぼうとしているようだ。距離は、二十メートルほどだろうか。それでも、とても近い。向こうのキャノピィの中がよく見える。ジャンケンができるかもしれない」

彼女は後ろを振り向く。シートの背が邪魔でよくは見えなかったが、左右から何度か覗いてみると、後方の高い位置にもう一機飛んでいるのが確認できた。

「4番機は後方の上にいる。菱形《ひしがた》の隊形で飛んでいる模様。今、また、緩やかなバンク。方向を変えている。右下にサーキットが見える。ちょうど真上だろうか」

もちろん、マイクはレコーダに直結しているため、彼女が話している声は他のパイロットたちには聞こえないはずだ。それとは別に、ヘルメットにはイヤフォンも組み込まれていたので、ときどき、パイロットたちの会話が聞こえてきた。電波の変調によるものだろう、籠《こ》もったような独特の声で、よく聞き取れなかった。会話は思ったほどは頻繁に行われていない。何フィート上昇する、とか、トリムが合った、とか、少し絞《しぼ》れ、戻せ、といった短い会話がほとんどである。話をしているのは男の声ばかり、関根杏奈の声はまだ聞こえない。彼女は1番機に一人で乗り込んでいる。先頭を飛んでいる機体だ。おそらく、彼女の飛行に合わせて残りの三機が追随しているのだろう。先頭は一番簡単な位置なのではないか。

2番機は1番機の左後ろにいる。各務亜樹良は今それに乗っていて、後ろで操縦をしているのは西崎である。3番機が右隣、つまり、1番機の右後方を飛行している。そこにも二人乗っているのが見える。誰が乗っているのかは、亜樹良は知らなかった。斜め右の後方の高い位置、おそらく、1番機の真後ろになるのだろう、そこを飛んでいる4番機には、カメラマンの牧浦宗之が同乗している。その機体の操縦者は倉田《くらた》というベテラン・パイロットだと聞いた。昨日、少しだけインタヴューをしたが、ほとんど口をきかない、にこりとも笑わない、愛想のない男だ。たぶん三十代の後半だろう。

真っ直ぐにしばらく飛んだ。

山の上まで来てターンする。今度は、1番機が左に移動してすぐ横に来た。右には3番機、その向こうに4番機が並ぶ。順番に整列したあと、お互いの間隔を詰め始める。翼と翼が触れそうなほど接近した。左の1番機のコクピットにパイロットが一名。右の3番機と4番機にはそれぞれ二名ずつ乗っている。十メートルほどの距離ではないだろうか。彼女は状況を口述しながら、左右を交互に見た。

「スモークいきます」という声がイヤフォンから聞こえた。

初めて女性の声だった。左の1番機を見る。関根杏奈に違いない。

急に排気音が低くなる。

何をしているのかわからなかったが、横の1番機のカウリングの下から、赤い色の煙が吹き出した。発煙飛行をしているようだ。

自分の機体の煙は見えなかった。

左を見ると、3番機も4番機も赤い煙を吐き出している。

もしかしたら、ピンクの煙かもしれない。

たちまち後方へ流れるので、正確にはわからなかった。

今度は、断続的な音。

左右の飛行機を、亜樹良は交互に確かめた。

煙を吐き出したり、それを止めたりしているのだ。

短い間隔で煙を吐き出す。

次に、それを止める。

自分の2番機も同じことをしているのだろう。その音が低い振動とともに伝わってくる。しかも、よく観察すると、左右の飛行機と、必ずしも動作音が一致していない。おそらく地上から眺めると、点線を空に描いているように見えるだろう。そこで、亜樹良は気がついた。つまり、文字を描いているのではないか。四機で平行なコースを飛び、ところどころで煙を吐く。それが、上空に漂う。電光掲示板の解像度が悪いものを想像すれば良い。四機では、簡単なアルファベットくらいしか描けないだろう。マークかもしれない。

これだけは、地上から眺めてみたかったものだ。

その直線飛行が終わると、左の1番機が前に出て、少し下から前方を回り右手に移動した。再び最初の菱形の隊形に戻るようだ。既に赤い煙は出ていない。

「ターン」という男性の声がスピーカから聞こえ、すぐに1番機が横転し、その直後に亜樹良が乗っている2番機も動く。気がつくと真上に地面が見え、機首がしだいにそちらを向く。後方へ引っ張られるような力を感じ、シートの背に躰が押しつけられた。その力の方向と大きさが少しずつ変化する。

また、素早いロール。

一瞬、躰が持ち上がる。

空が上。

ようやく自然な状態に戻ってみると、斜め前の1番機も、横の2番機も、まったく同じ位置を飛んでいた。まだ下降している。太陽は右手後方だ。サーキットは見えない。

かなり速度が上がっている感じがした。キャノピィに当たる風のせいなのか、それともエンジンの回転数のためなのか、機体がさきほどよりも振動している。頭に血が上ってくるような、軽い無重力感がまだ続いていていた。

地面が近づいているのがわかった。

「トリム、ＯＫ」

「ロール・ゴー」

その声に合わせて、前方の１番機が回転を始める。

次の瞬間には、世界が回り始めた。

空、山、大地、川、山、空、雲、太陽、空、山、大地。

繰り返される、スクリュー・ロール。

スタンドが見え、すぐに見えなくなる。

サーキットのコースが見え、また、空になる。

少し慣れてきた。

見たいものを決めて、それが回ってくるのを待つようになる。

スタンドの観客が小さい。

直線のコースがだんだん近づいてくる。

かなり高度が下がっているようだ。

回転したまま。


止まらない。

しかし、緩やかに、水平飛行に戻りつつある。

スタンドの前を、通り過ぎた。

まだ回っている。

回転にも慣れて、亜樹良は、地上の様子を観察した。

一瞬だったが、ピットの黄色のテントが見えた。

電光掲示板も。

それに、一緒に回転している、他の機体も。

今度は、下や上に少しだけ引っ張られる力を感じた。

飛行機が上昇を始めたようだ。

目が回る。

少し目を瞑った方が良いかもしれない。

そう思ったとき、「フィニッシュ」という声。それに僅かに遅れて、反対方向に躰が揺れる。飛行機のロールが止まったのだ。

しばらく、躰の中身が回り続けている錯覚。

上に空がある。

前にも空がある。

後ろを振り返ると、サーキットがもう小さく見えた。

しばらく口述を忘れていた。亜樹良はまた、しゃべり始める。

「何回ロールをしたか、数えておけば良かった。多分、三十回くらい。まだ、目が回っている。しかし、思ったほどの加速度は感じられなかった。ジェットコースタよりはずっとソフトだ」

そこまで話したとき、彼女は息を止めた。

一瞬。

どこかで小さな爆発音がした。

スピーカなのか、それとも自分の機体なのか、わからない。

「今の何だ？」という悠長な男の声がイヤフォンから聞こえる。

「おいおい、リーダ、ちょっと絞ってないか？」

「俺の方かな？」

「何だ？」

断続的な会話が聞こえた。

亜樹良は周囲を見たが、特に異状はない。今は四機とも水平飛行を続けている。高度はかなり高い。

ところが、右横の3番機を見ているうちに、それがこちらへ一気に近づいてきた。

機首がぐっと下がり、同時に傾く。

接近した相手を避けようとしたのだろう。

鈍い音。

左右に揺さぶられる衝撃。

「当たったぞ」

「どこだ？」

「2番の尾翼に脚が当たったみたいだ」

「2番ダウン！」

1番機が左前方に見える。

振り返って、上部を見ようとした、そのとき、突然左方向に横転する。

今度は凄い音がした。

衝撃に機体が大きく揺れた。

と同時に、エンジンの回転音が変化する。

風を切る音も変わった。

躰が持ち上がる。

前方に地面が見えた。

「2番上げろ」

「3番上方へ離脱」

「大丈夫なの？」

「えっと、駄目だ。右のエルロンがひっかかってるか」

「トリムつかえよ」

「絞るなよ。トルクでやられるぞ！」

「1番前へ出ろ」

「リーダ？」

「2番起こせよ」

「駄目だ、ラダーだけじゃ無理だな」

亜樹良は周囲を見る。上方の近くに一機。他は見えなくなっていた。

「3番、追うなって」

「違う。追ってるんじゃない」

「効かないのか？」

「やっべえな」

「下がってるぞ」

「リーダ？」

「2番どうした？」

「リーダ？」

「大丈夫かよ」

一度機首が上を向いた。

躰がシートに押しつけられる。

しかし、すぐに重力は消えた。

眩しい太陽が横にある。

キャノピィのプラスティックの傷が、その光を乱反射している。

「危ない！」

「無理だ」

「もう少しつき合おう」

「おい、2番どうした？」

「リーダが変だわ！」

横にゆっくりと倒れ込み、亜樹良が乗った2番機は再び機首を下へ向ける。しだいに機体の振動が激しくなる。速度が増しているようだ。

落下している。

慌てて、彼女は振り向いた。

操縦席を……。

しかし、シートが邪魔で後ろは見えない。

ベルトを外そうとする。

機体は左右に揺れ始め、躰が浮きそうだった。

「リーダ？」

「何やってんだ？」

「3番は？」

「最低！」

「諦めるなって」

「もたないよ、こんなの」

「そろそろ限界か？」

「ついてないね」

「駄目か？」

「すいません」

亜樹良は、二つあったベルトの金具を外した。浮き上がりそうになる躰を腕を伸ばして支える。

彼女は躰を捻り、シートの後ろを覗き込んだ。

後部座席で項垂《うなだ》れているヘルメットが、太陽で光っていた。

すぐ後方に飛行機が一機迫っている。

また、機体が大きく揺れた。

必死でシートにしがみつく。

「おい！　突っ込むつもりか？」

すぐ隣を掠《かす》めてピンクの機体が通り過ぎた。

当たらなかったのが不思議なくらいの距離だった。

何をしているのだろう？

向こうの機体も故障だろうか。

さっき接触したから……。

そうだ、確かにぶつかった。

「西崎さん！」

彼女は大声で叫んだ。

しかし、そんな声が届くとは思えない。

振動とエンジン音と風を切る音で、人の声など聞こえない。

操縦席の西崎は動いていた。しかし、自分の意志でではない。加速度に応じて、ヘルメットと腕が不自然にさまよい動いているだけだ。左手は斜めに垂れ下がっている。右手はシートと側面の間にあった。首は項垂《うなだ》れたままだ。

「西崎さん！」

オレンジのツナギ。

西崎の左腕が動く。

彼の胸の付近を彼女は初めて見た。

黒い穴。

オイルが染みついたような痕。

不思議なものを、数秒間、見た。

躰が機首の方向へ引っ張られ、彼女は後方へ飛ばされる。背中が固いものに当たり、ヘルメットはキャノピィにぶつかった。反動で、今度は前からシートに衝突する。

必死で近くのものにしがみついた。

「メイディ、メイディ！」

「3番、脱出する。無理だ」

「まだ、高度はOKだ。落ち着いて」

「下は何もない。大丈夫だ」

「2番は？」

「湖だ。溺《おぼ》れるなよ」

「リーダ？」

「2番も、そろそろ出た方がいいぞ」

「諦めろって」

「1番、近づけるか？」

「やってみます」

脱出しろと言っているようだ。機体は下を向いていることは確か。ゆっくりと回転している。ときどき、機首が上がって、その軽い衝撃で方々で軋《きし》む音が鳴った。

乗るとき、ベルトの外し方、キャノピィの開け方、そしてパラシュートの使い方は説明を受けていた。お決まりの儀式だと思っていたのに、まさか実際に試すことになるとは……。

「おい！　2番、もう出ろって！」

彼女は躰を捻って、アルミのフレームにあるキャノピィのロックに手を伸ばした。どちらの座席からでも、それは解除できる。既にベルトはしていなかった。脚を折り曲げる。頭の中で素早くシミュレーションを繰り返す。

もう一度後ろの、シートを見た。

操縦席の西崎は相変わらずだ。

項垂れたままの同じポーズ。

「マジかよ、これ……」

「言いたいことがあったら聞くぞ」

「風呂に入りてえ！」

「行くぞ！」

「リーダ？」

「無理だ」

キャノピィのロックを外す。

そして、緊急用の赤いスイッチを押した。

一瞬、風が彼女の躰を包む。

思いっ切りシートを蹴った。

飛び出す。

ヘルメットが引っ張られたが、僅かな抵抗だった。

「そうか、ヘルメットのコードを外すのを忘れていた」彼女はしゃべっていた。まだ、レコーダに録音されているだろうか。

教えられた手順を一つ忘れていた。そんな些細なことを考える。

躰は回転して、宙に浮いていた。

もう、何も聞こえなかった。

風の音だけ。
両手で胸の金具を探す。
時間がかかった。
でも、焦っていたわけではない。
実は、スカイ・ダイビングの経験が彼女にはあった。
目は開いている。
まだ金具を探していた。
OK、OK。
落ち着いて……。
私はまだ死なない。
金具を確かめる。
地面を見る。
近づいてくる地面。
彼女は思いっ切り、金具を引いた。

第4章　残された形

ぼくは自分のうちに、非常な待ち遠しさ、現われると同時にぼくらを気絶させるはずの、そのすばらしい星に対する待ち遠しさ以外のものは何一つ認めなかった。それなのに、紅蓮《ぐれん》の星はついに現われなかった。あったのは、操縦室をめちゃめちゃにし、窓を引剝《ひきは》がし、外板を百メートルも遠くへ吹き飛ばし、ぼくらの臓腑《はらわた》の中まで轟音《ごうおん》で埋めつくした一種の地震だった。

1

「メイディ、メイディ、メイディ」

関根杏奈は、その言葉を繰り返しながら、操縦桿《かん》を握っていた。主翼が垂直になるほど機体をバンクさせ、小さく旋回しながら高度を下げている。何度か失速を繰り返して墜ちていく2番機と3番機を彼女は少し離れて追っていた。だが、そろそろ自分も気をつけないといけない高度だった。大きく深呼吸して、一度上空を窺《うかが》った。青い空が広がっている。

「1番、低いぞ」4番機の倉田の声だ。機体は見えない。ずっと上にいるのだろう。

杏奈は操縦桿を引いて、機首を起こす。もう一度上空を確かめる。4番機が旋回しているのが小さく見えた。

もう一度バンクさせて、下を探す。墜落の位置については、4番機が連絡をしているはずだ。ここは、サーキットからは北東の方角になる。

2番機と3番機が縺《もつ》れ合うようにして墜ちていくのを、彼女は見ていた。どちらも、ぎりぎりの高度でキャノピィを開けて、乗員が飛び出した。

良かった。

溜息。

機体は救えなかったけれど。

しかし、

パラシュートは三つ。

真下の半分は湖で、青い空と白い雲が映っている。

だから、高さが倍に見えた。

太陽とは反対側の方角。湖岸が白く帯状に見え、三つのパラシュートはその辺りで着地した。一人は水上だったが、岸に近いから大丈夫だろう。

機体は今は見えなかった。さらに北の森の中だ。

今のところ、煙や炎は上がっていない。

燃料は、まだまだ残っているはずだ。

いずれにしても、民家や道路でなくて良かった。

でも、

パラシュートは三つ。

四人乗っていたのに……。

「降りてみます」杏奈は決心して機体を反転させた。

「どこへ？　おい、落ち着けよ」

倉田の声がイヤフォンから聞こえたが、彼女はそのままダイブする。

湖畔を目指して降下した。太陽の方向にサーキットの建物が見えた。距離にして一キロくらいだろうか。しかし、湖の反対側になるので、地上からのアプローチでは時間がかかりそうだ。近くには道路も見えない。

どうして、三人しか脱出しなかったのか。

乗っていたのは、西崎勇輝と、取材にきていた、確か……、斉藤という名の女、それに、西崎翔平《しょうへい》と布施《ふせ》健《たけし》。2番機にも3番機にも二人ずつ、全部で四人のはずだ。

パラシュートの事故だろうか。

それとも、見落としたか。

トラブルが発生したとき、リーダの声が聞こえなかったのが気になる。杏奈の1番機は先頭にいたので、何があったのか最初はよくわからなかった。2番機と3番機が接触事故を起こしたのだ。否、そのまえに、何かあったようだ、小さな爆発音がした。振り向いたとき、2番機と3番機はいずれも彼女の右後方で、既に高度を下げていた。ラダーとギアが当たったようだ、と西崎翔平が無線で答えた。ところが、もう一度、接触した。これは杏奈もはっきりと目撃した。2番機が急に右翼を下げて、3番機に横から突っ込んだような形だった。機体の一部が引き裂かれて、破片が落下した。おそらく、翼端のカバーだ。このあと、西崎翔平がエルロンが引っかかると言った。3番機は、ラダーとフラップで姿勢を立て直そうとしたが、無理だった。反対側のエルロンだったら、エンジンを絞ればコントロールできる回転だったけれど、生憎《あいにく》、これは逆だったのだ。一方の2番機の方は、杏奈が見たところ、ダメージはなさそうだったのに、完全にコントロールを失った挙動を示していた。エルロンもラダーも操作されていない。エレベータは僅かに引かれたまま。緩やかにバレル・ロールし、ダイブと失速を繰り返すピッチングを起こして降下を続けた。3番機の方は墜ちる場所を少しでも選ぼうとしている様子だったが、結局、ほとんどコースを変えることはできなかったようだ。パラシュートが次々に開き、その数秒後には森の中へ機体は吸い込まれた。3番機がさきで、僅かに遅れて2番機が墜ちた。かなり近い場所である。お互いの距離は三百メートルも離れていないだろう。パラシュートが降りた湖岸からも近い場所だ。

地面が近づいてくる。

砂浜に立っているオレンジ色のツナギ姿が確認できた。

その上をバンクしながらローパス。

水面の上で急旋回した。

二人立っている。一人は寝ている。三人ともヘルメットを外していた。片手を振っているのは、西崎翔平だった。それから、もう一人は、布施健だ。彼は、倒れている黄色のツナギの横でしゃがんでいる。あれは、取材の女か。

リーダがいない。

西崎勇輝の姿がない。

まさか、

そんなことが。

どうして、

リーダが……。

どうしたのだろう？

「1番、低過ぎるぞ」倉田の低い声。「頭を冷やせ」

「降ります」

「それ以上降りられるか。馬鹿」

下げている方の翼端が、水面に届きそうな高度だった。

杏奈は深呼吸してスロットル・レバーを押す。

エンジンは吹き上がる。

姿勢を水平に戻し、湖の上を滑るように飛んだ。

ずっと横を見て、目標を探す。

砂浜の様子を観察する。

それから、緩やかに旋回。

あそこに降りよう。

最後のバンク。

スロットルを絞る。

足でラダーを逆に切る。

サイド・スリップだった。

フラップをいっぱいに下げた。

「杏奈！　無理だ。引き返せ！」

白い砂浜が近づいてくる。

水に近い湿った部分を狙う。

最後の瞬間、機首を真っ直ぐに向けた。

エレベータを引く。

まず、ワン・バウンド。

次に、大きな衝撃。

前のめりになりながら、少しエンジンを吹かした。

　プロペラの後流で尾翼を押さえないと、機体がつんのめるからだ。できれば、プロペラだけは叩きたくない。

　ごつごつと機体が揺れる。

　ゆっくりと、操縦桿を引く。

　エレベータを限界まで上げる。

　地面は傾いていた。右翼端が砂を擦って、機首が右へ向く。慌ててラダーをいっぱいに切る。

　もう飛べない。

　エンジン停止。

　ブレーキ。

　まだ、走っている。

　弾んでいる。

　岩場が迫ってきた。

　まだ、止まらない。

　砂地のためブレーキが効かないようだ。

　右の翼端を地面で擦った。機首は右に取られる。

　しかし、それが幸いした。

　機体は砂浜を上り始め、急速に運動エネルギィを失った。

　砂地の上の草原に踏み込んだところで、ようやく停止する。

　溜息。

　呼吸をした。

「ＯＫ、見事だった」倉田の声。「しかし、どうやって、回収するつもりなんだ？」

「フロートを持ってきてもらう」杏奈は答える。

「そこまで考えてたのか？」呆れた口調で倉田が言った。

「どちらの方向？」

「そこから、ほぼ真北だと思う」

　彼女はコンパスを見て確かめる。

「距離は？」

「さあ、二百メートルくらいかな。危ないからあまり近づくなよ」

ヘルメットを脱ぎ、ベルトを外した。キャノピィを開けて、立ち上がる。

岩場の向こう側に、パラシュートで降りた仲間がいるはずだが、そこからは見えなかった。

2

「本当に墜ちやがった!」運転手は何度も叫んだ。

彼は興奮してトラックを走らせる。急ハンドルを切って、県道から森へ向かう小径へ入った。舗装されていない道だったので、まるで馬に乗っているみたいに上下に揺れる。

結局、保呂草潤平はずっとこのトラックに乗っていたのだ。サーキットの近くを通ったとき、一度停めてもらい、ホットドッグを買った。運転手にもそれを一つ奢《おご》った。煙草も一箱彼にプレゼントした。そのあと二時間ほど、たまに空を見上げながら、ずっと彼の話につき合い、彼の郷里の家族構成までほとんどのことが把握できた。彼は名前を河井《かわい》という。歳は三十五歳。しかし、もっと老けて見えた。

トラブル発生の連絡が無線で入ったとき、トラックは、両側に田園が広がる県道の脇に駐車していた。そこが、あらかじめ指定された場所だ、と河井は話した。おそらく、周囲が見渡せるロケーションのためだろう。県道は片側一車線であったが、車の通行量は少なくない。

空を見上げると、二機の小型機が森の中に吸い込まれるところだった。実にあっけない。墜落の音も聞こえなかった。

「マジかよマジかよ」と繰り返し、河井は窓から手を出して、黄色の回転灯を屋根の上に磁石で取り付けた。どちらかというと、嬉しそうな表情に見えた。

トラックは猛烈にダッシュする。ときどきセンタラインをオーバし、反対側の車線を走った。

森林を抜ける小径をしばらく行くと、樹々の切れ間から、湖が右手に見えてきた。

岸辺で、白いパラシュートが風で動いている。さらに、黄色い服装の人物が一人座り込んでいるのを保呂草は見た。運転手は前を向いたままだったので、気づかなかったに違いない。

「停めてくれ！」

「なんだと？」

「停めろ！」

「なんで？」

「降りる」

運転手は舌打ちしてブレーキを踏んだ。

「向こうに、人が見えたんだ。パラシュートもあった」保呂草はドアを開けて、トラックから飛び降りた。

河井は無言のままトラックをスタートさせた。道はカーブしていたので、すぐに見えなくなる。保呂草は、来た方向へ引き返し、湖が見える位置まで戻った。それから、背の高い枯草の間を抜けて、湖の方へ下っていく。

草原から出て、ようやく黄色のツナギ姿の人物が見えた。近づくにつれて、やはり彼女だとわかる。

彼が駆け寄っていくと、彼女も気づいて振り返った。パラシュートが近くに萎《しぼ》んでいる。とても沢山のロープが縺《もつ》れていた。

「大丈夫ですか？」保呂草はきいた。

「さあ、どうかな」

「怪我は？」

「煙草ちょうだい」各務亜樹良は、額にかかる髪を払いのけながら言った。にこりともしなかった。

保呂草はポケットから煙草を取り出し、彼女に箱ごと差し出した。各務は一本だけ抜き取って箱を返す。保呂草も一本取って口にくわえる。金属製のオイル・ライタで、彼女の煙草に火をつけてやった。

「足を折ったかも」各務亜樹良は呟く。

「動く？」自分の煙草に火をつけながら、保呂草はきいた。

彼女は躰を折り曲げ、右の足首に手を伸ばす。顔をしかめながら、そこを動かした。

「痛い？」保呂草は屈んで患部に触れる。「ああ、大丈夫。挫《くじ》いただけだ」

「痛いのかもしれないけれど……」煙を吐き出しながら各務が言った。「今はとにかく、もう嬉しくて嬉しくて、何も感じられない状態ね」

しかし、彼女は少しも笑っていない。むしろ怒っている顔だった。

「他の連中は？」保呂草は、風で遠くまで飛ばされたパラシュートを見る。

「あと、二人いた。森の方へ行ったみたい」

「良かった、全員助かったわけだ」

「いいえ」首を横にふって、各務は上目遣いに保呂草を見上げる。「西崎勇輝は脱出していない」

「どうして、わかる？」保呂草は森の方を見ながら尋ねた。

「一緒に乗っていたから」

「でも、今、二人って……」

「それは、もう一機の方に乗っていた二人」

「ああ、そういうこと……。でも、どこか別のところへ降りたかもしれない」保呂草は頷いた。「きっと、まだなんとかなると思って、ねばったんじゃないかな。貴女だけ、さきに出ろって？」

「あのね……」彼女は溜息をついた。前髪が動くほどの勢いがあった「保呂草さん、お願いがある」

「なんでも」彼は軽く微笑んだ。

「立たせて」煙草を消してから、彼女は両手を保呂草の方へ差し出した。

保呂草は、各務を抱きかかえるようにして立ち上がらせた。まだ、背中からパラシュートへロープが繋《つな》がっていた。彼女は片足が地面につけないようだ。

「これ、脱がせて」肩のベルトに手をやる。

「良い台詞ですね」保呂草は煙草をくわえて言った。

胸の前と腰、それから腿のベルトを外す。パラシュートは完全に彼女から離れた。各務は片足で何度か小さく跳ねる。恐る恐る右足を試している。

「無理をしない方が良い。これから、だんだん痛くなる」保呂草は片手で彼女を支えていた。

「えっとね……」各務は言った。「ここから、一刻も早く逃げたいんだ。お願い、なんとかしてくれない？」

「どうして？」

「説明はあと」

各務亜樹良は初めて少し微笑んだように見えた。しかし、おそらく保呂草の錯覚だっただろう。

3

関根杏奈は草原を駆け抜けて、森の中へ入った。枯草を踏みつけ、枝を払いながら進む。最初は道がなかったが、すぐに小径に出た。上空からは見えなかったけれど、道が通っていたのだ。ぎりぎり車が一台なら通れそうだった。空を見上げても、4番機が飛んでいるエンジン音は聞こえるものの、姿は見えない。両側の樹々が覆いかぶさるように枝を伸ばしているためである。

「おーい」という声。森の奥のようだった。

「どこ？」杏奈は大声で叫ぶ。

「こっちだ」また声がする。

車のエンジン音が聞こえたので振り返ると、トラックが小径をこちらへ向かってくる。

彼女は両手を挙げて大きく振った。

近づいてきたトラックが彼女の前で停車する。運転していたのは緑色のツナギを着た男で、彼一人だけだった。消火器などを備えた救急用の車である。

「良かった」杏奈は駆け寄った。彼女は森の奥を指さす。「あちらみたい」

緊張した顔つきで運転手は頷いた。

こんなに早く到着できたなんて、信じられないほど幸運だ。

杏奈は走り、トラックが彼女についてくる。しかし、数十メートル行った先で道は細くなる。車はそれ以上は入れない。男は車から降り、荷台から消火器を二本だけ降ろした。杏奈は救命セットを肩に担いだ。

「近くですか？」男が尋ねる。

「ええ、たぶん」彼女は答える。

二人が森の中へ足を踏み入れたとき、鈍い爆発音が鳴り響き、前方の森の中が一瞬赤く光った。

4

杏奈と河井が森の中へ入っていくと、途中で顔見知りの男たちと出会った。どちらもオレンジ色のツナギを着ている。西崎翔平と布施健の二人だった。

十五メートルほど奥で、真っ赤な炎が三メートルほどの高さまで立ち上り、さらに、そこから上空へと黒い煙が続いているのが見えた。

西崎翔平が、近くに落ちているタイヤを足で蹴った。

太い樹の幹の近く。

もう一人倒れていた。

それが西崎勇輝だった。

爆発音。

別のところらしい。

もう一機、近くに墜落しているはずだ。

「砂浜に降りたんですか？」杏奈の顔を見て、西崎翔平は言った。驚いた表情ではない。

「リーダは？」彼女は近づきながら、確信を疑問で払いのけようとして、言葉にした。

だが、返事はない。

西崎勇輝の前で彼女は跪《ひざまず》き、彼の躰に手を伸ばした。

ゆっくりと。

穏やかな表情だったけれど、それは動かない。

着ているものは黒く染まっていた。

焦げ痕だろうか。

血だろうか。

思わず、目を瞑る。

瞑ると、目が熱くなる。

「ここまで、引きずり出すのがやっとだった」後ろで翔平が話した。彼は短く息を吐く。吹き出して笑っているような音。「燃えちまうところだったよ」

そのとたん、彼女の目から涙が溢れ出る。

前が見えなくなった。

杏奈は声を上げて泣きだした。

もちろん、それが自覚できる。

自分は泣いている。

子供みたいに泣いている。

死んでいるのだから……。

悲しいのだから……。

だから……、
だけど……、
死ぬなんて。

とても、大切な人だったのに。

こんなに、
こんなに、簡単に……。

深呼吸。

涙を止める。

そう……、
こんな場面は、
何度も何度も、夢で見たことだった。

毎朝毎朝、予感したことだった。

簡単だな。

本当に……。

「無理だよ」後ろから西崎翔平の声。

彼女は涙を拭って、そちらを向いた、緑のツナギの河井が消火器を持って、炎に近づこうとしている。西崎翔平は彼に話しかけていたのだ。二人は炎の方へ歩いていった。

近くにもう一人立っている。

布施健だ。着ているツナギが濡れていた。パラシュートで水面に降りたためだろう。彼女と同じ歳のこの男は、最近、チームに加わった。女性的な優しい顔つきの青年である。彼は下を向いていた。

「何があったの?」杏奈はきいた。冷静にしゃべろうとしても、咽《のど》が痙攣《けいれん》して、声が震えてしまう。

「最初の接触は、大したことなかったんだけど」顔を少しだけ上げて、布施が話す。「そのあと、急に2番機が翼を振った。向こうの前縁が、こちらの翼端に当たって、カバーが変型したんだ。完全に外れてくれたら、まだ良かったのに、ひんまがって、それのせいで、エルロンが下がらなくなった」

「布施君、どうして3番機に乗っていたの?」杏奈はきいた。布施はまだ、正式なパイロットではない。自衛隊にいたので、腕は確かだったのだが、曲技の場合はまた別ものである。

「リーダが乗れって」彼は答える。

「もしかして、操縦桿も貴方が?」

「まさか」布施は首をふった。彼は後方を振り返った。

「翔平君!」杏奈は西崎を呼んだ。しかし、声は届かなかったようだ。

西崎翔平はまだ二十歳である。彼女の目の前に倒れている西崎勇輝の実の息子だ。父親が死んだというのに、彼は消火作業を手伝おうとしている。

「もう一人、脱出したでしょう?」杏奈は布施に尋ねた。

「ああ、2番機の女の人。怪我をしているかも。向こうで待っているはず」

いつの間にか、上空を飛んでいるエンジン音が聞こえなくなっていた。4番機はサーキットか飛行場へ引き返したのだろう。湖畔の機体まで戻らなくては、無線がない。

しかし、機体は燃え上がり、生きている人間と、死んでいる人間は、既に確定してしまった。今さらレスキューが駆けつけたところで、仕事はもうない。連絡を急いでも意味はない。

関根杏奈は座る場所を探し、倒れた枯木の上に腰掛けた。

少し寒いかもしれない。否、よくわからない。躰は重かった。

もう一度、死んでいる西崎勇輝の姿を見る。

もう涙は出なかった。

自分の中で、どんな処理が行われたのか自覚できないけれど、これから、どうしたら良いのか、今夜は何をする必要があるのか、明日はどうなる、明後日は何をしている、そして将来は、と考える頭に既に切り換わっていた。

周りの皆も、きっとそうだろう。

ドライな連中ばかりなのだ。

そうでなければ、飛べない。

小さく溜息をつく。

そうか……、死んじゃったのか……。

しかたがない。

助けられなかった。

どうすることも、できなかったのだから、
しかたがない。

西崎勇輝のことは、今晩ゆっくりと思い出そう、と彼女は決めた。

5

小鳥遊練無は走っていた。

サーキットへは一機しか戻ってこなかった。そこに乗っていたのは、二人の男。オレンジ色のパイロットと、黄色のカメラを持った男。それは4番機だった。

上空で飛行機は遠く、とても小さかった。四機とも、ほとんど同じところにいた。それから、旋回をしながら、二機が高度を下げて見えなくなり、次に、もう一機も降りていった。しばらく上空を飛んでいた一機が戻ってきただけだ。その後、何も起こらない。音も聞こえなかった。

ピットの周辺では、スタッフたちが、走り回っていた。何台かの車が飛び出していった。

「最初、二機が接触したみたいだった」紅子が話した。

「どこかに不時着したんよ、きっと。だって、爆発音とか聞こえへんかったもん」紫子はそう言った。

「パラシュートが見えた」という声が、後ろの席から聞こえた。双眼鏡を構えてベンチの上に立っている男だった。

練無は立ち上がる。森川素直の膝にぶつかりながら前を通り抜け、階段を駆け上がって、出口へ向かった。

「れんちゃん！　どこ行くの！」という紫子の呼び声が聞こえたけれど、彼は振り向かなかった。

スタンドの通路を走り抜け、階段を二段飛ばしで駆け下りた。

とりあえずピットへ行こう、と最初考えていたが、駐車場へ出て、車に乗った方が早い。方角はだいたいわかっている。

関根杏奈が無事であってほしい。頭にはそれしかない。

ところが、外へ飛び出してから思い出した。そうだ。今日は保呂草のビートルじゃない。森川商会のワゴンで来たのだ。キーは、当然ながら森川素直が持っている。

「しまった」彼は舌打ちする。

しかたがないので、建物へ引き返そうと思ったとき、ロータリィから飛び出してきた黒い車が見えた。屋根の上に赤い回転灯。サイレンが鳴り始めるところだった。

練無は、運転している祖父江七夏を見る。

迷わず走りだした。

駐車場の車の間を抜けて、石垣に飛びつき、その上の傾斜した芝生を一気に駆け上った。そして、反対側で、二メートルほどの高さを飛び下り、アスファルトに着地。ちょうど走り出てきた黒い車の前に、練無は両手を挙げて、飛び出した。

急ブレーキとともに、車は斜めになって停まる。

練無はボンネットに手をつき、そのまま横に回って、後部座席のドアを開けた。彼は車に乗り込む。

「何だ、君は」助手席の男が怒鳴った。

「怒らないで。お願い、乗せてって」練無は両手を合わせる。

「小鳥遊君」運転席の祖父江七夏が振り返る。「どうしたの？」

「友達が飛行機に乗っていたんだ」

「わかった」

七夏は前を向き、車をスタートさせた。

サイレンが鳴っている。

サーキットのゲートを出て、カーブを突っ切り、大通りへ向かった。

「やっぱり、いたんだね。森川君を見かけたから」

赤信号の交差点に進入したので、左右をきょろきょろ見回しながら七夏は話す。「他に、みんなも？」

「ねえ、墜ちたのは何番機？」練無は自分の質問を優先した。

「2番と3番だよ」助手席の男が答える。

「でも、1番機も戻ってこなかったよ。1番機に乗っているんだ」

「1番機は、救助のために、湖の向こう側に着陸したの」七夏が説明した。「墜ちた飛行機からも、乗員はちゃんと脱出したみたいだから」

「ああ、そう……」シートにもたれ、練無は目を瞑って溜息をついた。「良かった……。ああ、良かったあ。なんだ。びっくりしちゃったよ、ふう……」

「関根杏奈と友達なの？」助手席の男がきいた。

「あ、えっと……。立松さんでしょう？」練無は身を乗り出して微笑んだ。「お久しぶりですね」

「覚えていてくれて、ありがとう」彼は苦笑いする。

「ねえ、誰と一緒だったの？」七夏が前を向いたまま尋ねた。

「香具山さん、森川君、あと、瀬在丸家の三人」

「いつものメンバか……。保呂草さんは？」ちらりと後ろを見て、七夏が言った。

「うん、来るはずだったんだけど、来れなくなったみたい」

車はサイレンを鳴らしながら、県道を飛ばしていた。前を行く車は路肩に寄って、道をあける。両側には田園が広がり。見通しが良い。目標は右手の森林の中だ。湖もその向こう側である。

「関根杏奈との関係は？」七夏がきく。立松がさきほどした質問と同じだった。

「クラブの先輩」練無はまたシートにもたれた。少し落ち着いた、と自覚。額から汗が流れているのに気づく。呼吸は乱れていない。

「え？　何のクラブ？」七夏がバックミラーで練無を見た。

「少林寺拳法」

「あ、そうかそうか。はは……、私ね、関根杏奈が、実は男なのかって、今、思っちゃった」

「うわ、最低」

「ごめんなさい」七夏は顔の横で片手を立てる。

「でもさ、歳がずいぶん違うんじゃない？」

「五つ違いだよ。中高一貫の私学だったから」

「あそう……」七夏は前を向いたままだが、声は笑っているようだ。「そういうのが、ぱっと答えられる関係って、ちょっとあれよ」

「何？　あれって」

「じゃあ、私とは、いくつ違い？」

「さあ……」練無は首を捻った。七夏の歳を彼は知らない。聞いたことがあったかもしれないが、覚えていなかった。

「四つ違いじゃない？」七夏が半分振り返った。

「へえ……、じゃあ小鳥遊君って、もう二十五なの？」立松が座席の間から振り向いた。「僕とそんなに違わないんだ」

祖父江七夏が黙って立松の頭を叩いた。

6

一時間後。

日は落ちて、辺りはすっかり暗くなった。空だけにかろうじて明かりが残っているものの、周辺は本当に暗い。大勢の人間がやってきて、墜落現場には沢山のライトが持ち込まれていた。ショーの関係者、飛行場の関係者、消防と警察の関係者で、軽く二百人ほどはいるだろう。

車が通るには道が狭過ぎる。七夏が乗ってきた車は、邪魔にならないように、湖の方へ下りた草原に移動してあった。しかし、現場へアプローチできる道が一本だったことは、逆に、規制するには非常に楽で効率が良かった。県道から、こちらへ入るところで、マスコミ関係の車をシャット・アウトすることができた。

ところが、向こうも簡単には引き下がらない。空にはヘリコプタが数機、煩《うるさ》く飛び回っていたし、湖にはモータボートで近づこうとする連中もいた。マスコミが写真を撮るためにチャータしたものだ。さきほど見てきたが、岩場の向こう側の湾には、関根杏奈が勇敢にも強行着陸させたピンクの1番機があった。湖畔に佇《たたず》むその勇姿は確かに格好の被写体だった。

機体は二機とも燃えてしまった。跡形《あとかた》もない。周辺の樹々に燃え移らなかっただけでも幸運だった。もう一ヵ月ほど遅い時期だったら危なかったかもしれない。

救急車がやってきていたが、三人のパイロットは乗らなかった。一人が濡れていた服を着替えただけである。

しかし、そういった処理は、すべて後半戦のこと。それよりもさきに、とんでもない前半戦があったのだ。

七夏は死んでいる西崎勇輝を見た。

そのときは、立松と一緒だった。

その場にいたのは、パイロットの三人（西崎翔平、布施健、関根杏奈）、それから、一番に駆けつけた整備士の河井佑之《ひろゆき》、それに七夏、立松、小鳥遊練無の七人だった。救急車はその直後に、また、パトカーと消防車がやってきたのは、さらに五分ほどあとのことである。

「躰を起こしてみて」七夏は言った。

「え？　ど、どういうことですか」立松は自分の胸に両手を当てて首を捻る。

「違う、死体の」七夏は顎で足もとを示す。「背中が見たいから」

「え……、今ですか？」立松は顔をしかめる。

「早く」

立松は、振り向いて他の者を見た。数メートル離れたところに全員座り込んでいた。立っているのは小鳥遊練無だけだ。

立松は西崎勇輝の躰をそっと起こす。かなり重かった。

「何をしてる？」案の定、クレームが出た、と七夏は思った。声を上げたのは西崎翔平である。

「すみません、手伝ってもらえますか？」七夏はそちらへ顔を向ける。「調べたいことがあります」

「調べたい？」西崎翔平が立ち上がって、こちらへやってきた。

喧嘩を覚悟したが、幸いそうはならなかった。西崎と立松が起こした死体の背中に、七夏はペンライトの光を当てた。

「やっぱり、そうか……」一瞬躰が小さく震える。

「ありがとう、もう、いいです」

それから、もう一度死体の胸の部分を調べる。その部分にライトを当てた。

「まさか……」立松が横で囁く。

「どうしたんです？」立っている西崎翔平がきいた。

「いえ……」七夏は彼を見上げて答える。「あの、お父様と一緒に乗っていたのは、どなたですか?」

「ああ、むこうの、浜の方にいるよ。斉藤とかって女」翔平は答える。

七夏は立ち上がり、燃えた機体を見にいく振りをして、彼らから離れた。立松が彼女についてきた。

「祖父江さん、あれって……」立松が顔を寄せて囁く。

「警官が来たら、無線を借りて、すぐに本部に連絡を」彼女は小声で指示する。「わかった?」

「了解」

そんなことがあってから、既に四十分は経過している。

人は増えたが、反比例してどんどん暗くなった。もうライトがなければとても歩けない。

七夏が現在立っているのは、パラシュートで西崎翔平、布施健、斉藤静子の三人が降りたという地点だ。布施は水面に降りたが、自力で岸まで泳ぎ着いた。既にパラシュートは回収されている。少し上がったところの草原には沢山の車が駐まっていて、そこに大勢が屯《たむろ》していた。

立松や練無はまだ墜落現場にいるようだ。

七夏の近くには警官が二人立っているだけだった。湖面には、マスコミのモータボートのライトが動いている。

話を聞いて、大方《おおかた》の事情は飲み込めた。

最大の問題は二つ。

一つは、西崎勇輝の死因。

胸にあった穴は小さくて目立たなかった。血が染みついて黒っぽくなっていたし、引き裂かれたような部分もあったのだから、見間違えてもしかたがないだろう。墜落時のショックで何かが当たってできた傷か、それとも、ちょっとした焦げ痕くらいに見えたかもしれない。だが、それは間違いなく穴だった。背中を調べると、ほぼ同じくらいの位置にやはり穴があった。そちらはもう少し鮮明だった。

銃で撃たれた場合にこれと似た状況になることを、七夏は知っている。

全体を見直すと、その箇所の出血が著しいことがわかる。飛行機の墜落によるものであれば、もう少し違った状態になったのではないか……。

もう一点。

それは、この西崎勇輝の機体に同乗していたと思われる人物がいないこと。

斉藤静子という三十代の女性。有名なジャーナリストのアシスタントだという。エアロバティックス・チームの取材のために昨日から来ていた、と西崎翔平が話していた。

彼女は、パラシュートでこの浜辺に降りた。足を折ったか、捻挫をしたらしい。立てない状態だったという。これも、西崎と布施の話である。

その女が、今はどこにもいない。

どうも、嫌な予感がした。

七夏は煙草を吸おうと思い、バッグから箱を取り出しながら辺りを見回した。

警官の一人が近づいてくる。さきほど、手帳を見せたばかりの大男だった。

「ここ、禁煙？」七夏はその男にきいた。

「いえ。でも、ボートから望遠のカメラで狙われていますよ」彼は言った。

七夏は振り向いて湖を見る。岸から百メートルほどのところでモータボートが一隻エンジンを止めていた。七夏はそちらに背を向ける。

気にしないで煙草をくわえて火をつけようとしたが、彼女のライタでは風のために火が消えてしまう。

「あ、どうぞ」大男の警官がポケットからオイル・ライタを取り出して大きな火をつける。

「ありがとう」七夏は微笑んだ。「役に立つライタだね」

警官はもう一度ライタで火をつけてみせた。いつでも火がつく、というデモンストレーションのようだ。しかし、七夏はその光で、彼の足もとに白いものが落ちているのに気づいた。彼女はポケットからペンライトを取り出して、そこを照らす。

落ちていたのは、捨てられたばかりの煙草の吸殻。すぐ近くにもう一つあった。

「ここで、煙草を吸った？」七夏は屈み込み、下を向いたまま尋ねる。

「いいえ」警官は答え、彼の大きな懐中電灯で加勢してくれた。

手袋をして、砂の上の吸殻を拾い上げる。二本とも同じ銘柄だった。間近に見ると、一本には僅かに口紅らしいものが残っていた。フィルタの潰れ方も、煙草の消し方も異なっている。つまり、同じ箱の煙草を二人の人間が吸ったようだ。

ビニル袋に入れて、バッグに仕舞う。

それほどメジャな銘柄ではない。七夏の知っている範囲で、これを吸っているのは、保呂草潤平だけだ。

保呂草？

七夏は自分の煙で目が痛くなる。

彼も大きなライタを持っている。きっとこの風でも火がつくだろう。

「証拠品ですか？」警官が尋ねた。

「いいえ……。自然を汚さないように」七夏は立ち上がり、彼に微笑んだ。

「祖父江さん！」草原の方から呼ばれる。立松の声だ。

七夏はそちらへ上がっていった。

「誰か来た？」

「いえ、まだですけど」彼は大きく深呼吸をした。

「どうしたの？　慌てて」

「今、河井っていう、あの整備士ですけど……」走ってきたのだろう、立松は息を弾ませている。「ここへトラックで来たとき、ついそこまで、一人一緒に乗せてきたって言いだしましてね」

「誰を？」

「チームのメカニックじゃないかって……。よくわからないそうですけど、とにかく、飛行場のスタッフの誰かだそうです」

「ふうん、どこかへ行っちゃったわけ？」

「ここの前を通ったところで、車から降りたそうです。パラシュートと人が見えたって言ったとか。だから……、そっちを助けにいったんだと思ったって」

「待って、あの人が現場に来たときには、もう、みんないないたんだよね？」

「そうです」

「じゃあ、人が見えたっていうのは……」

「斉藤って女でしょう。浜に一人で残っていたから」

「そうか……」七夏は頷いた。「それで、二人で煙草を吸ったってわけか」

「煙草？　何のことです？」

「立松君、現場に戻ってて」

「大丈夫ですよ。警官がいっぱいいます」

「いいから、戻って。しっかり監視してて」

「何を？」

「そうね……、死体の周辺と、あと関係者の行動」

「祖父江さんは？」

「ちょっと、向こうへ散歩してくる」煙草を吸いながら、七夏は反対方向を指さした。

「向こう？」立松はそちらを見る。「どうして？　あ、トイレですね？」

七夏は黙って立松の頭を叩いた。

7

警官から大きな懐中電灯を借りて、祖父江七夏は湖畔の砂地を一人で歩いた。ライトのおかげで、ときどき、砂を蹴ったような痕が見つかった。最近、誰かが通ったことは明らかだった。

二百メートルほど行くと、森の中へ入っていく小径がある。両側は背の高い雑草。

とても暗い。

後ろは湖。

今は、ボートも近くにはいない。ヘリコプタももう飛んでいなかった。後方のずっと遠くに、細かいライトが沢山見える。そちらが墜落現場である。

誰かがこちらへ走ってくる。

七夏はしばらく待った。

「祖父江さん?」

「ああ、君か……」

小鳥遊練無だった。彼は少しだけ息を切らして彼女のそばまで来た。

「本部の人たちが来たみたいだったよ」彼は報告した。

「そう」七夏は頷く。「関根さんや西崎さんたちは?」

「さっき、車に乗って、みんな行っちゃった」

「え、どこへ?」

「知らない。でも、飛行場の格納庫じゃない? おまわりさんも一緒だったから大丈夫」

「何が大丈夫なの?」

「祖父江さん、なんか疑っているでしょう?」練無は笑いながら話した。暗闇に白い歯が見える。「立松さんがね、言ってたもん」

「何を?」

「ふふ……、事件だって」

「あの、おしゃべりが」七夏は舌を打つ。

「ねえ、どこへ行くの?」

「あっち」

「一緒に行って良い?」

「それは君の自由」七夏は答える。「でも、私の前をちょろちょろしないでほしい」

草原の小径に二人は入っていった。並んで歩ける幅はない。七夏が先で足もとを照らして歩き、練無がすぐ後ろについてくる。七夏は、さきほどよりもずっとリラックスしている自分に気づく。練無が来てくれたせいだろう。

「女の人を探しているんでしょう？」練無が後ろから尋ねた。

「そうだよ」

「僕さ、昨日、その人見たよ」

七夏は立ち止まって振り向き、練無の顔にライトを向ける。

「やめてよ、眩しいなあ」彼は片手を翳《かざ》した。

「ごめんごめん」七夏は苦笑する。「会ったって、それ、本当？」

「うん」

「どこで？」

「飛行場の格納庫。関根さんのチームが借りているところ」

「ふうん」七夏は再びゆっくりと歩きだす。「そこへ、遊びにいったわけ？」

「まあね」練無も歩きながら答える。「西崎勇輝さんっていうの？　あのリーダのおじさん、あの人にインタヴューしてた」

「どんな感じの女？　いくつくらい？」

「えっと……、感じは、祖父江さんに似ているかも。そう、年格好も同じくらい」

「いくつくらい？」

「三十は越えていると思う」

「私は越えてないよ」振り返り、思わず手が出そうになったが、七夏は思いとどまった。「で、どんな話をしていた？」

「うんと、別に、そこまでは……」練無は首を傾げる。「保呂草さんの友達なんだよ」

「え？」彼女は一瞬表情を止める。「どうして？」

「さあ……」練無は片手を顎に当てた。「保呂草さん、懐かしいから、彼女と話をするって言って、僕らと一緒に帰らなかったんだよね。ちょっと怪しかったりして」

「怪しい」七夏は何度も頷いた。「昨日の夜、そのあと彼に会った？」

「保呂草さん？　ううん」練無は首をふる。

「そう……」頷いて、七夏はまた歩き始める。

少し太い道に出た。といっても車が通ることは無理だろう。片側は土地が傾斜して針葉樹が生い茂っている。反対側は、今歩いてきた草地だ。

しばらく歩くと、木製の三メートルほどの橋が架かっていて、小川が流れていた。橋を渡り、やがて両側が森林になった。今歩いている道は、墜落現場へ車で入ってきた道よりも湖寄りになるはずだ。電柱も外灯もなく、とても暗かった。道はもちろん舗装されていない。

懐中電灯で行く先を照らして歩いている。地面は乾燥しているため、足跡が残るような状態ではない。その他の痕跡も何一つ発見できなかった。しかし、逃走したのなら、この方向だろう。他に選択があったとは考えられない。

時刻はまだ六時過ぎ。空もほとんど真っ黒だった。森林に挟まれて、星空の一部が見える。

上り坂になった。

道幅が広くなったので、二人は並んで歩いている。

道が水平になり、やがて下り始めた。

カーブを曲がったところで、遠くに明かりが見えた。県道を走る車のライトのようだ。五百メートルほど先だろうか。

「もう一キロは歩いたよね」練無が久しぶりに口をきいた。

「そのくらいかな」七夏は答える。「小鳥遊君、みんなが心配しているんじゃない？」

「うん、してると思う」

「あの子は？　えっと、香具山さん」

「うん、しこさんも怒ってると思う」練無は溜息をついた。「でも、きっともう帰ったと思う」

道幅がさらに広がって、車が通れるくらいになった。緩やかな下り坂である。風が冷たかったが、歩いたせいで幸い躰は暖かい。

「このまま、県道へ出られるのかな」七夏は歩きながら辺りを見回す。「足に怪我をしているはずなんだけどな」

「誰が？」

「斉藤って女」

「ああ……」練無は頷く。「でも、途中の森の中に隠れているってことは？」

「どうして隠れるわけ？」

「だって、西崎さんを撃ったんでしょう？」

「えっと……」七夏は驚いて、練無の方を向いた。

「ふふん、僕ね、医学部なんだよ」彼は軽い口調だった。「知らなかった？」

「知ってる」七夏は頷く。「見たの？」

「ちょっとだけね。本当のところは、よくわかんなかったけど。だけど、立松さんが、事件だって言ってたし、祖父江さんが疑っている、こんなところまで追跡しているってことは、そういうことなんでしょう？」

「頭が良いね」

「でも……、おかしいよね」

「何が？」

「普通さ、自分が乗っている飛行機のパイロットを撃ったりする？」

「最初から脱出する気だったのかも」

「まるわかりじゃない、そんなの」練無は笑った。「二人しか乗っていないわけだし、それに、周りに三機も仲間が飛んでいるんだし。絶対おかしいよ、そんなの」

「うん、そうだよなあ」七夏は唸った。「それじゃあさ、やっぱり、見間違いなんじゃない」

「だとしたら、その女の人、どうして逃げたのかな。それがわかんなくなるよ」

「何か可能性が考えられる？」七夏は尋ねた。

「場合分けをするとしたら、二つの可能性があるよね」練無は躰を横に向けた。楽しそうだ。「まず、飛行機が飛ぶまえに既に撃たれていた、という可能性。それから、飛んでいる途中に、何かの仕掛けで撃たれた、という可能性」

「うんうん、なるほど……」七夏はまた唸る。「賢いんだね、小鳥遊君」

「そうだよ。知らなかったの？」

七夏は、例の脅迫状を思い出していた。スカイ・ボルトという美術品の名が書かれていた奇妙な文章。マネージャの赤池の神経質そうな表情も目に浮かぶ。

魔剣、という言葉があった。

練無が話した二つ目の可能性と微《かす》かにリンクする。

ただしそれは、七夏の頭の中で勝手にリンクしただけのことで、よくよく考えてみると、明確に言葉では説明できなかった。こういった感覚はよくあることだ。

道の片側は段々畑になった。坂道の先には、すっかり刈り取られたあとの田園も見える。片側はまだ鬱蒼《うっそう》とした森林だったが、既に人間の生活エリアといえる。前方に電灯が光っていた。電信柱だろうか。そのさらに先にはライト・アップされた看板も見える。建物があるようだ。もう県道も近かった。

このまま、何も見つからなかったら……。

まず、電話を探そう。

タクシーが拾えれば良いが、こんな場所では望み薄か……。

なるべく早く飛行場の格納庫へ行きたい、と七夏は考える。

「お腹減っちゃったなあ」練無が呟いた。

そう言われれば、そうだ。七夏は昼も食べていなかった。突然の空腹感に襲われる。

道は水平になり、アスファルト舗装に変わる。県道まで百メートルほどの場所に、鉄筋コンクリートの高い塀に囲まれたホテルが建っていた。もちろん、普通のホテルではない。車に乗ったカップルが利用する特別施設である。遠くから見えた看板は、ここのものだった。ゲートの前を通り過ぎたとき、中を覗いてみたけれど、残念ながらよく見えない。カーテンのようなビニルが垂れ下がっていた。覗かれないように工夫されているのだ。

「ホテル・ピットイン」練無が見上げて、高い声で看板の文字を読む。「こういうのってさ、ホテルが前にあるか、後ろにあるかで見分けるんだよね」

「どういうこと?」七夏はきいた。

「ヒルトン・ホテルとさ、ホテル・ヒルトンの違い」

「ああ、そうか」七夏は笑った。「入ったことあるの?」

「祖父江さんは?」

「道に出て、電話がないようだったら、ここへ戻ってきて電話を借りなくちゃ」七夏は練無の質問を無視して話す。「どこかに車が用意してあったのかなあ」辺りを見回す。「でも、もしそうだったら、トラックなんかに同乗してこないだろうし……」

「何の話?」

「なんでもない」七夏は練無に微笑んでから、もう一度後ろを振り返り、ホテル・ピットインの看板を見た。

いろいろな仮定の基に、彼女は動いている。

もしも、西崎勇輝が殺害されたのなら。

もしも、斉藤静子が加害者なら。

いずれにしても、本部の連中が現場に到着したのだから、今頃はっきりしているだろう。もしそうなら、非常線が張られるのも時間の問題だ。しかし、その程度のことは、逃げる方だって予測している。一番よくわかっているはずだ。だとすれば、一刻も早く現場から遠く離れようとするのが道理。こんなところで、ぐずぐずしているはずはない。

ただ、ひっかかるのは……、

煙草の銘柄。

そして、練無が話していたこと。

おそらく単なる偶然だとは思うが……。

「どうしたの？」先へ行っていた練無がきいた。

七夏は知らず知らず立ち止まっていたのだ。

「あのホテルへ入ったら、なんか食べられるかも」練無が可笑《おか》しそうに言った。

「知らないの？」七夏は話す。「もの凄く高いんだよ。冷蔵庫の中にね、何千円もするジュースとか缶詰とかが入っているんだから」

「どうして知ってるの？」

8

「高いなあ」保呂草潤平は冷蔵庫のドアを開けて呟いた。値段表が中に貼ってあったのだ。「世界中どこへ行ったって、こんなに食べものが高い場所はないですね。昨日の夜から何も食べてないけれど、これじゃあなあ、煙草を吸って我慢するか」

ベッドに腰掛けている各務亜樹良は、さきほどから方々へ電話をかけている。相手が出ることは稀《まれ》で、舌打ちして受話器を置くことが多かった。それでも、一度は電話が通じて、「警察から電話があったら、斉藤なんて子はいない、ずいぶんまえにやめたバイトの子だって言って。わかった？」という指示を出していた。おそらく自分の事務所へかけているのだろう、と保呂草は想像した。

飲みものは、すべてセルフ・サービス。食べものは、取り寄せになるので一時間ほどかかる、という注意書きがキャビネットの上にのっていた。もちろん、何も注文していない。

「何か、温かいものを出してもらえない？」亜樹良が受話器を耳に当てながら保呂草に言った。

「インスタントの不味そうなコーヒーと、いつから出ているのかわからないティーバッグの紅茶。それとも、えっと、もっと干《ひ》からびた焙《ほう》じ茶？」

「紅茶」亜樹良は煙草に火をつけながら答える。

「こういうの、サービス料として請求しても良いですか？」

「何の話？」

保呂草は黙って笑顔を彼女に向ける。電気ポットのお湯を湯呑に注ぎ入れて、ティーバッグを浸した。

でき上がった熱い湯呑を両手に持ち、サイドテーブルまで運ぶ。ベッドは一つしかないので、彼はソファまで戻って、背の部分に反対側から腰を預けた。目の前の壁には品《ひん》のない具象画が掛かっている。

「本当に、撃たれていた？」保呂草は煙草を取り出しながら尋ねた。彼女の方を見ないようにした。

「もしかして、見間違いじゃないですか？　なんか、僕ら、とんでもなく無駄な苦労をしてるんじゃないかな」

「間違いない」

「そもそも、よくわからない」保呂草は煙草に火をつけた。「貴女、どうして西崎勇輝の飛行機に乗っていたんです？」

「取材のため」

「昨日の今日で、乗せてもらえるものですか？」煙を吐き出しながら、彼は亜樹良の方を向いた。

「以前から申し込んであった」彼女はベッドの上に脚をのせていた。両手で右の足首を擦っている。黄色のツナギを着たままだった。

「僕、わりと今、どうしようかなって、考えているんですけど」保呂草はまた煙を吐く。彼も緑のツナギのままだ。「ちょっと、やばそうだから、手を引こうか、どうしようかなってね。もし、西崎勇輝が撃たれた、としたら……、そろそろ警察が貴女を探し始める」

「そう言っているだろう？」亜樹良は保呂草を睨みつけた。

「この近辺から出られなくなる」保呂草は表情を変えずに軽い口調で言った。「仲間が迎えにくるの、明日の朝ですか？　そんなの全然遅いな。本気で逃げるつもりなら、この一時間だ」

の？」

「しかたがないじゃない。タクシーを呼べって言うの？」

「その方がまだ良い」

「ちょっと考えさせて」亜樹良は僅かに顔をしかめ、指を噛んだ。今までの彼女には見られなかった一瞬の表情だった。

「依頼主が信じられなくなったら、終りですよね？」彼は続ける。「貴女は、僕に隠していることがある。なのに、僕は貴女をおぶって疲労困憊《こんぱい》。おまけに靴を脱がせろ、紅茶を入れろ。誰か他に、面接試験でもして家来を募集したらどうかな？」

「悪かった」彼女は顔を上げて頷いた。「ごめんなさい。謝る。気が立っているんだと思う。本当に困っているの。誰かが、私をはめたんだ」

「誰が？」

「わからない」亜樹良は首をふった。「だけど、とにかく、今は逃げなくちゃいけない。私は殺してない。でも、明らかに、私が殺したように、仕組まれた」

「どうして、飛行機に乗った？」保呂草はもう一度きいた。

「昨日の夜……」亜樹良は自分の膝を見ながら答えた。「西崎勇輝とずっと一緒だった」

「どこで？　あの、トレーラ・ハウス？」

「いいえ、遊園地の隣にあるホテル」

「目的は？」保呂草は尋ねる。「つまり、何か、ビジネスとしての目的があったのなら、だけど」

「完全にビジネスだよ」亜樹良は鼻で笑う。「当たり前じゃない。あの人に会ったのは昨日が初めてなんだから」

「なるほど」保呂草はテーブルの灰皿で煙草を叩く。「そういうのが、貴女のビジネスなんだ。もしかして、今もそうなのかな？」

「体力があれば相手を殴る。頭が良ければ相手を騙す」上目遣いに保呂草を睨んだまま亜樹良は話した。「銃を持っていたら、それで威嚇《いかく》する。私の躰が女だったら、私はそれを利用する。全部同じこと。人よりも有利な状況を作って、人から何かを奪い取る。もう少し穏やかにいえば、交換する。それがビジネスでしょう？　貴方が、今、ここで寝たいと言うならＯＫだよ。足の痛いのくらい我慢する。その代わり、私を無事に逃がして」

「寝てる暇はない」保呂草は少々口調を変えた。

「質問に答えてくれ」

「どんな質問だった？」

「ビジネスの目的」

「もちろん、エンジェル・マヌーヴァを見たかったから」亜樹良は即答する。「西崎勇輝と関根朔太の交友は相当なもの。ほとんど兄弟といっても良いくらいの間柄なの。関根は、西崎のチームに全面的に出資をしているし、娘もチームの一員」

「だから、西崎なら、エンジェル・マヌーヴァのことを知っているはずだ、と？」

「そう」彼女は頷いた。「自分のチームの名前にしたくらいなんだ。現物だって見ているはず。いえ、もしかしたら、彼が持っているのかもしれない。関根は、自分よりも友人が持っている方が安全だと考えた。日本に持ち込むのだって、飛行機を何機も輸送する西崎の方が怪しまれない。上手《うま》くできたんじゃない？　金属探知機も効かない。金属だらけなんだから。たとえば、エンジンの中に入れておけば、絶対に見つからないでしょう？」

「エンジンの中なんかに入らないよ」保呂草は冷たく言った。

「とにかく、西崎に接近することが、私には突破口だった。関根はマスコミ一切お断り、知らない人間には誰一人会わない。近づきようがないんだから」

「それで？　飛行機に乗せてくれって、ベッドでお願いしたわけ？」

「飛行機に関心がある振りをするのが、彼に接近する一番良い方法だったのは事実。ああいう人たちって、自分の世界の話を聞いてくれるだけで気持ち良くなる。ちょっと興味を示した振りをするだけで、受け入れてくれる。私ね、スカイ・ダイビングならけっこう経験があったから」

「一度乗せてほしい、と口からでまかせを言ったら、本当に乗ることになってしまった」保呂草は早口で言った。「そしたら、運悪く、相手はコロリ」

「少し違う」亜樹良は真面目な顔で首をふった。

「だいたい同じってこと?」

「西崎勇輝は、エンジェル・マヌーヴァを見せてくれる、と言ったの」

保呂草は灰皿で煙草を消した。そして、黙って各務亜樹良を見た。彼女も、彼を睨み返していた。

「明日、俺の飛行機に乗ってみないかって、彼の方から言いだした。空で二人だけになったら、見せてやろうって」

「何を?」

「エンジェル・マヌーヴァを」

「まさか……」保呂草は吹き出した。「そりゃ、なんか勘違いしてる」

「もう、関根朔太は持っていないって、彼は言っていた」彼女は少し顎を上げる。

「本当に?」保呂草は目を細める。

亜樹良は頷く。

壁の照明が部屋中を黄色っぽく染めていたので、彼女の髪の輪郭が金色に光って見えた。細かいプリント柄のベッド・カバーと、彼女の白い素足を保呂草はぼんやりと見る。

「納得した?」亜樹良がきいた。

「ちょっと、外の様子を見てくる」保呂草はドアの方へ歩きだす。「すぐ戻る」

「待って」

彼は振り返った。

「どうすれば、信じてもらえる?」ベッドで彼女が小声できいた。

「悪いけど、人を信じるの苦手なんだ」

「私にも、どうしても、できないことが一つだけあるの」
「もしかして、空を飛ぶこと？」
「いいえ」彼女は唇を噛んで、微笑もうとした。
「泣くこと」

9

保呂草潤平は通路に出て、左右を見渡した。廊下の端に非常口があった。そこから外に出てみる。ドアがロックしないように、名刺を挟んだ。外は鋼鉄製の非常階段である。彼がいる場所は三階で、それがこのホテルの最上階だった。

顔を突き出して見下ろす。塀で囲まれた駐車場へ下りていけそうだ。しかし、道へ出るためにはゲートの受付の方へ回る必要がある。商売なのだから、そういった点に抜かりはないだろう。

話し声が聞こえた。

女の声だ。近くを歩いている。

表の道だろうか。塀と樹が邪魔で姿は見えなかった。

その道は県道の方へ延びている。そちらの方角は、車が通り過ぎるライトが絶えない。時間帯のためだろうか、それとも、飛行機事故のせいだろうか、交通量はかなり多いようだ。だが幸い、赤い回点灯は見当たらない。おそらく、警官が立って、規制が行われているのは、もう五百メートルほど先へいったところ。そこから、保呂草と河井はトラックで入ったのだ。墜落現場へ通じるあの道は、今頃大渋滞のはずだ。

ホテルから少し離れたところで、道を遠ざかる二人の姿が見えるようになった。

一人が立ち止まってこちらを向いた。

「どうしたの？」という声。高い声だ。その声に保呂草は聞き覚えがあった。「あのホテルへ入ったら、なんか食べられるかも」

保呂草は思わず頭を下げた。声の主は小鳥遊練無だ。

「知らないの？　もの凄く高いんだよ。冷蔵庫の中にね、何千円もするジュースとか缶詰とかが入っているんだから」

もう一人も、誰なのかわかった。

愛知県警捜査第一課の刑事、祖父江七夏。

どうして、彼女が、こんなところに……。

事件の連絡を受けてから、駆けつけたのではない。飛行機事故では来ないはずだ。西崎勇輝が他殺だと判明してから、連絡が行って……、にしては、時間が早過ぎる。県警の本部から優に一時間はかかる場所なのだ。

練無も……、何故、ここへ？

もう一度様子を窺ってみる。二人は県道の方へ歩いていく。

この道を二人は歩いてきたのだ。

つまりそれは、各務亜樹良の逃走経路を辿ってきた、ということ。


「まずいな」彼は呟く。

よりにもよって……。

いろいろな可能性が頭の中で次々に映し出された。だが、そんなことを悠長に吟味している暇はない。

彼は階段を下り、一フロア下のドアを小道具を使って開け、建物の中に躰を滑り込ませた。

受付を通るとき、背後の壁にあるキー・プレートを彼は見た。どれくらい客がいるものか、という好奇心だった。二十二号室には、伝票がクリップで止めてあった。土曜日だというのに、客が入っているのはこの一室だけ。まだ時刻が早いせいだろうか。場所が場所だけに、繁盛している様子はない。もっとも、この手の商売の基準が保呂草にはわからなかったけれど。

彼は二十二号室を見つけて、躊躇なくドアをノックした。

かなり待った。もう一度ノックをする。

一分ほどして、ようやくドアが開いた。

中年の男性。背は低いが、体格が良い。シャツを慌てて着た様子である。男が出てきたので、保呂草はちょっと意外だった。

「大変申し訳ありません。こちらのバスルームのガス関係に異状があるようなんです。センサが感知して、管理室で警告ランプが点滅しているものですから……、ちょっと、調べさせてもらえませんか？」

「え……、どれくらい？」男はむっとした表情だ。

「あ、すぐ済みます。たぶん誤作動だと思いますけど、その、規則でして、どうしてもチェックしないといけないんです」

「しょうがないなあ。早くしてよ」

男は後退して、保呂草を通した。

「クロゼットを開けさせてもらいます」保呂草は微笑みながら言う。「こちらの奥に配管がありますので。あと、バスルームも」

「どうぞ」奥へ戻りながら男が言った。

ベッドは壁の陰になって見えない。保呂草は横目でそちらを見る。それから、バスルームを開けて、中を見る振りをした。

しばらく、じっと待って、耳を澄ませる。

奥で二人が話を始める。女がくすくすと笑いだした。

保呂草は部屋の奥をそっと窺う。二人の姿は見えない。ベッドの上のようだ。再びクロゼットの中を覗いた。グレィの男もののコートと、白い女ものの毛皮のコートが掛かっている。男のコートのポケットに手を突っ込む。二つ目のポケットでキーホルダが見つかった。男のコートと女の毛皮のコートをそっとハンガから外す。入口のドアを静かに開けて、それら二着を外に放り投げた。

「大丈夫でした。異状ありません」彼は奥の方へ少しだけ接近して明るく言った。

しかし、返事はなかった。二人の姿は見えない。部屋の奥からは、女の押し殺した笑い声だけで、他に反応はなかった。保呂草はポケットから現金を取り出す。一万円札を三枚、クロゼットの中に落として、そこを閉めた。

「どうも、失礼いたしました」彼は後ろ手にドアを開けて外に出る。

落ちているコート二着を拾い上げ、非常口へ向かった。外部の階段を上るとき、手摺から身を乗り出して県道の方を眺める。祖父江七夏や小鳥遊練無の姿は見えない。しばらく耳を澄ませたが、ずっと遠くでパトカーのサイレンが鳴っているだけだった。

三階のドアから入って名刺を回収。自分の部屋のドアまで戻ってノックした。

ドアには、レンズの覗き穴がある。数秒後にドアが開いた。

各務亜樹良の横をすり抜け、保呂草は部屋の中に入る。ベッドに二着のコートを投げ出した。

「どうしたの？　これ」亜樹良がきいた。「趣味が悪いな」

「警察が外にいた」保呂草はポケットからカッタナイフを取り出した。

「え？」彼女は一歩後ろに下がる。「そんなもの出して、何のつもり？」

「持ってて良かった」保呂草は口を斜めにした。「中学のときから、ずっとポケットに入れてるんだ」

「錆《さ》びてるんじゃない？」彼女は眉を顰《ひそ》める。

「そのツナギは目立つ。脱ぐか、切るか？」

「脱がない。着ている方がいい。外、寒いんだから」

「違う。これで膝から下を切るから、脱いでくれ。着たままじゃ、やりにくい」

「殺し文句っていうやつ？」彼女は笑った。

黄色のツナギを部分的に切り落とした。彼女は再びそれを着て、毛皮のコートを羽織った。鏡の前でチェックしている。保呂草はグレィのコートに腕を通した。

「靴が合わない」亜樹良が言う。「どうして靴も持

行こう」


ってきてくれなかったの？」

「サイズがわからなかった」

「貴方の方が変だね」

「ズボンが緑なのが、ワンポイント」

二人は部屋を出て、階段を下りた。駐車場には三台の車があった。二台目のセダンのドアがキーで開く。他は従業員の車のようだ。

「やっぱり、キーがあった方が楽だ」保呂草は運転席に座って言った。亜樹良は助手席に乗る。「さて、強行突破か、それとも、料金を支払うか」

「私が払ってくる」彼女が言った。「領収書が欲しいし」

「これで、駅の近くまで行って、あとは電車に乗るか……」保呂草は煙草に火をつける。

「電車は無理。この格好じゃあ」

「サーキットまで戻って、タクシーを拾う。あそこなら、目立たないだろう」

「そちら」亜樹良は前を向いたまま言った。「さあ、

第5章　追うものの形

人は信じたものだった、彼らを偉大ならしむるには、ただ彼らに服を着せ、食を与え、彼らの欲求のすべてを満足させるだけで足りると。こうして人は、いつとはなしに、彼らのうちに、村の政治家を、クルトリーヌふうな小市民を、内生活のゼロな技術者を、作ってしまった。

1

瀬在丸紅子たちが那古野市内の阿漕荘に戻ったのは夜の八時過ぎだった。

二時間以上待ったのに小鳥遊練無は戻ってこなかった。会場の駐車場が閉まるぎりぎりまでねばっていたが、ついに諦めざるをえない状況になったのである。

「そんなもん、勝手に飛び出していったあの子が悪いんよ」紫子は口を尖らせていた。「帰ろ帰ろ。あほらし。今頃、杏奈さんと一緒かもしれへんのよ」

「お金は持っていたようだから、大丈夫でしょう」紅子も紫子の意見に賛成した。「子供じゃないのだし」

森川素直が運転するワゴンはこうして出発したものの、帰路は大渋滞。カーラジオでは、何度もエアロバティックス・ショーの墜落事故を報じていた。しかし、要約すれば、パイロット一名が死亡した、という情報以外は、彼女たちが知っていることばかりだった。

市内に入ってから、ファミリィ・レストランに寄って簡単に食事を済ませ、桜鳴六画邸の裏門に到着した。ここで、根来機千瑛とへっ君が降りた。

「根来、お願いしますね」紅子は言った。「私、阿漕荘に寄ってから帰ります」

「かしこまりました」根来は頷く。

「保呂草さんがいるかもしれないし」紅子は不思議そうな顔をしている紫子を見る。

「ホンマに腹の立つことばっかし」紫子は小声で呟いて溜息をついた。

　だが、阿漕荘に保呂草はいなかった。紫子が、いつもの場所に隠してあった鍵で彼の部屋のドアを開けて、ネルソンを出してやった。その犬は一人で散歩に出かける。通路をのそのそと歩いて階段を下りていったネルソンを見送ってから、紅子は、紫子の部屋に入った。森川素直は、姉の会社にワゴン車を返しにいったので、今はいない。

　香具山紫子の部屋は、散らかっていた。小鳥遊練無の部屋よりもずっと男性的な印象だった。壁にゴム動力の飛行機や西洋凧《だこ》がぶら下がっている。桜鳴六画邸の敷地内でこれらを飛ばして遊んでいる紫子をよく見かけた。そんなとき、彼女はたいてい一人だ。元来がどちらかというと社交的な性格ではない。

　紫子は、部屋の中央に出ている炬燵《こたつ》のスイッチを入れ、近くに散乱している雑多なものを片づけた。

「さあて、お茶がいいですか？　それともいきなりアルコール？」そこで紫子は大きな溜息をついた。「ああ、もう私、飲まずにおられへんも。頭がずきずき痛いし、むしゃくしゃしてるし」

「飲むものがあるの？」紅子はきいた。

「うん、ちょっとね」紫子は微笑んだ。「非常時のためにとってあるやつが一本。ウイスキィだけど」

「それじゃあ、お湯で割ろう」紅子は提案する。

　さっそくお湯を沸かして、数分後には乾杯になった。

「だけど、紫子さん、何がそんなに気に入らないわけ？」

「うん、だって、れんちゃんとか、保呂草さんとか、勝手やと思いません？　人のことどない思ってるんか、いっぺんはっきりさせてもらわなあかんわ、ホンマ」

「でもね……、彼らには彼らの事情、彼らの都合ってものがあるわけでしょう？」

「そう、結局は、私が悪いんよ。期待してる私の方が」紫子はグラスに口をつける。「ああ……、いえいえ、期待なんてしてへん」

「どっち？」紅子は頬杖をつく。

「期待してるか、してないか？」

「違う」紅子はゆっくりと首をふる。「保呂草さん、それとも、小鳥遊君？」

「そんなも……」紫子はまた一口飲んだ。「紅子さん、そういう問題と違うと思います」

「いいえ、そういう問題です」紅子は紫子を軟《やわ》らかく見据《みす》える。

「じゃあ、紅子さんは、どっち？」

「どっちって？」

「林さん？　それとも、保呂草さん？」

「林さん」紅子は即答する。「比較になりません」

「そうなの？」

「太陽と月を比べているようなものね」

「それって、どっちが大切なの？」紫子はくすっと笑う。

「月なんかなくったって、どうってことないでしょう？」紅子は悪戯っぽい笑顔で言った。「月がふっと宇宙のどこか遠くへ行ってしまっても、ほとんどの人は気づきもしないんじゃないかしら」

「そやけど、夜のうちなら、太陽がなくなっても、同じやと思いません？　ひとまず朝までは、それこそ、誰も何の心配もしない。夜は月だけ出とってくれたら、それでええねん、みたいな」

「太陽がなかったら、月は真っ暗」

「ああ、そっか」

「それに、地球もたちまち滅亡」紅子はグラスを傾ける。

「うわ、意味深《しん》ですね」紫子が笑いだす。「いやだわぁ。惚気《のろけ》てはるんだ」

「ま、そうかな」紅子は首を傾げる。

電話が鳴った。

紫子が飛びつくようにして出た。

「もしもし……」一瞬彼女は黙る。「あほ！　ぼけ！　何しとったん？」彼女は紅子の方を見て頷いた。「ああ、ああ、そうかそうか。ほう……。ほう……。まあ、なんでもええけどね。君の信頼もこれまでやからな。もう友情もへったくれもあるかいな。ようよう、こんな目に遭わせてくれたと思うわ。私ら駐車場でずうーっと待ってたんよ。え？　何……。言い訳なんかいらんわ！　へっ君だって、早く帰って宿題がしたい言うてたし。そりゃ君はええよな、好きな彼女のとこへ走っていって。なんちゅう軽率？　見境《みさかい》のない奴やで、ホンマに。え？　知らんわ。保呂草さんがどしたん？　まだ帰ってきてへん……。うん……、今、紅子さんが来てはる。うん……。へえ、祖父江さんと……、なんでやの？　ふん……、ふん……、ちょっと待って、え？　君、今どこにおるのん？　ふうん、あそう……、そうか……、わかった。うん、また、電話して、うんうん？　そんな怒ってへん怒ってへん。うん、OK。うんじゃあね」

紫子は受話器を置いて立ち上がり、キッチンへ歩いていく。紅子が二杯目の飲みものを作っていると、紫子は林檎《りんご》を持ってきて、果物ナイフで剝き始めた。鼻歌を歌っている。

「紫子さん、どうしたの？」紅子はきいた。

「林檎食べよう思って」

「機嫌が良さそうね」

「え？　そうかな」紫子は笑った。「もう酔うたんね」

「小鳥遊君、どこから？」

「うんと、あそこ……」紫子は手を止めて、顔を上げる。「昨日行った格納庫」

「昨日行った？」

「そこへ、昨日遊びにいったの。れんちゃんについて、私と保呂草さんと。飛行場の中の格納庫を、関根さんのチームが借りていて……」

「今、そこに彼、いるわけ？」

「そうみたい」

「祖父江さんが、どうしたって？」

「え？」紫子はまた手を止める。「あれ、私、そんなこと言いました？」

「言った」

「うーん」紫子は天井を見つめる。「とにかく、れんちゃん、祖父江さんと一緒らしいの。パイロットの人が死んだのは、事故じゃなかったんだって」

「事故じゃない？」紅子は繰り返した。

「うん、そう言うてた。心臓発作かしら」

「それは、事故っていうんじゃない」

「あれ？　そうか……」

「祖父江さんには関係がないし」

「あ、紅子さんには黙っていたけど、実は、会場に祖父江さん来てはったみたいなんですよ。森川君が会ったって」

「ふうん」紅子は頷いた。「どうもよくわからないな。テレビをつけてみましょうか」

紫子は林檎を剥いていたので、紅子は炬燵の上にあったリモコンでテレビのスイッチを入れた。

2

林が本部を出たのは六時頃だった。彼の肩書きは、愛知県警捜査第一課の警部である。事件の連絡が入ったのは、一時間以上もまえのことだったが、彼はいろいろ雑用を片づけてから出てきた。いつものことだが、どうせ待っているのは文句を言わない死体。それに、自分の仕事は、仲間の皆の仕事が終わってから始まるのだ。

ところが、出かけようとしたら、車を運転させる部下は誰もいなかった。それどころか、運転できる公用車さえ残っていなかった。どうやら、無理に行かなくても良い連中まで大勢が現場へ押しかけたようだった。

しかたがないので、自分のシトロエンを運転して、のんびりと走ってきた。車の運転は嫌いではない。

まず、I湖の北部の森林で、飛行機の墜落現場を五分ほど見た。鑑識が遺体を搬出したあとだったが、顔見知りの係官と二言三言話ができた。

「何なんだ、この人の多さは」林はポケットに両手を突っ込んだまま言った。「ここで葬式でもするつもりだな」

「この森に落ちているものは全部、明日になったら運び出すってさ、向こうで算段していたよ」

「ボーイスカウトの隊長さんがいるんだ」

「じゃあ、あとでまた連絡する」彼はそう言って車に乗り込もうとした。

「弾は？」

「さあね……。ボーイスカウトに期待しよう。見つけてくれるだろう」

「撃たれたのは、絶対？」林は尋ねる。

「銃で死んだ確率は高い」

「自分で撃ったかもしれない」

「世の中、器用な奴も多いからな」

「墜ちてから撃たれたのか、それとも、撃たれたから墜ちたのかは？」

「傷や骨折は、たぶん墜ちたときのものだろうね」

「つまり、墜ちたときには、もう生きていなかった？」

「たぶん、生きていなかった」彼は淡々とした口調で答えた。

「絶対？」

「調べれば、もっとはっきりするよ」

「はっきりさせてほしいな」林は片手を挙げた。

「それは、こっちも同じ。じゃあ」

部下の立松が現場にいて、祖父江七夏が戻ってこない、という話をした。

「連絡があったよ」林はそれだけ言った。

次に、彼は一人でサーキットへ向かった。こちらは、ピットと控室にまだ関係者（多くは整備工たちだった）が残っていて、彼らから情報を集めている警察の人員も充分な数だった。二十分ほどでざっと様子を見て回り、夜の十一時までに報告を本部へ入れるように指示して、駐車場の自分の車へ戻った。

食事をするのを忘れていた。思い出したけれど、煙草を出して火をつけ、もう一度忘れることにした。

それから、飛行場の敷地内にある格納庫へ向かった。サーキットで詳しく場所を聞いてきたし、飛行場のゲートでも、守衛が丁寧に教えてくれたので迷わなかった。

巨大な格納庫の前の広い駐車場に車を入れる。トレーラ・ハウスがまず目についた。

林は車から降りて、そちらへ歩いていく。警官が二人そこに立っていたので、手帳を見せて名乗った。

警察の公用車がトレーラ・ハウスのすぐ横に駐まっている。その後部座席に誰か乗っていた。中を覗き込もうとしたら、窓が開く。

「こんばんは、警部さん」高い声で挨拶された。

「ああ……、君か」林は少し驚く。

小鳥遊という名の大学生だ。瀬在丸紅子の友人で、彼女の家の近くに住んでいる。奇抜なファッションで街を歩くのが趣味らしく、林も見たことがあった。だが、今夜は普通だ。

「何をしてる？　シンナでも吸ったのかい？」

「祖父江さんと一緒なんです」練無はトレーラ・ハウスを指さした。「そこの中にいるよ」

林はそちらを見た。

「僕は駄目だって言うから」練無は話を続ける。

「ねえねえねえ、警部さん、お腹空いちゃったんだけど……。何も食べてないんだよ」

「君は、関係者なのか？」林は振り返った。

「うーん、どうかな」彼は首を傾げる。

「ちょっと、待ってて」片手を広げてみせ、林は歩きだす。

「ほら、みんな、それだもんなぁ」後ろから声が聞こえる。

ステップを上ってアルミのドアを開けると、奥行きのある室内に、七夏の姿があった。彼女一人しかいないようだ。

彼女はこちらを向き、目を大きく見開いて、約二秒間、動かなかった。

「びっくりした……」七夏は溜息をついた。「現場ではなかったのですか？」

「行ったよ」

「サーキットは？」

「行ってきた」林は小さな窓から外を覗いた。格納庫の前面が見える。「ここは？」

「チームが会議などに使っていた場所です。整備長の柴山《しばやま》という人の許可を取って、ここに入りました。非公式ですから報告書には書けません。他のトレーラ・ハウスはまだ入れないし……」

「今朝電話をかけてきたマネージャは？」

「まだサーキットだと思います」

「他の連中も？」

「ええ、たぶん、全員がサーキットか病院です」

「病院？　誰か怪我をしたのか？」

「パイロットの三人。西崎翔平、布施健、関根杏奈。いずれも軽傷です。風邪をひいたのかもしれません。まあ、マスコミから逃げ出したい気持ちはわかりますけどね。あの……、警部。鑑識はなんて言ってます？」

「墜ちるまえに銃で撃たれた可能性が高い」

「良かった、では、捜査を続けられますね」

「全然良くない」林は腕を組む。「非常線を張っているのに、誰も引っかからない」

「斉藤静子という女が、西崎勇輝の飛行機に乗っていました。その女は、昨日の夜、西崎を訪ねて、ここへ来たそうです。その、明るいうちに一度カメラマンと二人で取材にきて、夜にもう一度、また一人でやってきたんです」

「誰から聞いた？」

「それも、整備長の柴山からです。向こうの格納庫にいるはずです」七夏は、林が頷くのを見て話を続ける。「西崎は斉藤と一緒に出ていって、朝まで帰ってこなかったそうです。それで、カメラマンだけを乗せる話だったのが、朝になったら、その女も乗せることになっていた。チームのメンバが呆れていた、と柴山は話していました」

「雑誌の記者か？」

「いえ、各務亜樹良というジャーナリストをご存じですか？」

「いや、知らない」

「彼女は、各務のアシスタントだと名乗っていました。東京の各務の事務所に電話で確認を取りましたけれど、そんな人間はいない、という返答です。ただ、昔同じ名前のバイトを使っていたことがあるそうですが、どうも、年格好が一致しません」

「いくつくらい？」

「小鳥遊君が見ています」七夏は外の公用車の方向を指さした。「年齢は三十代前半、私に感じが似ている、それが小鳥遊君の証言です」

「美人なんだ」

「ええ、それは、間違いありませんね」七夏は澄ました顔で頷いた。

彼女は、斉藤静子と名乗る女が、パラシュートで降下したあと消えてしまった話を続けた。逃走を助けた人物がいるようだ。その男は、ここの整備スタッフと同じユニフォームを着ていた。それが誰なのかは、今のところ不明。顔を見たのは河井という名の整備士だという。

「これを砂浜で見つけました」七夏はバッグからビ

ニル袋を取り出した。煙草の吸殻が二本入っている。「そのあと、逃走経路と思われる道を歩いてみましたが、残念ながら何も発見できませんでした。おそらくは、県道まで出てタクシーを拾ったのか、それとも、どこかにあらかじめ車が用意してあったのか……、もしかしたら、仲間がいるのかもしれないし……。いずれにしても、非常線を張るまえのことです。もう少し早ければ、捕まえられたかもしれません」

「誰も他殺だなんて思っていない。君たちが駆けつけたのだって偶然だ。これ以上早い対処は無理だったよ」

「しかし、私たちは脅迫状の関係で呼び出されていたわけです。まったくの偶然でもありません」

「ここでは、何か見つかった？」

「いいえ、駄目です」七夏は首をふった。「その女のものが、何か残っていないか、と思ったんですけれど……」

「昨日のインタヴューが、ここで？」

「いえ、格納庫の事務所だったようです。でも、夜に訪ねてきたのは、こちらだったと聞いたので」

このトレーラ・ハウスで西崎勇輝と整備長の柴山が話をしているとき、斉藤静子が現れた。そこで、柴山は一旦格納庫へ戻った。十分ほどして彼が戻ってくると、西崎と斉藤の二人が乗用車に乗り込んで出ていくところだった、というのが、柴山から七夏が聞き出した話だった。

「その車は？」

「女の車です。車種と色はだいたいわかっていますが、ナンバまでは」

「連絡は？」

「手配しました」

「カメラマンが知っているんじゃないか？」

「いえ、カメラマンは地元の人間で、この仕事で初めて会ったのだったそうです」

「あちらを見てくる」林は立ち上がった。あちらというのは、格納庫のことである。

「警部」七夏が歩み寄る。「もう一つだけ」

林は彼女を見た。

「小鳥遊君が関根杏奈と知り合いなんです」

「ああ……、だから、関係者なのか」

「彼、昨日の午後、ここへ香具山さんと保呂草さんを連れて遊びにきたそうです。そのときに、取材にきていた斉藤静子を見たと話しています。ところが、保呂草さんが、彼女と顔見知りだったと……」

「へえ」林は目を細める。

「しかも、帰り際になって、保呂草さん、彼女とは久しぶりなので、話があるからって、一人だけ残ったそうです。そのまま、昨夜は阿漕荘に帰ってこなかった」

「今、奴はどこに？」

「わかりません。もちろん、阿漕荘にはいないようです。ついさきほど、小鳥遊君にも電話で確かめてもらいましたけれど」

「わかった」林は頷いた。「この近くのホテルを調べたか？」

「いえ」七夏は首をふった。「西崎と斉藤が泊まったホテルですね？」

「それもある」林は鋭い視線を七夏に向ける。「墜落現場の近くには、ホテルはないのか？」

「いえ、あの辺は、もう人里を離れていますから」

七夏はそう言ってから、ゆっくりと口に手をやる。

「あ、えっと……、ホテル・ピットイン」

「ラヴホテルか？」林が言った。「その類《たぐい》にも全部電話しろ」

「わかりました」

「まだ、ここに？」林はドアのノブに手をやる。

「私も出ます」七夏は答えた。「ここには電話がありませんので」

彼女は照明を消した。

林はドアを開けて、さきに彼女を通した。

「瀬在丸さんがお子さんを連れて、ショーを観にきていたそうです」ステップを降りながら、七夏が話す。

林はそれを聞き流した。

3

保呂草潤平と各務亜樹良は、既に那古野市内に戻っていた。

まず、タクシーに彼女を待たせておいて、保呂草がブティックで婦人もののワンピースを買ってきた。

それから、繁華街に出て、裏通りで車を降りる。

彼女は、公園のトイレで着替えて出てきた。

「どうして、スカートなんか買ってくるわけ?」亜樹良は押し殺した声で言った。毛皮のコートの下は赤いワンピースだった。「信じられないセンス」

「いや、それが最初に目についたから」保呂草は煙草を吸っている。

「貴方、着替えるつもりない? 私が選んできてあげる」

「いえ、これ、けっこう気に入ってるんです」

「残念だな」亜樹良は微笑んだ。「どんな格好させてやろうかって、考えてたのに」

最初に会ったときと同じ店に、二人は入った。幸い客は少なく、テーブルが空いていた。

「ロック」彼女はマスタに言った。それから、保呂草を見た。「何か食べたかったんじゃ?」

「ビール」保呂草は答える。

「何か作りましょうか?」マスタが二人の顔を交互に見てきいた。

「ええ、何か適当に作ってあげて」亜樹良が答える。

斉藤静子のものと思われている車は、もう今頃は発見されているだろう。サーキットの駐車場に駐めたままだったからだ。危険なので近づけなかった。それはレンタカーだ。指紋を採ることはできても、身元を探し当てることは不可能だ、と亜樹良は話した。

「あれは、どうしたんです？」保呂草が片手で拳銃の形を示す。

「コインロッカ」彼女は簡単に答えた。

「サーキットの？」

「そう。明日にでも、取りにいかないとね」

レンタカーの運転席のシートの下に、新しいガムテープが残っているはずだ。だが、その意味には誰も気づかないだろう。

「ロッカの鍵は？」

「持ってる」

「サーキットへは行かない方が良いなあ」

「わかってる。誰かに頼むつもり」

彼女は席を立って、店の奥へ行った。おそらく電話だろう。

保呂草はマスタが運んできたビールに口をつけ、とにかく最初のグラスを一気に空けた。ときどき、大人になって悪い人間になったのは、この液体のせいだ、と彼は思う。

亜樹良はなかなか戻ってこなかった。もしかしたら、例のとっておきの裏口から出ていったのかもしれない。今このまま彼女に逃げられたら、赤字である。しかし、席を立って追う気にはなれなかった。それでも良い、と保呂草は考える。

マスタが焼きそばを持ってきた。彼はそれを食べる。全部食べ終わった頃、亜樹良が戻ってきた。

「化粧を直していた？」保呂草はきいた。

「この皿、何がのっていたの？」彼女がきいた。

「何か、わかった？」保呂草は尋ねる。

「うん、いろいろね」亜樹良はグラスを手に取り、氷を鳴らした。それから、保呂草をじっと見る。

「やっぱり、警察は本気で私を探しているみたい」

「美人記者として？　それとも、殺人犯として？」

「保呂草さん、貴方は大丈夫？」

「大丈夫って？」

「足がつかない？」

「五分五分かな」彼は煙草に火をつける。「昨日、格納庫で会った。あれがまずかった。僕の友達が見ていたから」

「そうか……。それに、トラックの人も」

「そう」保呂草は頷く。河井という男だ。彼とは長時間一緒にいた。顔は完全に覚えられている。

「エンジェル・マヌーヴァはどうする？」亜樹良は首を傾げる。

「しばらく、動かない方が良い」

「そうだね」

「僕は警察に呼ばれる。貴女は依頼人だ。でも身元を僕は知らない」

「依頼人って？」

「探偵なんです」保呂草は自分を指さした。

「なるほど」彼女は頷いた。「私はしばらく身を隠す」

「名刺を下さい」

各務亜樹良はカード入れから名刺を出してテーブルに置いた。「斉藤静子です。はじめまして」

4

事務所の窓際に林は立って、煙草を吸った。ここしか、煙草が吸えないからだった。窓の外には、警察の関係者が十人ほどうろついている。外といっても、屋外ではない。格納庫の中だ。墜落現場やサーキットのピットに比べれば、ここにいる捜査員はずっと数が少なかった。ここには、関係者も整備長の柴山安彦《やすひこ》と小鳥遊練無くらいしかいない。

事務所の奥のパーティションの中に、弁当が届けられていた。既に冷めてしまった缶コーヒーと、機内食のような味気ないサンドイッチだ。どうしても食べたい人間には必要なものかもしれない。祖父江七夏は食べなかったが、林はそれを食べた。小鳥遊練無は二人分食べた。

時刻は九時を回っている。

サーキットの駐車場で、斉藤静子のものと思われる車が発見された、という連絡が入った。また、そのサーキットの近くのホテル（サーキットや遊園地への観光客が主に泊まるらしい）に昨夜、西崎勇輝が宿泊したことも判明した。ツインの部屋だったが、記帳は彼しかしていない。昨夜応対したホテルの従業員が捕まらず、まだ直接話は聞けていなかった。

関根杏奈、西崎翔平、布施健の三人のパイロットは、病院で診察を受けたあと、飛行場に隣接する別のホテルに部屋を取った。これは、マスコミには内緒だった。明日の朝にでも彼らに会う必要があるだろう、と林は思う。

サーキットのピットの控室には、パイロットの倉田芳正《よしまさ》、カメラマンの牧浦宗之（この二人は事故当時、4番機に乗っていた）、マネージャの赤池透、それに死んだ西崎勇輝の友人、太田玲華がいる。これらの関係者は、いずれも一度、墜落現場へ向かい、そこの様子や西崎の遺体を確認している。サーキットへ戻ってきたあと、警察の事情聴取を受けていた。この他、整備士の河井佑之という男も、そこにいるらしい。

本来、林はそちらに行くべきだったが、何故か、今はこの格納庫を見ていたい、という不思議な欲求を感じて留まっていた。それは、祖父江七夏がいることにはまったく無関係だ。

そうではない。

川を遡《さかのぼ》るように、時間を遡るように、最初の場所へ、彼は辿り着いたのだ。今朝は、ここから全員が出ていった。飛行機も最初はここにあった。パイロットたちは昨夜トレーラ・ハウスに泊まったはずだ。問題の脅迫状もここへ届けられた。

それに、ここには、画家の関根朔太の仮設のアトリエがある。

残念ながら、当の関根画伯は不在だった。誰も彼の所在を知らないようである。

さきほどまで、パーティションの中で七夏が柴山に質問をしていた。林は一言も口を出さず、それを聞いていた。

何故、墜落現場のすぐ近くにトラックがいたのか、という点を彼女は追及していた。柴山の答は、「偶然だ」という簡単なものだった。単にサーキットの外で、湖近辺ですぐに駆けつけられる場所、見晴らしが良い場所が選ばれた。そこに配置されただけのことで、極めて常識的な措置だ、というのが彼の返答だった。

柴山安彦は五十代。口髭を生やし、日焼けした若々しい風貌だった。彼は事務所から出ていき、今は格納庫の隅に立っている。窓ガラス越しに、その姿が見えた。警官が大勢押し寄せて、勝手にいろいろなものに触れている。その状況が彼は気に入らないようだった。

七夏はずっと電話で話をしていた。

林は煙草を消すために、小鳥遊練無が座っているソファに近づく。テーブルの上に灰皿があったからだ。練無は居眠りをしていたが、目を覚ました。

「あーあぁ……」彼は欠伸《あくび》をする。「もう帰らなくちゃ。刑事さんたちは、いつまでいるの？」

「たぶん、朝までいる」林は腕時計を見た。「祖父江君に送ってもらうといい。彼女の家が近くだ」

「うん、それが良いなあ」練無は膝を少し持ち上げ、にっこりと微笑む。

「私はまだしばらく帰りませんよ」七夏が電話を終えて戻ってきた。

「向こう、何か進展は？」林はソファに腰掛け、脚を組む。

「いえ何も。それより、マスコミの相手が大変みたいです。警部に早く来てほしいって言ってます」

「そのうち行く」

「あの……、申し訳ありません」七夏は立ったまま頭を下げた。

「なんだ？　急に」林は彼女を見上げる。

「今、聞いたのですけど、墜落現場の近くのホテルで、夕方に車が盗まれた、という連絡が入ったそうです。ホテル・ピットインという……。今から、私、そこへ行ってきます」

「あ！　あそこだね」練無が躰を弾ませる。「あのラヴホテルでしょう？」

林は練無を睨んだ。

「冷蔵庫のジュースが高いんだよね」練無が言う。

「入ったのか？」林は七夏を見る。

「前を通っただけです」七夏は舌打ちをした。「入れば良かった。見逃していました」

「OK。着いたら、こちらへ電話を」

「わかりました」

「僕も行って良い？」

「駄目」七夏が即答する。彼女は林を見る。「誰か適当に連れていきます」

七夏は事務所から出ていった。

「ほうら、帰れなくなっちゃった」練無は頭の後ろで腕を組み、ソファにもたれかかる。「ここにいても良い？」

「しかたがないな」林は答える。彼はまた煙草に火をつける。

灰皿を手もとに引き寄せ、それを見たまま考えた。まだ断片的な情報しか耳に入ってこない。こういう状況では、あまり考えない方が良い。しかし、どうしても考えてしまう。考えないようにすることほど難しいことはない。

事件は、見かけ上は非常に単純だった。

最初四機の飛行機が空を飛んでいた。1番機から4番機まで、それぞれにパイロットが一人ずつ。唯一、3番機にだけ、見習いの布施健が同乗していた。その四機が一度着陸し、発煙飛行のための装備と給油を受けた。その間、パイロットたちは誰も機体から降りなかったという。ただ、2番機には斉藤静子、4番機にはカメラマンの牧浦宗之が乗り込んだ。そして、四機は再び飛び立った。あとは、もうどうすることもできない。飛んでいる機体を大勢がずっと見守っていたのだ。西崎勇輝は撃たれ、仲間の機体を巻添えにして二機とも墜落。

他殺だと発覚したときには、斉藤静子が逃走。

誰が見ても、単純明快なストーリィだ。

だが……、

気にいらない点も、幾つかある。

たとえば、些細な問題としては、脅迫状のこと。あれは、単なる悪戯、まったく無関係の偶然だったのか。

また、最も根本的な問題としては、どうして、そんな場所で、そんな危険な殺し方をしたのか、という点。心中するつもりならわかる。それが直前で恐くなって自分だけ脱出したのか。だが、それにしては、逃走したこと、また、逃走を助ける要員が存在したこと、が矛盾している。

顔を上げると練無がこちらを向いていた。目が合い、彼は微笑んで顔を傾けた。

「なんだい？」

「別に」

「何がそんなに楽しいんだ？」

「楽しくなんかないよ」練無はますます微笑んだ。「僕ね、眠くなると、にこにこしちゃうんだよね」

「寝ても笑ったりするんだろ？」

「眠気覚ましに、一つきいても良い？」

「ああ」林は煙を吐き出しながら頷いた。

「どうして紅子さんと離婚したの？」言い終わったときには、練無はもう笑っていなかった。口を尖らせ、林を見据えている。

「それを君に答える義務は僕にはない」

「教えて」

「うん、まあ、義務なんて、あってもなくても、ほとんど同じだからな」林はもう一度、溜息と一緒に煙を吐いた。「それじゃあ、特別に本当のことを答えよう。僕には、理由がなかった」

「どういうこと？」練無は眉を顰《ひそ》めてきいた。

「別れると言いだしたのは彼女の方で、すべての決断は彼女がしたんだ。僕は、言われるとおりにしただけだよ」

「だけど、それは……。だって……、何かで、その、紅子さんを怒らせたわけでしょう？」

「いろいろなものに怒る人だからね」

「そんな言い方ないと思うな」練無は身を乗り出した。「紅子さんが本気で怒るなんて、相当なことだったんじゃない？　とても優しい人だもの」

「うん、同感だ」林は頷いた。ようやく少し彼は微笑むことができた。「たぶん、優し過ぎる」

「浮気したんでしょう？」練無は顎を上げる。「祖父江さんが、そうなんでしょう？」

「それ……」林は少し驚いた。「どっちから聞いた？」

「言わない」

「もし、紅子が……、瀬在丸さんが、君に話したんだとしたら、彼女も、少しは気が治まったんだろうね。良かった」

「良かないよ」

「まえよりはいい」林は煙草を消して立ち上がる。「その話はここまでだ。勤務中なんでね」

彼は事務所を出て、格納庫に残された飛行機の方へ歩いていくことにした。赤い塗装の機体が二機残されている。予備機だと柴山が話していた。墜落したものと同じ機種らしい。

飛行機は事故が起これば死亡の確率が高い。だから、自動車よりも危険だ、という印象を人々は持つ。ところが、同じ移動距離で比較すれば、自動車に比べて事故の確率ははるかに小さい。

こんなジョークがあった。

飛行機の事故なんて滅多にあるもんじゃない。そう、せいぜい一生に一度のことさ。

人間は死んでしまうと、もとに戻らない。旅客機などには、墜落後にデータを回収するために、ブラックボックス、あるいはフライト・レコーダと呼ばれる記録装置が搭載されているが、曲技機にはそれがなかった。
もちろん、人間にだってそんなものはない。
だから、死んでしまったら、何も残らない。
何も語らない。
死ななくても、
生きていても、
人は、決して、もとへは戻れない。
死ななくても、
生きていても、
語れないことがある。
まるで、
毎日毎日、死んでいるようだ。
むしろ、昨日の記憶を持っていることの方が不健全なのではないか、と林は思った。
たとえば、髪を洗うたびに、すべてを忘れてしまうようにできていたら、どうだろう？

時計を見た。
時刻を読んだわけではない。単なる意味のない動作だった。
さて、仕事をしよう。
仕事をして、忘れよう。

5

祖父江七夏は駐車場で車に乗り込もうとしていた。生憎《あいにく》、ここには手の空《あ》いている人間がいなかったので、サーキットで誰かを拾うか、おそらくまだ現場にいる立松を呼び出すかして、一緒にホテル・ピットインへ行こうと考えた。一人で行っても良い、行きたいところだが、規則なのでしかたがない。
いつものことであるが、林があの調子なので、捜査態勢はまったく整っていない、といって良い。彼は人に指図をすることが嫌いなのだ。部下の自覚と自発的行動に任せる。良くいえば人を育てるタイプ、悪くいえばリーダシップを発揮しないタイプの上司である。明日の午前中の会議で正式な配置も決まるだろう。それまでは、自由といえば自由だ。

エンジンをかけたとき、駐車場へタクシーが入ってきた。トレーラ・ハウスの前に停まったので、七夏は慌ててエンジンを止めて飛び出した。

タクシーから降りたのは一人。ピンクのジャンパを着た女性で、走ってくる七夏の方を振り向き、深くかぶっていたキャップを少し持ち上げた。

「どなた？」向こうがさきに口をきいた。

「県警の祖父江といいます」七夏は内ポケットから手帳を出す。「あの、関根杏奈さんですね？」

「そうですけど」彼女は停まっているタクシーを見た。

「おかしいなあ、よく一人でここまで来られましたね」

「ええ、警察の人、ロビィにいたみたいだったけれど、私、非常階段から出てきたから」

「役に立たないなあ」七夏は呟く。「あの、どうして、こちらへ？」

「着替えを取りに……」彼女はぎこちなく微笑んだ。「残念ながら女性のスタッフがいないんで。人に頼めないでしょう？」

「言って下されば、そういうことは私たちが」

「中に入って良いかしら？」杏奈はアルミのステップを一段上った。

「お伺いしたいことがあります。あの……」

「もう全部話しました」杏奈が言った。「ごめんなさい。それから、片手を額に当てて溜息をつく。「疲れているの。早くホテルへ戻って眠りたい。明日にしてもらえない？」

「ええ、ごもっともです」七夏は頷いた。「あの、私、小鳥遊君の友達なんですよ。貴女のことは彼から伺っています」

「え？」ドアの鍵を開けていた杏奈がこちらを向

いた。「小鳥遊君の？　そう……。そういえば、彼……」

「そこにまだいますよ」七夏は格納庫を指さす。

「呼んできましょうか？」

「いいえ、今は会いたくない」杏奈は首をふった。

「いいわ、お話は中で聞きましょう。でも、荷作りの邪魔をしないでね」

「ありがとうございます」

トレーラ・ハウスは三台あったが、今、杏奈が開けたのは一番端のものだった。さきほど七夏が入った真ん中のものの右隣になる。

七夏は杏奈に続いてその中に入った。照明が灯ると、細い通路が真っ直ぐ奥まで延びていて、片側には窓、反対側にはドアが四つ並んでいた。個室になっているようだ。杏奈は、最初の部屋のドアに鍵を差し入れて開けた。

細長い部屋である。小さな窓、その手前にステンレス製の洗面器具。作り付けの椅子とデスク。奥の高い位置にベッドがあった。

「そこに座って」関根杏奈はデスクを手で示す。

「すみません」七夏は部屋を見回しながら、椅子に腰掛ける。

「ききたいことって、何です？」奥へ行き、ベッドの下の引出を開けながら杏奈が言った。彼女はそこからトランクを引っ張り出す。

「西崎さんが亡くなった原因はご存じですね？」

「もちろん」彼女はベッドの上でトランクの蓋《ふた》を開けた。こちらを見なかった。

「何か心当たりはありませんか？」

「そんな質問はやめてもらえない？」彼女は七夏の方を一度だけ見る。「もう何度答えたかしれない。時間の無駄だわ。斉藤なんて女、私は知りません。西崎さんが昨日出ていったことも知らなかった。どうして彼が撃たれたのかも、全然わからない」

杏奈は奥にある扉を開けて、中から幾つかビニルのかかった洋服を取り出し、それらをトランクの中にに乱暴に入れた。

「脅迫状については、ご存じですか?」

「脅迫状?」手を止めて、杏奈は真っ直ぐに立つ。七夏を睨んだ。「何のこと?」

七夏は手帳を取り出し、自分で書いたメモを読んだ。

「弱き心より、スカイボルトを抱《いだ》く、その者の散るは幸い、人は散りて魔剣は富む……」

「見せて」杏奈は七夏の方へ歩み寄って手帳を覗き込む。しばらく彼女はそれを黙って読んだ。それから、七夏の目をじっと見た。「誰が書いたの?」

「これは私です」七夏は意識的に微笑んだ。「本ものは全部カタカナでした。抱くなんて漢字はなかなか書けませんよね」

「ふざけないで」杏奈は声を上げる。「脅迫状だって言ったでしょう? いつのこと? 誰が受け取ったの?」

「今朝。西崎勇輝さんが」

「聞いてない」彼女は首をふった。

「ショーに影響があるといけないので、話さなかった、と赤池さんがおっしゃっていましたけれど」

「なんてことを……」杏奈はテーブルを叩いた。

「そんな大事なことを黙っているなんて」

「いえ、少なくとも、警察には通報がありました。太田さんもご存じでしたし」

「西崎さん自身は?」

「ご存じでした」七夏は答える。「あの、スカイ・ボルトを見せていただけないでしょうか?」

「私も見たことがありません」杏奈ははっきりとした口調で答える。「父にきいて下さい」

「関根画伯は今どこにいらっしゃるのですか?」

「知りません」杏奈は首をふった。

「魔剣と呼ばれているのですか?」

「ええそう、そんな噂を、聞いたことはありましたけど……」

「どうして、それに人の血を?」

「そんなこと知りません！」杏奈は叫んだ。それから一度深呼吸をして、額の髪を片手で押し上げる。かぶっていた帽子が後ろに落ちたが、彼女は拾わなかった。「ごめんなさい。もう戻らなくては。顔を洗いたいの。出ていってもらえないかしら」

「わかりました」七夏は立ち上がる。「また、明日にでも改めて、お話を伺わせて下さい」

杏奈は壁を向いたまま黙ってしまった。顔に手を当てている。七夏はドアを開けて通路に出て、さらにトレーラ・ハウスから外に出た。

まだ、タクシーがそこで待っている。七夏は運転席側の窓を指で叩いて開けさせた。

「何だい？」運転手が無愛想に言った。ラジオが鳴っているのが聞こえる。「まだ、さっきの子、かかりそうなの？」

「免許証見せて」七夏は警察手帳を見せてから言った。

「あ、どうも……」運転手は慌ててポケットを探し始める。ズボンの後ろのポケットからそれを取り出して、七夏に手渡した。「ご苦労さまです」

彼女は運転手の名前を覚える。屋根の上の会社名を見てから、免許証を返した。

「いい？　彼女、ちゃんとホテルまで送り届けるんだよ」七夏は運転手に言った。

「それ、どういうこと？」

「どこか別のところへ行くようだったら、こっそり機会を見つけて、早めに警察に知らせること。わかった？」

6

瀬在丸紅子は、阿漕荘の香具山紫子の部屋でテレビを見ていた。時刻はそろそろ十一時になろうとしている。

紅子の自宅にはテレビがない。新聞は、根来機千瑛が他所《よそ》からもらってくる一週間遅れのものを読むのが日常だった。したがって、ニュースをリアルタイムで見ることは日頃はない。チャンネルを切り換えて、ニュース番組を幾つか見た。今日、彼女が見てきたエアロバティックス・ショーの事故が大々的に報じられ、フランスから帰国した西崎勇輝やそのチーム、それに、練無の先輩だという関根杏奈に関する情報が何度も紹介されていた。しかし、対照的に、事件そのものに関しては情報量が少なく、僅かな内容が繰り返されているに過ぎない。

香具山紫子は、既に眠っている。最初は炬燵の上に俯《うつぶ》せになっていたが、少しずつ頭が横に移動し、ついには床に落ちた。今は完全に床に横になり、規則正しい寝息を立てている。

「紫子さん」紅子は彼女の躰を揺すって起こそうとした。「風邪をひくよ」

だが、反応がない。しかたがないので、ベッドの上にあった毛布を持ってきてかけてやる。

「私、もう帰るけれど……」紅子も少し眠くなった。アルコールのせいである。「えっと、どうしたら良いのかしら」

とりあえず、炬燵のテーブルの上を簡単に片づけた。グラスは流しに移動しただけだ。冷たい水でそれらを洗う気にはなれない。電話をして根来機千瑛を呼んでやろうか、と思ったけれど、そんなことを考えるなんて、自分は酔っているな、と自覚できた。独りで苦笑する。

鍵はかけなくても良いものか……。一度通路に出て、隣の森川素直の部屋を窺ってみたが、彼は不在だった。ワゴンを返しにいったきり戻ってこない。当然ながら、練無の部屋も保呂草の部屋も暗い。保呂草の部屋では、ネルソンが眠っているはず。彼を入れてやったのは紅子自身である。

再び紫子の部屋に戻った。

「紫子さん、起きて。私帰るから、ドアの鍵をかけてほしいんだけど……、ねえ、紫子さん？」

紫子は動いて仰向けになったが、目を開けない。

口が少し開いただけである。紅子はテレビの上に部屋の鍵が置かれているのに気づいた。キーホルダはバナナの切れ端。軸に対して斜めに輪切りにしたもので、何故かキュウリも竹輪《ちくわ》もこのパターンで分割される。もちろん本ものではない。プラスティック製のレプリカだ。関西では食べもの系、お笑い系のキーホルダの比率が高い、と以前に紫子が話していたことがある。

「しかたがないなあ」紅子はその鍵を手にして、ドアを振り返る。外から鍵をかけて、ドアの下の隙間から鍵を部屋の中に入れることにしよう。邪魔になるバナナのホルダを外して炬燵の上に置き、紅子は立ち上がった。

ここで、ウイスキィがボトルにあと二センチほど残っていることが、急に気になった。今から無言亭まで寒い思いをして歩いていくと、きっと酔いが醒《さ》めてしまうだろう。寝られなくなるかもしれない。こんなことを考えるなんて、自分は酔っているな、とまた自覚する。

「紫子さん、これもらっていくよ」一応、口に出して言ってみたものの、今度はわりと控え目な音量だった。自分でも可笑しくなって、紅子は独りでくすくすと笑う。

それから、ふと思いついて、壁に掛かっている西洋凧に近づいた。凧には糸がつながっている。キャビネットの上に、プラスティックの棒に巻きつけられた凧糸があった。紅子はデスクからハサミを持ち出して、凧糸を適当な長さに切る。ついでに、セロテープも見つけ出した。

「ああ、酔ってる酔ってる。紅子さん、いけませんよ」独り言を口にしながら、紅子は凧糸の端に小さな結び目を作った。炬燵のテーブルの端の裏側に、セロテープを使って糸を固定する。引っ張っても結び目があるので多少は抵抗するだろう。

部屋の鍵を糸に通し、ぴんと張ってみる。糸を斜めにして、キーが滑りだす傾斜角度を確認した。

彼女は糸の端を持って立ち上がり、炬燵の反対側の壁の高い位置を捜す。さきほどの傾斜角度よりも上でなくてはならない。カレンダが掛かっている金色の金具が目につく。木ネジで固定されたもので、丸い輪が少し欠けた形状をしている。彼女は背伸びをして、そこに糸を通した。さらにその糸をずっと引き延ばし、一番先を部屋のドアの外まで持ち出した。外の通路の床に、セロテープを使って糸の端を固定する。ハサミとセロテープ、それから、凧糸などを点検して、全部きちんと片づいていることを確かめた。

「あ、そうそう、忘れるところだった」ウイスキィのボトルを左手に、糸を通したままの鍵を右手に摑む。糸に気をつけながら慎重に、彼女は部屋から出た。

「紫子さん、おやすみなさい」通路にボトルを置き、彼女は優しく言った。

ドアの下の隙間に鍵の糸を回しながら、ドアをそっと閉める。糸を引いた鍵で、外側から施錠する。そして、その鍵をドアの下の隙間から軽く差し入れた。

「さてと……」紅子はドアの外で囁いた。「上手くいくものかしら」

上手くいかない場合、もう一度やり直すことはできないだろうな、と考えながら屈み込む。その緊張感が少し楽しい。

さきほど貼りつけた床のセロテープを剝がし、そこにあった糸の先端をゆっくりと引っ張り始める。ドアの下の隙間から糸が外側にたぐり寄せられる。この糸は部屋の壁の金具に届いているので、それが鍵を引っ張るはずだ。しばらく糸を引き寄せると、鍵が動き始める僅かな金属音が聞こえた。さらにどんどん糸を引くと、少し手応えがある。そろそろ糸が空中に張られる頃だ。鍵を持ち上げようとしている。あまり強く引いては、炬燵のテーブルに貼りつけた糸の先が外れてしまう。鍵は持ち上がり、斜めに張られた糸で滑る。その様子を想像して、手もとの糸を引き寄せる。また微かな金属音が聞こえた。炬燵のテーブルの上に鍵がのった音だろうか。紅子はそう判断して、今度は少し強く糸を引っ張った。急に手応えがなくなる。一番先で炬燵のテープから糸が抜けたのだ。鍵が鳴る小さな音がまたした。炬燵から落ちていなければ良いけれど、と願う。そのまま、ゆっくり、そっと糸をたぐり寄せる。糸の先端が、鍵の穴を抜け、壁の金具を抜ける様子を想像する。しばらくして、糸は全部回収できた。

「セロテープだけが心残りだな」紅子はそう呟き、ウイスキィのボトルを片手に通路を歩きだした。

ネルソンを撫でてから帰ろうか、と少し迷ったが、保呂草の部屋のドアを開けるのが面倒だった。

そうだ、保呂草の部屋も密室にしてやったら面白かったかもしれない。その場合は、ネルソンを上手く使う方法が考えられる。今度機会があったら試してみよう。

ぎしぎしと鳴る階段を下り、一階で靴を履いているとき、表の道路に車が停まり、ドアを開け閉めする音が聞こえた。

駆け込んできたのは、保呂草潤平だった。

彼は紅子に気づいて、驚いた顔を一瞬見せる。

「こんばんは」すぐに表情を切り換えて、保呂草は言った。

「こんばんは。どちらにいらしたの？」紅子は式台に座ったままだったので、彼を見上げていた。

「いえ……、急な仕事が入ったんで……。ショーに行けなくて、すみませんでした」保呂草は答える。「今もまだ仕事中なんです。ちょっと、ものを取りに寄っただけで……。ごめんなさい、紅子さん、急いでいるもんですから」

「どうぞ、気になさらないで」紅子は微笑んで立ち上がった。道路からエンジンのアイドリングの音が聞こえている。車を待たせているのだろう。「もう、帰るところだったの」

「また、じゃあ、今度」保呂草は靴を脱いで階段を上がっていった。

紅子は小さく溜息をついてから歩きだす。コンクリートの階段を下りて、歩道に出た。停まっているのはタクシーだった。彼女はその横を通り過ぎる。後部座席に女が乗っているのが見えた。

二メートルほど行き過ぎてから紅子は振り返り、再びタクシーに近づいた。ヘッドライトは消えている。

後部の窓ガラスを指でこつこつと叩く。車内の女が、こちら側に寄ってきて、窓ガラスを下げた。車内の暖かい空気が感じられる。

「こんばんは」紅子は微笑んだ。

「何です？」女は迷惑そうな顔である。

「私、保呂草さんの知り合いで、瀬在丸といいます」紅子は話す。「良かったら、これをどうぞ」彼女は片手に持っていたボトルを車の中に差し出した。「まだ、少し残っているわ」

「いりません」女はボトルを押し返した。「失礼な。酔っ払っているのですか？」

「ええ、少し」紅子は頷く。ボトルのプレゼントを諦め、今度は顔を近づけて、車内の女の顔をよく見た。「知らない人ね。保呂草さんとは、どんなご関係なの？」

「あっちへ行ってもらえないかな」強い口調で女は言った。

「まあ、怒りん坊なのね」紅子が顔を引っ込めると、窓ガラスが上がった。女はあちらを向いてしまう。

紅子は歩きだした。数メートル行ってから、立ち止まって振り返り、笑って手を振ってやった。

「メリー・クリスマス！」紅子は大声で叫ぶ。

彼女の声は届かなかったかもしれない。

第一、クリスマスは一ヵ月もさきである。

第6章　見えない形

ぼくは、心臓を締めつけられる。運命が、暮れ方の静かな光の中での、一撃に成功したのだった。ある美しさがそこなわれたかもしれなかった、それともある知能が、それとも一つの生命が……。

1

祖父江七夏はハンドルを握っている。県道もこの時刻には滑走路といって良いほど空いていた。制限時速を三十キロほどオーバしていただろう。助手席には立松が乗っていたが、さきほどからあくびを繰り返している。

ホテル・ピットインに行ってきた。その帰りである。斉藤静子は、その名前で領収書まで書かせていた。連れの男の名前はわからない。ただ、長身でメガネをかけ、顎鬚《あごひげ》を薄く生やしていたようだ（受付の従業員の証言はかなり曖昧だった）。間違いないのは、緑色のツナギを着ていたことくらい。

車を盗まれた、という通報があったため、既に地元の警官が駆けつけていたが、その車は、ホテルを利用した別の客のもので、ほぼ一時間後にはサーキットの駐車場で発見されている。七夏が被害者に直接話を聞いたところ、実はコートも盗まれていたことが判明した。男ものはグレィ、女ものは白の毛皮。何故それを今頃まで黙っていたのか、と問い詰めると、クロゼットに現金が残されていた、と彼らは話した。ガスの点検をすると言って、緑のツナギの男が部屋に訪ねてきたらしい。もちろん、ホテル側はそんな点検はしていない、と語った。

七夏は、その緑のツナギの男が誰なのかほぼ確信した。たぶん、間違いない、保呂草潤平だ。しかし、彼がどうしてこの事件に関わっているのかは、まるで不明である。しばらく、相棒の立松にも黙っていようと彼女は思った。話すとしたら林に直接話した方が良い。ただ、確認だけはしておく必要がある。保呂草の顔写真を持って出直そう。どこで彼の写真が手に入るだろうか、と彼女は考える。

ホテルの支払いを済ませ、客の車を盗んで、サーキットの駐車場まで移動した。そこからは、おそらくタクシーを使ったのだろう。グレィと白のコートの男女を乗せたタクシーを探すことは、それほど難しくないものと思われる。

しかし、予想外だった。つまり、斉藤静子の逃走手段が、あまりにも行き当たりばったりなのだ。少なくとも、殺人を計画的に実行した人間のすることではない。保呂草がトラックに便乗してきたのも、斉藤が逃げ出したのも、予定の行動ではなかったのだろうか。

「弾は見つかりそうだった?」七夏は運転しながら尋ねた。

「え?」立松は居眠りから目を覚ます。「ああ、ええ……、どうかな。飛行機ってアルミでできているんですか? なんか、ほとんど金属も熔けてしまっているみたいでしたよ。無理じゃないかなあ。第一、銃が見つかってないわけだから……」

「銃は、斉藤静子が持っていったんじゃない?」七夏は言う。

「墜落する機体から脱出するときに、そんなもの、持っていけるものかなあ」立松は首を捻る。「あ、そうか。湖に落としたのかもしれませんね」

「うん、それはありえるな」七夏は頷く。

サーキットの前で信号待ちになったとき、無線で連絡が入った。エアポート・ホテルへ直行しろという指令だった。七夏はサイレンを鳴らして、交差点の中でタイヤを鳴らしてターンした。

そこは、関根杏奈たちが泊まっているホテルだ。

五分ほどの距離である。無線は、かなり多数のパトカーを集めようとしている。ただごとではなさそうだった。

「何でしょう?」立松が呟いた。さすがに眠気は覚めたようだ。

大通りの交差点を左折し、鉄道の駅が近い繁華街に近づく。途中で救急車のサイレンが聞こえた。

エアポート・ホテルの前の路上には、既に何台もパトカーが駐まっていた。七夏たちは手前で車を乗り捨て、歩道を走った。ホテルの玄関は歩道から奥に下がったところにあった。張り出した大きなテントの下に、警官が三人立っている。

手帳を見せて身分を名乗る。道路から救急車が乗り上げてくるところだった。

ロビィにも警官が数人。

「八階です」という声を聞いて、七夏と立松はエレベータに乗り込んだ。

閉まったステンレスのドアに自分の姿が映る。七夏は深呼吸をした。軽い上下の加速度を感じて、鼓動と一瞬の悪寒。ドアが開いた。

通路に知った顔が一人。同じ課の刑事、朝倉《あさくら》である。他にも警官が五人。西崎翔平と関根杏奈がその向こう側に立っているのが見えた。西崎はトレーニング・スーツ姿。杏奈はTシャツにジーンズという軽装である。

「早いですね」七夏は先輩の朝倉に言った。

「下にいたんだよ」顔をしかめて朝倉が首をふる。日焼けした顔に深い皺が寄った。「やってくれたもんだ」

七夏は手袋をはめてから、黙って部屋の中へ入った。

クロゼットとバスルームのドアがある通路を進むと、奥行きのある長方形の部屋に出る。ベッドが二つあった。奥には窓際にソファとテーブル、それに小さなデスクが置かれていた。ホテルにしては、比較的広い部屋といえる。

手前のベッドの上に、男が血塗《ちまみ》れで倒れていた。俯《うつぶ》せであるが、顔はやや横を向いている。トランクス以外、何も着ていない。頭は向こう側、脚は手前に投げ出されている。

頭を撃たれたようだ。後ろからだろう。

七夏はベッドの横に回って、男の顔を覗き込んだ。見覚えがある。パイロットの一人だ。

「ちくしょう……」七夏は思わず呟いた。

「布施健ですね」後ろに立っている立松が言った。

墜落現場で、七夏も少しだけ話をした。そのときはオレンジ色のツナギを着ていた。年齢は二十代半ばか。

「隣にいた連中が銃声を聞いている」声がしたので振り返ると、朝倉が立っていた。「それで、ロビィに電話をかけてきた。エレベータで駆けつけたが、ドアは閉まっていた。ホテルの人間を呼んで開けさせたら、このとおりだ」

「どこから逃走したんです?」七夏はきいた。

「非常階段だよ」朝倉は答え、舌打ちする。「そこの鍵が開いていた。普段は閉まっているそうだ。今、大勢でこの近辺を探している」

「どれくらいまえです?」七夏は時計を見る。

「まだ、十五分か二十分だ。救急車が遅いな」

「下にもう到着していましたよ」立松が言った。

「でも、無理でしょうね」

「相手の顔も見なかっただろう」朝倉が言う。

「そんなはずない」七夏は頭に片手をやり、考えながら言った。「だって、被害者自身がドアを開けたんじゃない? こんな格好で部屋の中に入れたんだから、顔見知りじゃないですか?」

「いや、相手はプロだ」朝倉が低い声で話す。「非常階段の鍵も外から開けたんだろう。この部屋の鍵もこじ開けて、忍び込んだんだよ」

「じゃあ、被害者はここで寝ていたわけですか?」七夏はきいた。

「そうだ」

「毛布も被らずに？」

「寒くはない」朝倉は壁際のエアコンの制御パネルに近づいた。「設定は二十五度になっている」

「暑いと思った」立松が言う。

通路から声が聞こえる。救急隊員が入口から覗き込んだ。もう心臓は停止しているが、一応病院へ運ぶことになるだろう。

朝倉と立松を残して、七夏は通路に出ようとした。開けられたままのドアの下、壁の隅に、落ちているものを彼女は見つける。小さな紙切れだった。

拾い上げる。それは、このホテルのロゴの入ったメモ用紙だった。ボールペンでカタカナが横に一行書かれている。

チハマケンニツガレタ

七夏はバッグからビニル袋を出して、その紙切れを入れる。そして、そのまま通路に出た。警官が彼女を見ている。その後ろで、西崎翔平と関根杏奈が、やはり七夏を睨んでいた。

彼らの横をすり抜けて、七夏は真っ直ぐに非常口へ向かった。朝倉が話していたとおり、ドアの鍵はかかっていない。指紋を消さないように注意してノブを回し、非常階段に出た。

手摺越しに下を覗き込む。駐車場へ下りることができるようだ。隣の敷地との間には塀があったが、乗り越えることは難しくないだろう。暗い路地には人通りが少ない。車が何台か路上駐車されている。

彼女は上を見た。このホテルは十階建てである。エレベータに乗ったときに確認済みだ。非常階段は上にも続いているが、屋上へは出られないようだった。

ドアの鍵を調べる。外からも鍵を差し入れて開けられるタイプである。この手の鍵は、プロならば数秒で開けてしまう。朝倉の言ったとおりかもしれない。

ほんの二、三分ほどだったが、躰が冷えるほど冷たい風が吹いていた。七夏は再び建物の中に入る。

ドアの内側で、関根杏奈が待っていた。片手を握り締め、その折り曲げた人差指を噛んでいる。七夏を見上げ、軽く頷いた。例のタクシーは、ちゃんとホテルへ彼女を送り届けたようだ。

通路には、既に西崎翔平の姿はなかった。部屋へ戻ったのか、それとも、運び出された同僚に同行して病院へ向かったのか、いずれかだろう。

「彼、助からない？」杏奈が小声できいた。

「病院へは？」七夏はきき返す。

「西崎君が一緒に行った。私は……」杏奈は溜息をついて首を左右にふった。「どこへも行きたくない」

「どうして？」

「恐い」彼女はまた指を噛んだ。

「隣にいたのですね？」

「ええ」

「銃声を聞いて、外に出ました？」

「いいえ、すぐには」彼女は一瞬震えるように首をふった。「私……、彼が撃たれたとき、お風呂に入っていた」確かに、杏奈の髪が濡れていることに七夏は気づく。「銃声のあと、ドアが閉まる大きな音がして、通路を誰かが走っていく足音も聞こえた。慌てて、服を着て、ドアの外を見たけれど、誰もいない。それで、ロビィに電話をかけたんです」

「西崎さんは？」七夏は質問する。「部屋は……」

「向こう側」杏奈は指をさして答える。

つまり、被害者、布施健の部屋を挟んで、関根杏奈が非常階段側、西崎翔平がエレベータ側の部屋にいたことになる。

「彼は出てこなかったの？」七夏はきいた。

「刑事さんに呼ばれて、出てきたけど、眠っていたみたい」

「銃声は？」

「車のバックファイアだと思ったって……」杏奈は笑おうとして、不自然に顔を歪《ゆが》ませる。「あの、布施さん、助かりそうですか？」

「お気の毒だけど、たぶん、無理」七夏は表情を変えずに答えた。

「そう……」杏奈は小さく頷く。

彼女はそのままの表情だったが、やがて、涙をこぼす。

「どうして、彼がこんな目に遭ったのか、わかりますか？」七夏は事務的な口調で質問した。

「いいえ」スローモーションのようにゆっくりと杏奈は首をふった。「西崎さんだって、そう……、いったい、どうしてこんなことに……」

「スカイ・ボルトのせいではありませんか？」七夏は尋ねる。

関根杏奈は僅かに目を見開き、七夏を見つめたまま数秒間動かなかった。

「人の命を奪うほど、価値のあるものなの？」七夏はさらに尋ねる。

杏奈は小さく頷いた。

「まさか……」七夏の口から言葉がもれる。

「人の命なんて、大したものではない」杏奈は囁《ささや》くように言う。彼女はそこで目を瞑った。「命をかけるものが、あるからこそ、人は生きているんです」

2

「もしもし、はい、代わりました」林は受話器を手にして話した。

「ああ、君か。まったく……、そろそろ夜が明けてしまうぞ」

「明けませんよ、まだ」林は壁の時計を見て言った。午前二時半だった。「急がせて、すみませんでしたね、先生」

「ああ、もう帰るからな」

「ちょっと待って下さい。さきに、結果を」

「うん、まあ、思ったとおりだ」

「つまり、他殺に間違いないと？」

「いや、そうは言ってない。銃で撃たれて死んだのは間違いない。だが、自分で撃ったのかもしれんからな、その場合は他殺とは言わんだろう？」

「前からですね？」

「後ろからだ」

「後ろから？」林は思わず声を上げる。「そんなはずはない。間違いじゃないでしょうね？」

「そう思うなら、自分で検査したらいい」

「いや、しかし、ありえない」

「じゃあ、墜落のショックで、首がぐるりと捻れたとでもいうのかね？」

林は少し考えた。「先生、それ、面白いですね」

「ああ、あと……、口の中というか、ほとんど喉《のど》なんだがね、変なものが入っとったで、そっちへ持っていかせるから、自分で見てくれ」

「え？　被害者の口の中ですか？」

「俺の口じゃない」

「変なものって……、どんなものです？」

「わからん。うーん、ガラスのカプセルみたいなもんだな。形はシリンダ、つまり円柱体。直径は約五ミリ、長さは約三十ミリ」

「は？」林は思わずきき返す。「何です、それ。ガラスですか？」

「ガラスのパイプで、両側に金属のキャップがある」

「何のカプセル？」

「さあ……」

「中身は？」

「うーん、見たところ、細い針のようなものが一本」

「ちょっと待って下さいよ。全然わからない。どうして、そんなものが口の中に？　人間の躰の中に、普通に入るものですか？」

「口を開けていれば、あるいは、飛び込んで来るかもしれんな」

「いえいえ、ヘルメットをしていたんですからね。

そんなはずはありません」

「今のは冗談だ」

「冗談が多過ぎます」

「たぶん、そうだな……、飲み込もうとしたんじゃないかな」

「冗談ですか？」

「いや、本気だ」

「えっと……、駄目ですね。わからない」林は溜息をついた。

「だから、今からそれを持っていかせるから、自分で確かめてくれ」

「わかりました」林は頷いた。

「おやすみ」

「あ、ちょっと……。ちょっと待って下さい」

「なんだね？」

「もう一人、診てもらいたい奴がいるんです」

「勝手に見せたらいいじゃないか。俺だけじゃ、信頼できんというわけだな」

「いえいえ違います。先生に診てもらいたい奴が、もう一人いるんです。明け方まえには、そちらへ届きますから」

「なんで？」

「いえ……、その、なんでって言われましても」

「なんだ？　殺されたのか？　別の事件か？」

「銃で頭を撃たれています」

「おいおい、どうして、日曜日の朝にそんなことをするんだ？」

「ええ、きっと、先生のご都合を知らない奴がやったんだと思います」

「くそっ！」電話口で空気の擦れる音がする。「あ、いや……、失礼した。仕事だからな。うん、しかたがない……」

「しかたがありません」林は少し笑って言った。

「警部」

「はい？」

「今日は無理かもしれんが、明日くらい、飲みにいこう」

「そうですね。時間があれば」

「今日中に解決すれば良い」

「ええ、本当に」

林は受話器を置いた。

彼はサーキットのピットに近い控室にいる。隣の部屋が関係者の事情聴取に使われ、こちらの部屋は電話があったので、仮の捜査本部になっていた。会議用のテーブルとパイプ製の椅子が数脚、それにキャスタ付きのホワイト・ボードがある。吸殻でいっぱいになったアルミ製の灰皿や、無残に変形した紙コップがテーブルの上に幾つかのっていた。部屋にいるのは、今は林一人だけである。

布施健が射殺されたホテルも既に見てきた。病院へ運ばれたが、被害者はほぼ即死の状態で、蘇生しなかった。ホテルの周辺で大規模な捜索が行なわれている。今のところ何も見つかっていない。ただ、拳銃は発見された。被害者が撃たれたベッドの下に落ちていたのだ。手が届かない位置だった。撃ったあと、ベッドの下を滑らせ、奥へ隠したのだろう。拳銃からは、指紋が発見されていない。逃走中に拳銃を所持していては危険だ、という判断だろうか。確かに、手際が良い。プロの仕事か……。

それに、祖父江七夏が見つけた例の紙切れ。脅迫状と同じカタカナの文字。

ただし、両者の筆跡は明らかに異なっている。同じ人間がわざと違う文字を書いたのか、それとも、複数犯なのか。

そろそろ関係者を一時解放しなくてはならない。いつまでも、この場所を占領しているわけにもいかないからだ。飛行機も早急に片づける必要があった。

朝倉が部屋に入ってきた。

「どうします？　もう帰しますか。そろそろ、文句が出るかもしれません」

「みんな帰してくれ」林は言った。「それから、今いる奴はちょっと集まってくれないか。二十分ほどミーティングをしよう」

「わかりました」朝倉は頷いて出ていった。彼は林よりも二つ歳上である。

煙草を吸いながら待っていると、立松が最初に現れた。

「あ、警部。熱いお茶でも入れましょうか？」

「頼む」

部屋の片隅に湯沸かしの設備があった。立松は、そちらへ歩いていく。

ドアが開いて、七夏が入ってきた。

「お茶を入れましょうか？」彼女は言った。

「今、彼が」林はそちらを目で示す。

「あ、立松君、私のもね」七夏は明るく言って、椅子に腰掛けた。

「元気だなあ、婦人警官」立松が奥で言い返す。

五分ほどして、朝倉が戻ってきた。

「他は？」林がきく。

「みんな出かけてます。今はこれだけです」朝倉が答えた。

3

集まった情報を整理することになった。

「ここのピットから四機がほぼ同時に飛び立っていったわけですが、そのまえに、四機とも一度上空で演技をしています」説明したのは朝倉だった。彼はパイロットやメカニックから話をきき出していた。

「一度給油のために着陸して、斉藤静子とカメラマンの牧浦という男が、それぞれ2番機と4番機に乗り込みました。二人とも前の座席です」

「飛行機は全部二人乗りなのか？」林が尋ねる。

「そうです。練習機としても使える設計だったものを、軽量化したり、補強して改良した機体だそうです。前後に二人乗ることができますけど、操縦が可能なのは後ろの席だけです。前の座席は、操縦桿やパネルのメータが取り外されています。これも軽量化の為だと聞きました。カメラマンなどをここへ乗せることは、よくあるそうです」

「2番機が、どうしてリーダの飛行機なんだ?」

「さあ、それは知りません」朝倉は首を傾げる。

「事故があったときは、1番機が先頭で、これには関根杏奈」彼はホワイト・ボードに菱形の絵を描き、1の数字を上の頂点に書いた。「こういう菱形の隊形で飛んでいたようです。2番機が左翼、3番機が右翼の、この位置です。4番機が後ろで、少し高い位置を飛行していました。ここからは、推測ですが、最初、2番機を操縦していた西崎勇輝を、前の座席の斉藤静子が銃で撃った。どうしてそんな真似をしたのか、わかりませんが、心中しようとしたのか、そんな異常な状態だったんでしょうか。これで、2番機がよろめいて、3番機と接触します。二回ぶつかったという話です。それで、この二機は高度を下げて、墜ちていった。途中で、脱出したのは2番機の斉藤静子、それから、3番機の西崎翔平と布施健の二人。三人は湖の北側にパラシュートで降り立ちました。飛行機は二機とも墜落。特に2番機は、西崎勇輝を乗せたまま森の中へ突っ込みました」

「そこへ、関根杏奈が降りたわけだな?」林はきいた。

朝倉は立松の方を見た。

「ええ……」交替して、立松が説明する。「えっと、僕らが駆けつけたときには、既に、飛行機の墜落現場に、パイロットたちが集まっていました。飛行機は炎上していましたけど、でも、最初はまだ燃えてなかったみたいで、機内の西崎勇輝を、息子の翔平と布施の二人が引きずり出したんです。それで遺体は燃えずにすみました」

「3番機の方は?」林はきいた。

「もう一機は、さらに数百メートル森の奥へ入ったところです。こちらも燃えていました。燃料が漏れ出して、電気関係のもので火がつくのだそうです。話を戻しますけど、もちろん、西崎勇輝はもう死んでいました。ただ、すぐには、射殺だとは気づかなかったんです。確かに胸の辺りが血に染まってはいましたけど、それは事故によるものだと思いましたから」

「ヘルメットは被っていたか?」林が尋ねる。

「僕らが行ったときにはもう取られていました。あとでききましたけど、機体から引っ張り出してから、西崎と布施がヘルメットを外してやったそうです」

「ヘルメットの風防は、開け閉めができるのか?」

「え、ええ……、確か」

「口は開いていたか?」

「は? 口ですか?」立松は首を傾げる。

「少しだけなら」七夏が代わりに答えた。「前歯が見えましたから。警部、どうしてですか?」

「うん……、被害者の口の奥から、おかしなものが出てきたそうだ」

「おかしなもの?」

「もうすぐここへ届く」林は言った。「まあ、いい。さきを続けてくれ」

「はい、では、私が……」七夏が引き継いだ。「私と立松君が現場に到着したときには、もう一人いました。整備士の河井という男です」

「そうそう、河井佑之です」立松が手帳を見て言った。「それに、あの、小鳥遊君も一緒だったよね」

「河井は、緊急時に駆けつけられるように、消火器などを載せたトラックで、県道脇に待機していました」七夏は立松を無視して話を続ける。「飛行機も見えていたし、事故の連絡も無線で受けたと話しています。パラシュートで湖畔に降りた二人のパイロットたち、それに続いて、1番機で着陸した関根杏奈、彼女とほぼ同時に現場に到着したのが、河井です。ところが、ここが問題なんですけれど、彼のトラックには、ずっともう一人乗っていたんです。この男を仮にXとしましょう」七夏はそこでみんなを見て少し微笑んだ。「Xは、現場の寸前でトラックから降りて、浜辺にいる人を助けにいく、と言って立ち去りました。もちろん、浜辺にいたのは、黄色のツナギを着ていた斉藤静子です。彼女は足を挫いていて、歩けないようだった、とパイロットたちは話しています。浜辺に一人で残っていた彼女のところへ、Xは駆けつけた。どうしてなのか、わかりません。まず墜ちた飛行機を見にいくのが普通だと思いますけれど、何故か彼はそちらへ行った。私と立松君が到着したのは、そのあとです。既に湖畔には誰もいませんでした。その後は、どんどん大勢が乗り込んできました。暗くなってから、ようやく事情が飲み込めてきたので、私は小鳥遊君と二人で、湖沿いに歩きました。煙草の吸殻が落ちていたのと、砂浜に足跡がところどころ残っていたからです。途中で痕跡は見えなくなりましたけれど、でも、ほとんど一本道でした。結局、ホテル・ピットインがある道へ出たんです。県道からすぐのところ」

「そのときは、まだ、奴ら、そのホテルにいたのか？」林が尋ねる。

「はい、時間的に見て、ぎりぎりですが」七夏は答える。「おそらく、まだいたと思います。私と小鳥遊君は、しばらく県道を歩いて、電話を探しました。その頃、客の車とコートを盗んで、斉藤とXはホテルを出ていったのでしょう」

「拳銃を持っているだろうな」林は呟いた。

「その車でサーキットへ戻り、あとは不明です」七夏は溜息をついた。「斉藤が使っていたレンタカーは見つかっています。したがって、Xの車に乗り換えたのか、あるいは、タクシーに乗って逃走したものと考えられます。ただ、Xが自分の車を持っているなら、わざわざトラックに便乗してくるような真似はしなかったでしょうから、タクシーの線が有力です。しかし、遠くへ逃げたと思っていたのに、あんなに近くでまたやるとは……。まったく、なめられたものです」

七夏はエアポート・ホテルの殺人のことを言っているのだ。朝倉が小さく舌打ちした。

「コートを盗んだのは、どうしてだ？」林はきいた。

「Xは緑、斉藤は黄色のツナギを着ています。普通の場所では目立つ服装です」七夏が答える。「ホテル・ピットインの部屋には、黄色のツナギの脚の部分が切り取られて残っていました。つまり、女の方は、毛皮のコートを着れば、膝下だけが見える状態になりますから。それでごまかせます」

「そんな格好で、布施を殺しにまたホテルに忍び込んだのか？」

「いえ、どこか近くにアジトがあるのでしょう」七夏は言う。

「今度は、男の方がやったのかもしれない」立松が言った。

「私は、それはないと思う」七夏が否定する。

「え、どうしてです？」立松がきいた。

「その男も殺人犯だとしたら、河井のトラックに乗ったり、ホテルで別の部屋の客に顔を見せたり、あまりにも無防備じゃないかしら？」

「だって、斉藤静子だって、顔はばっちり見られているんですよ。前日から堂々と取材にきていたそうだし、昨夜は被害者とホテルに泊まっているんですから」

「何故、そのときに殺さなかったんだ？」林がきいた。「飛行機の中で殺すよりも、ずっと簡単だと思うが」

「それは……」七夏が林を見る。「何か、複雑な事情が……」

彼女はそのまま言葉を切って、下を向いてしまった。眉を寄せ、考え込んでいる様子だ。

しばらく沈黙。

「エアポート・ホテルは、プロっぽいですよね」立松が口をきく。

「私は、その斉藤という女が一人で全部やったんだと思います」七夏は顔を上げた。「Xは、単に雇われて、逃走の協力をしただけで……、その、もしかしたら、斉藤が殺人犯だということも知らないのかもしれません」

「そんなの、テレビを見たってわかるでしょう?」立松が言う。

「詳しくは報道されていないんだよ」七夏は反論する。手帳を出しながら彼女は続けた。「言いくるめられて、騙されている可能性だってあると思います。えっと、そんなことよりも、脅迫状です。これによると、スカイ・ボルトという美術品が今回の事件に絡んでいるようなんです」

「それは、別名、エンジェル・マヌーヴァというそうだ」朝倉が言った。「関根画伯が持っているという……」

「チームの名前と同じか」林が呟く。「単なるナイフだろう?」

「十億円は下らないと聞きました」朝倉が両手を広げる。

「へえぇ……」立松が声を上げる。「そりゃ、人も殺すわな」

「ちょっと待て」林が片手を立てて制する。「話を戻そう。事実だけを、まず辿《たど》った方が得策だ」

「あとは、エアポート・ホテルですね」朝倉がしぶい表情で言った。「まだ、やっている途中です。そろそろ俺も戻らないと」

「八階の一室で布施健が射殺されました」七夏が話す。「布施は二十五歳、チームの中ではまだ見習いです。いつもは、リーダの西崎勇輝の機体に同乗して、トレーニングをしていたとか」

「今日は、西崎翔平の3番機だったわけだ」林が言う。「翔平という男はいくつだ?」

「まだ二十歳です」七夏は答える。

「ああ、どうりで若いと思ったよ」林は鼻息をもらす。

「布施の部屋を挟んで両隣の部屋に、西崎翔平と関根杏奈がいました。一階のロビィには警察が……」

「俺もいた」朝倉が頭を掻いた。「マスコミを警戒していたんだが、まさか殺し屋が来るとはな」

「非常口も、部屋のドアも、鍵はおそらく専用の器具で開けられたものと思われます」七夏が報告する。「一応、詳しく調べてもらっていますけれど、はっきりとはわからないだろうって、鑑識には言われました。被害者は部屋の手前のベッドで俯せに眠っていました。犯人は部屋に忍び込んで、後ろから頭を撃ちました。至近距離で一発です。かなり扱いに手慣れているものと思われます。使った拳銃をベッドの下に投げ込んで、犯人は非常階段から逃走しました。銃声とドアの音、それに通路を走り去る足音を、隣の関根杏奈が聞いています。彼女は入浴中だったので服を着てから、廊下に顔を出したそうです。ロビィに電話をかけたのはその直後だったようです」

「撃ってから、電話までどれくらいだ?」林がきく。

「三、四分だろうと」七夏が答える。

「それから、朝《あさ》さんがエレベータで上がってくるのに、一分か二分くらいかな?」

「そんなところですね」朝倉が頷く。「上がっていくと、関根杏奈が待っていて……、でも、布施の部屋は開きませんでした。隣かもしれない、と思ったので、一応、西崎の部屋もノックしたら、出てきました。寝ていたそうです。結局、関根の部屋から電話をしてもらい、ホテルの従業員がマスタキーを持ってくるまで待った。どうでしょう……、五分近くかかりましたね」

「つまり、撃たれてから、十分で被害者を発見したってことだ」林が言う。「犯人が、非常階段を駆け下り、路地に駐めた車まで走って、三分。車で七分といえば、四、五キロは遠ざかることができる」

「下に警察がいることを知っていたはず」七夏が言

った。「よくもやってくれた」

「銃を持っていかなかった」林が煙草に火をつけながら言った。「つまり、万が一警察に呼び止められて、職務質問を受けても大丈夫なように。この辺りが、素人じゃない」

「あの……、布施が寝ていなかったら、どうするつもりだったんでしょう？」立松がきいた。

「おそらく、最初は軽くノックをしたんだろう」林が答える。「あとは同じだ。前から撃とうが、後ろから撃とうが」

「でも、関根さんは、ノックの音なんて聞いてないんでしょう？」立松が七夏を見る。

「お風呂だったから、ちょうど水を出したりしていたら、聞こえない」七夏は言う。

そこでまた、しばらく沈黙があった。

林は煙を吐き続け、他の三人は腕組みをしたり、頬杖をついたり、姿勢を変え、視線を移し、何度か溜息をついた。

「さてと、じゃあ、俺は向こうへ戻る」朝倉が立ち上がった。「いいすか？」

「ああ」林は簡単に頷いた。

「私は、どうしましょう？」七夏はきいた。

「帰っていい」林は煙草を消しながら答える。「朝から、ずっといたんだから」

「しかし、まだ……」七夏が言いかける。

「祖父江君は、あいつを送っていってくれ。隣で寝てる少年」

「はい、小鳥遊君ですね」

「それで、阿漕荘の様子を、それとなく、見てくる」林は横目で七夏を見た。

彼女は気がついたようだ。もちろん、保呂草潤平の動向を探れ、という意味だった。林は、七夏から保呂草の話を聞いていた。今のところ、まだ二人だけしか知らない情報だった。

「わかりました」七夏は元気良く立ち上がる。

「あ、僕は？」立松がきいた。「警部、僕もそろそろ……」

「ついでだから、朝までいたら？」林は低い声で言った。

「いたら？　いたら、ですか？」立松が溜息をつく。

「おさきに」七夏がコートを着て、部屋から出ていった。

4

祖父江七夏は、隣の控室に入った。時刻は午前三時過ぎ。蛍光灯の白い光は、煙草の煙で曇っている。何人かの男がまだ残っていたが、彼女は壁際のソファでカップラーメンを食べている小鳥遊練無の前まで歩いた。

「起きていたの？」七夏は練無に微笑む。

「お腹が空いちゃってさ」練無は顔を上げた。「帰る？」

「うん、帰ろう」

練無はラーメンにラスト・スパートをかけ始める。七夏は部屋の様子を見回した。緑のツナギを着た河井佑之が反対側のベンチで眠そうな顔をしている。トラックで墜落現場に駆けつけた男だ。七夏はその男に近づいた。

「これ、見てもらえる」七夏は、バッグの中からビニルに入った二本の煙草の吸殻を取り出して、河井に見せる。

「これが？　どうしたんです？」

「煙草の銘柄をよく見て」

「え？」河井は顔を近づける。「ああ……、ホント。一本一本ちゃんと書いてあんだ、知らなかったなあ」

「この煙草、好き？」

「いや」河井は首をふった。

「もしかして、トラックに乗せた人が吸っていなかった？」

「吸ってた」

「これと同じもの？」

「たぶん」

「確かに？」

「さあ、どうだったか」

「ありがとう」

七夏は通路に出て、ピットの方へ歩く。鑑識課の人間で知った顔を探した。ようやく一人見つけて、彼女はそちらへ歩いた。背の低いその男は、七夏に気づいて立ち上がった。

「えっと、田中君」

「加藤です」

「そうそう、加藤君」七夏は微笑む。「あのね、河井が運転していたトラック、調べたでしょう？ほら、墜落現場へ直行したトラック」

「ええ、こっちへ戻ってきたやつでしょう。えっと、外にまだあると思うけど……」加藤は歩きだし、七夏もついていく。半分下りたシャッタの下をくぐり、外に出る。まだ飛行機が一機残っていた。

「ほら、あそこです」

「いえ、調べたのかってこと」七夏はきいた。「えっとね、誰が助手席に乗ったのか、がけっこう重要なんだ。指紋とか髪の毛とかさ」

「ええ、ちょっと待ってて下さい」

加藤は再びシャッタをくぐってピットの中に戻った。七夏も彼に従う。加藤は、そのガレージのような空間を横断して、向こう側で大量の段ボール箱の前に立っている男に近づき、話し始める。男は持っていたバインダの紙を捲《めく》って、頷いていた。彼女は少し遅れてそちらへ歩いていく。

「もう、全部、採収したそうです」加藤が七夏に言う。

「灰皿の煙草も？」彼女は、バインダを持っている鑑識課の男に直接きいた。

「もちろん、全部」彼は答える。

「まだ、ここにある？」

「えっと……」バインダに挟まれた紙を捲《めく》って、男はしばらく調べた。「ああ、スの九十七番。てことは、この辺かな」

段ボール箱を見つけるのに一分。さらに、その中から問題のものを探し出すのに二分ほどかかった。

「祖父江さん？」通路口のところに小鳥遊練無が現れた。「まだ？」

「ごめん。あと一分で終わる」七夏はそちらに片手を挙げる。

「これです」吸殻が大量に入ったビニル袋を、男は取り出した。

トラックの灰皿の中身を全部入れたのだろう。七夏はビニル越しに中身を見た。煙草のフィルタの部分に注意しながら調べる。ほとんどが同じ煙草で、一般に広く普及している銘柄だった。しかし、すぐに別のものが見つかる。少なくとも二本を、彼女は探し当てた。もっとありそうだ。

結果は思ったとおり。

「ありがとう」七夏は証拠品を返した。「それ、一級だよ。マークをつけておいて」

彼女は、待っていた練無のところへ行き、二人は通路を歩いた。

「何かわかった？」無邪気な口調で練無がきいた。林が少年と表現していたのを七夏は思い出す。

「そりゃね。これだけ大勢で調べているんだから」

「たとえば、どんなことが？」

「いろいろ」

練無はあくびをする。

駐車場へ出ても、警官や捜査員の姿が見えた。七夏は公用車の運転席に乗り込んだ。練無が助手席に座る。

「とんだ週末だったね」

「祖父江さんも」

「ううん、私はこれが仕事なの」彼女はエンジンをかけて、車をバックさせる。「ああ、でも、今日はちょっと頭にきたかな」

「怒っているわけ?」

「怒ってるよ」

「それって、犯人に対して?」

「そう」

「ふうん」

車は走りだす。サーキットの前の交差点では、信号が黄色に点滅していた。

5

その三十分後、林のもとに本部から封筒が届いた。警官が運んできたものだった。彼はすぐにそれを開けた。

出てきたのは、小さなビニル袋が一つ。

その中には、ガラス管のようなものが一個だけ。

電話で聞いていた証拠品である。これが、被害者、西崎勇輝の喉から発見された。「飲み込もうとした」と担当者が話していたものだ。

だが、現物を見ると、ちょっと信じられない。飲み込むような代物《しろもの》ではないのだ。

そのビニル袋を片手に持ったまま、林は控室を出た。通路に立松がいたので、まず彼に見せる。

「何だと思う?」

「何かの部品ですよね」立松は首を捻る。「それ、どこかで見たことがあるなあ……」

「本当に?」林は少し驚いた。自分はこんなものを見たことがなかった。

「あ、ほら、5Aって書いてありますよ」ビニル袋に顔を近づけていた立松が言う。

「どこに?」

「ここの、金属のところ」立松が指をさす。

三センチほどの長さのガラス管は、両端がアルミ色の金属でカバーされている。ほぼ同じ直径のまま、蓋がされているのだ。その金属部に刻印があって、5とAが横に並んでいた。

「五アンペアってことじゃないですか?　電気部品

ですよ」

「ああ、なるほどな」林は頷く。

さっそく隣の控室を覗く。そこに整備士の河井佑之がまだ残っていた。

「ちょっと、これを見てもらいたいんですけど」林はビニル袋を彼の顔の前にぶら下げる。

河井はそれを一瞥して、すぐに林の顔を見上げた。

「何ですか？」林は尋ねる。

「ヒューズ」河井は答えた。

「ヒューズ？」林は言葉を繰り返す。「ヒューズっていうと、つまり……、停電のときに切れるやつ？」

「いや、ヒューズが切れるから、停電になるんだ」

「ああ、そうか」

「ブレーカと同じ」河井は少し微笑んだ。「あんたの車にだって付いているよ」

「これが？」

「ああ、たいがい、この形式のものだからね、最近は」

「じゃあ、かなり一般的なものなんですね？」

「一般的っていう意味がわかんねえけど、そこいら中にあるっていやあ、あるわな。なんかのはずみで、回路がショートしたとき、バッテリィを助けるし、火を吹かずにすむってのも、こいつのおかげだ。ガラスん中に、細い針金があんだろう？　余計な電流が流れると、そいつが融けて、ぶち切れるって寸法だよ」

「なるほどね」林は頷いた。「だけど、僕の知っているヒューズは、ほら、柔らかい金属でできていて、レンチの小さいやつみたいな形だったからなあ。今のは、こんなガラス管に入っているわけか。知らなかった」

「かなりまえからだよ。あんたいくつ？」河井が鼻で笑う。

「もうすぐ四十」

「へえ、若く見えるなあ」

「で、これ、飛行機に何か関係がある?」林は尋ねる。

「いや、特にないね」河井は首をふった。「でも、もちろん、ブレーカもヒューズもあるけど」

「飛行機に?」

「もちろんだよ。電気を使っているものには必ずある。バッテリィがあんだから」

「ああ、そうか、エンジンをかけるためのバッテリィだね?」

「うん、でも、曲技機の場合は違う。あいつら、セルモータは積んでいるけど、それを回しきるバッテリィは重いから普段は載せてない。エンジンを始動するときは、地上でブースタを繋《つな》いで回すんだ」

「飛んでいるときに、もしエンジンが止まったら?」

「あとは、性能最悪のグライダだと思えばいい」

「えっと……、じゃあ、バッテリィは何に使う?」

「そりゃ、いっぱい使い道があるさ。電気がなかったら、何もできない。第一、ライトがつかねえ。無線も使えないってこと」

「発電しているんじゃ?」

「エンジンが回っていればね」

「そうか……」林は頷く。「じゃあ、あのピンクの飛行機にも、こんなヒューズが幾つか使われているわけだ」

「あの機種なら、四、五本ってとこかな」

「5Aって書いてあるんだけど、どこに使われているものか、わかる?」

「いや、そんだけじゃ、無理だ。たいてい、そのくらいだから」

「どこにある?」

「どこにって?」

「飛行機のどこに、これが使われているのかってこと」林は言った。「そうだ、ちょっと、外にある機体で教えてもらえないかな」

「いいよ」河井は立ち上がった。「だけど、そんなもの、何の関係があるんだ？」

河井のあとに林と立松がついていく。通路からピットへ、さらにシャッタをくぐって外に出る。冷たい空気の中、アスファルトの上を歩き、ピンクの機体に近づいた。アルミ製のスタンドがあり、河井はそれを機体の横まで慎重に近づけてから、タイヤをロックした。彼はその上にのり、透明のキャノピィを後方へスライドさせる。

「そこだよ」コクピットの中を指さして、河井は振り返る。

林はスタンドの上にのった。狭いため二人以上は無理だった。林はポケットからペンライトを取り出した。

「どこ？」

「乗んなよ」

河井に手伝ってもらい、林は、主翼のステップに片足を掛け、コクピットの中に乗り込んだ。前の席だった。昨日、カメラマンの牧浦が座ったシートである。さきほどの説明どおり、前の席には操縦桿はない。パネルはあったが、メータは取り外され、丸い穴が開いていた。

「狭いな」林は呟く。後ろの座席を見るために躰を捻ってみた。「後ろも同じ？」

「シートは同じ」河井が答える。

林は、捻っている自分の躰を確認した。背中は横を向いている。躰を逆向きにするためには、やはり、シートの上に膝をのせないと駄目だろう。ちょうど子供が電車で窓の外を見るときのように。ピストルの弾を背中から受けた、という話を思い出していたのだ。

「普通はベルトをしているんだね？」

「もちろん」

「えっと、何だっけ……、そうそう、ヒューズだ」

「そこの右の前の方の……」河井が機外から指をさす。「そう、その下、いや、もっと下」

「これ?」

「そう、それがヒューズ・ボックス」

「開けて良いかい?」林はきいた。

「下を引っ張ったら開くよ」

やってみた。プラスティックの蓋は、上が蝶番《ちょうつがい》になっているようだ。簡単に開いた。ペンライトで照らしてみると、確かに、小さなガラス管が五本、上下を金具に固定されて並んでいる。

「簡単に交換できるようになっているわけ」河井が説明する。

「後ろの座席にもある?」林はきいた。

「うん、後ろにも同じものがある」河井は答える。

「トラブルがあると、どれかが切れる。スペアを入れれば、一時的には復帰する。本当は、不具合を調べる方が先決だけど、応急措置としては、とりあえず替わりを入れたりするよ。この機体、もともとは、全部の操縦系統が前後で並列になっていたから、両方にあるのは、その名残《なごり》ってこと」

河井の説明は完全には理解できなかったが、林はまだ、その部分を見ていた。家庭にあるブレーカと同じだから、これが切れるということは電気の使い過ぎだ。しかし、一度切れたら停電してしまう。その場合は、原因を取り除いたうえで、ブレーカを戻す。ヒューズの場合は、融けて切れてしまうわけだから、新しいパーツと交換するしかない。原理は簡単で軽量だが、交換するときは多少手間が必要だ。

「飛行中にこれを交換するなんてことがあるのかな?」林はきいた。

「まずないね」河井は答える。「切れていれば、飛ぶまえにわかるし」

「予備のパーツはどこにある?」

「そこにあるうちの二本がそうだよ」

林はもう一度見た。なるほど、右に spare と記されている。

「これ、触っても感電しない?」

「大丈夫、今はメインが切れているし。車と同じだよ。十二ボルト」

林はガラス管の一本を指で外してみた。ライトで照らしながら観察する。やはり、5Aという刻印が読めた。彼は、それをもとの位置に差し入れ、蓋も閉めた。

「ありがとう」林はコクピットから言った。

6

祖父江七夏と小鳥遊練無を乗せた車は、那古野市内を走っていた。間もなく時刻は午前四時。街は静まり返っている。

「祖父江さん、子供はどうしているの？　一人で寝ているわけ？」練無が急にきいた。

「えっと……」七夏は突然の質問に驚いた。「プライベートなことは、あまり話したくないな」

「じゃあ、いいや」

「妹の夫婦が近くに住んでいて、そこで預かってもらっている」

「それじゃあ、今から帰っても一人だね」

「そうだよ」七夏は笑った。「もしかして、君、私のところへ来たい？」

「それって、凄いプライベートじゃない？」

「いや違う。これはソシアル」

「ふうん」練無はくすっと笑った。「変なの」

「小鳥遊君は、香具山さんとつき合っているんでしょう？」

「顔は毎日つき合わせているけどね」練無は簡単に答える。「やだよ、こんな話。そんなことよりもさ、関根杏奈さんをちゃんと守ってあげてね。絶対だよ」

「うん、それは、もう大丈夫だと思う。二度とあんな真似はできないはず」七夏は断言した。本当にそう言い切れるのか、と思いながら。「憧れの先輩なんだね」

「そうだよ。もう……」練無は言いかけたが、やっぱり途中で首をふった。「駄目、言えないよ」

「へえ、言えないような関係だったのね?」

「全然違う。それって最低」練無の口調が少し変わる。

「ごめんなさい」七夏は素直に謝った。「うん、悪かった。少林寺を始めたのも、もしかして、彼女のせいなんだ」

「当然」練無は頷く。「僕の人生のほとんどは、あの人の影響だと思うな」

「うわ、そう……、そうなの」七夏は少し横を見る。「だけど、君の人生って、まだまだ始まったばかりじゃない?」

「そんなことないよ。もうそろそろ二十年だもの」

「うん、まあそうか。ひょっとして、あれ? あ、怒らないでよ」七夏はきいた。「例のあんなファッションも、彼女の影響なの?」

「言いたくない」練無はぶっきらぼうに答える。しかし、七夏が横を見ると、彼はにっこりと微笑んだ。「とにかくね、もうもう、すっごく格好良かったんだから……。僕にとって、関根杏奈さんは永遠のヒーローなの」

「私は、シスタ・コンプレックスかと思ったけどな」

「僕が?」

「お姉さんがいるでしょう?」

「うん。でも、それは違うと思うよ」

「何が、どう違うの?」

「やめようよ。やだよ、こんな話」練無は笑った。「なんていうの、こういうのって、くすぐり合いをしているみたいだもの」

「くすぐり合い?」

「そう」

「そんなのしたことないから、よくわからないわ、私」七夏も笑いながら話した。「ねえねえ、話は変わるけど、保呂草さんって、彼女がいるの?」

「うわぁ!」練無は叫んだ。

「びっくりするなぁ。何よ?」

「もしかしてもしかして、保呂草さんを?」

「動詞は? 目的語だけ言うなってば……」七夏は言う。彼女が飲み込んだ動詞は《疑う》であったが。「違う違う、全然違うな。それって最低だよ」

「あ、ごめんなさい」練無の声が小さくなる。

「うーん……、ちょっとね。気になることがあって……」

「あ、わかった。紅子さんのことでしょう?」

「え?」

「紅子さんと保呂草さんのことを気にしているんだね」練無は早口で話す。「うーん、どうかなあ……、ちょっと難しい感じ。いい線いっているかもしれないけれど、でも、ぎりぎりアウトって気もするしね」

「へえ……」七夏は少しだけ感心した。そんなことは今まで想像したことがなかったからだ。

「中途半端なのね」

「祖父江さんとしては、紅子さんが保呂草さんとひっついてほしいだろうけどさ、それね、ちょっと望み薄だよ。紅子さん、そんな簡単な人じゃないから」

「うん、難しい人だってことくらい、よーくよーく理解しているけど。あ、待ってよ、私だってね、別に……」

別に林と一緒に生活したいわけじゃない、と言いたかったが、言葉になるまえに、それが本当か嘘か、自分でもわからなくなってしまった。本当か嘘か、どちらかはっきりしていれば、難なく言葉にできたのに……。

七夏は舌打ちする。

「やめよう、こんな話」彼女はぶっきらぼうに言った。

「そうだね。きっと眠いんだよね、お互いに」練無があくびをしながら言う。「こういう時間ってさ、なんか夢か現実かわかんなくなって、気分がハイになってたりするから。いつもと違う人格入っていたりするし、あとあと恐いんだ。気をつけなくっちゃだもん」

「そうそう、言えてる」

「あんまり深く語り合わない方が、身のためアラレだよ」

「お酒が入っていたら弁解できるけど……」七夏は言う。「素面《しらふ》じゃ、本気にされるしな」

「あ、経験あるみたいだね」

「うん、一度ね……」七夏は学生時代を思い出す。しかし、すぐに気づいた。「あ、駄目。危ない危ない」

「一度、何?」

「忘れた」

車は、桜鳴六画邸の前の交差点を左折し、阿漕荘の前に停まった。七夏はエンジンを止める。

「あれ、このまま帰らないの?」練無はきいた。

「香具山さんか保呂草さんに、ちょっと挨拶しておこうかなって……」

「こんな時間に?」

「気分がハイなうちに」

「変なの」

二人は車から降り、道路を横断して、阿漕荘のコンクリートの階段を上った。白熱電球が灯った玄関で、下駄箱を練無は見る。

「保呂草さん、たぶんいないよ。しこさんはいるけど」

そこにある靴でわかるようだった。

「一応、上まで行く」七夏は靴を脱ぎながら囁いた。

「あれぇ、もしかして、僕の部屋に来たいの?」練無が冗談っぽく言う。「どきどき」

「私もどきどきしてきた」七夏は軽く微笑み返した。

階段は静かには上れなかった。それを上がりきると、右手に向かって通路が真っ直ぐに延びている。

突き当たりの右側が練無の部屋。その一つ手前が保呂草の部屋である。

「本当に会っていく？」小声で練無がきいた。

七夏は無言で頷く。彼女はもう笑っていない。

練無は自室のドアの鍵を開ける。その横で、七夏は保呂草の部屋のドアを軽くノックした。おそらく近所迷惑だっただろう。ノックをもう一度繰り返した。練無が近づいてきて、ドアの上に手を伸ばす。その手は左右に何かを探し、すぐに見つけたようだ。鍵を摑んでいた。彼はそれでドアを開けてから、七夏を見た。

「ネルソンがいるよ」練無は囁く。「保呂草さんはいない」

「中を見ても良いかしら？」

「どうして？」

「興味があるの」

「趣味が悪いと思うなあ」

「趣味で警察をやっているんじゃないわ」

「どういうこと？　仕事なわけ？」

七夏は暗い室内を覗き込んだ。奥で動くものが見えた。やがて、毛の長い犬がゆっくりと戸口に歩いてくる。

「おはよう、ネルソン」練無が屈んで犬に顔を近づける。

ネルソンはお座りをして、片手を申し訳程度に上げる。七夏も膝を折って、犬の頭を撫でてやった。

「わかった、もういい」七夏は立ち上がって練無に言った。「ドアを閉めて」

練無は頷いて言われたとおりにした。

「おやすみ」七夏は片手を顔の横で動かした。

「あれ？　もういいの？」練無が不思議そうな顔で呟く。

七夏は彼に背中を向けて通路を戻った。階段を下りるまえに、もう一度振り返る。練無はまだ戸口に立っていて、にっこりと微笑んで片手を立てていた。

七夏は階段を下りる。外に出て、車まで小走りで戻った。

運転席に乗り込み、右手を振り返る。阿漕荘の二階の端の部屋の照明が灯っていた。練無の部屋である。

しばらく、保呂草のことを考えた。

事件に絡《から》んでいるのは間違いない。

しかし……、
彼を凶悪な人間だと思い直すことは、上手《うま》くできなかった。

何だろう……。

どこかで間違っているのだろうか……。

もしかして、何か大きな勘違いをしていないか。

一瞬だけ、そんな不思議な連想。

けれど、そういった感覚は、何だろうと考えた瞬間に消えてしまうものだ。

目の錯覚と同じように、思考の錯覚というものがある。

たった今、自分が何を考えていたのかが、もう思い出せない。

シャボン玉が消えるように、素早く遠ざかっていく。

不思議。

とても、不思議だ。

ちょっと疲れたかもしれない。

少しだけ喉が痛かった。

七夏はエンジンをかけて、車をスタートさせる。夜明けまでには数時間あった。夜はまだ充分に黒い。

自宅に一旦帰り、熱いシャワーを浴びて、三時間くらいは寝られるだろう。体力を温存しなくてはならない。まだまだ、勝負はこれからなのだから。

第7章　過ぎ去った形

樹木は果実を実らせた、土地は麦を芽吹かせた、女たちはすでに妙齢だ、それなのに季節は進む、急いで帰らなければならない……、それなのに季節は進む、それなのに自分は遠い所に留め置かれる……。こうして地上の財宝は、砂丘の砂のように、指のあいだから流れ去る。

1

翌日の朝、保呂草潤平は、ビジネスホテルのバスルームで髭を剃った。この一年ほどなんとなく伸ばしていた顎鬚も綺麗になくなった。さらに、前髪を少し切る。整髪料をつけて髪形も変えてみた。

それから黒縁のメガネをかける。これは自前の小道具だった。鏡の中の自分を客観的に眺めてみる。スーツを着て、アタッシュケースを持っていたら似合うかもしれない、と無理に思い込んだ。

実は、スーツもアタッシュケースもちゃんと用意してあった。どんな時間でも、こういったものが借りられる友人がいることはありがたい。しかし、無料ではないので、友人と呼べるかどうかは別問題だった。

荷物を入れ換え、いらないものを紙袋にまとめて、それも持って部屋を出た。チェックアウトして、ホテルを出る。通りかかった街角の公園で屑籠を見つけ、不要の紙袋を捨てた。表通りに出てビルの間を歩く。地下へ下りて喫茶店に入った。新聞を読む。時刻は午前十一時。

各務亜樹良と別れたのは、深夜の二時頃だっただろうか。彼女を迎えにきたのは黒いベンツで、運転している男の顔はよく見えなかった。亜樹良は保呂草に、近づくな、というジェスチャをしてから、車まで歩いていき、再び戻ってきて彼に封筒を手渡した。中身は五十万円の現金だった。

「今、私が消えてしまっても、これで元は取れたでしょう?」

「とんとんってとこですね」保呂草は言った。

「またね」彼女はくるりと背中を向けて歩いていく。

ベンツはメインストリートの車の流れに乗って走り去った。

朝食を済ませ、地下鉄に乗る。

吊革に摑まりながら、保呂草は考える。

いろいろと考えることがあったが、一番考えたいのは、関根朔太の居所についてだった。

タイミングが難しい。

今は近づかない方が良いのか、

それとも、今こそチャンスなのか。

地下鉄を降り、雑踏の中を流れに逆らわずに歩く。小学校の体育の時間に、この人混みを滑《なめ》らかに歩く技術について、是非とも教育してもらいたいものだ、と彼は常々思う。少なくとも、鉄棒や跳び箱よりは、ずっと社会で役に立つだろう。

私鉄の駅に辿り着き、ホームに出て電車を待つ。売店で新聞を買って読んだけれど、喫茶店で見たものと内容は変わりなかった。

一つだけ違っていたのは、湖畔の捜査陣を捉えた写真。おそらく湖上から望遠レンズで狙ったものだろう。「警官と捜査官。墜落現場付近で」という説明が入っていたが、写っているのは、大柄な制服の警官と、ミニスカートの女性だった。後ろ姿であるが、祖父江七夏だとすぐにわかった。確かに、絵になる写真かもしれないが、情報としての価値はない。興味本位も甚《はなは》だしい。

ホームに入ってきた電車に乗った。一番前の車両を選んだ。ホームへ入っていくとき、そこで待っている人間を最も早く見ることができる位置だからだ。車内は込んでいない。シートにも座れたが、ドアの横の手摺に肩でもたれかかる。アタッシュケースを両足の間に置いて、新聞を広げた。

墜落した飛行機のパイロットが実は射殺されていたこと、あるいは、斉藤静子という人物が、逃走していること、いずれも、記事のどこにも書かれていない。警察はまだそれらを公表していないようだ。パラシュートで降下して助かったのは三名。書かれているのはそれだけだった。

しかし、ページの下の方に、「パイロット射殺」という見出しがあり、エアポート・ホテルの事件を数行で伝えていた。おそらく、締切ぎりぎりに飛び込んできたニュースだったのだろう。急いで何かと差し替えて、無理やりねじ込んだ印象のレイアウト、そして内容だった。こちらに関しては、今朝ホテルで見たテレビのニュースの方が詳しかった。

布施という名のパイロットが、ホテルの一室で射殺された。拳銃は発見されたが犯人は逃走中、とある。犯行の時刻は昨日の午後十一時前後、と記されていた。

十一時といえば、確か、タクシーで阿漕荘へ行った頃である。各務亜樹良とはずっと一緒だった。そう、阿漕荘で瀬在丸紅子にも会った。したがって、自分と亜樹良と紅子の三人にはアリバイがあるな、と彼は思った。そう考えたことが可笑《おか》しかったので、つい表情が緩んだ。

電車を降り、駅前のターミナルからサーキットへ連絡するバスに乗った。家族連れの客でほぼ満員だった。人は多いほど良い。多少、服装の選択を間違えたかな、と後悔したものの、こういったときは、少しずれている方が安全なのだ、とも思う。相手だって機械ではない。思考する人間なのだから。

バスを降りて、人の流れに乗って、サーキットの入口へ向かう。警官の姿は見当たらない。レースがない日には、遊園地の入場者が、サーキットでゴーカートを走らせることができるシステムだった。ただし、昨日の事故のためにフライト・ショーは当然中止になっているはずである。今のところ、そういった立て看板はない。一見、既に平常の営業に戻っている様子である。

人の流れの大半はサーキットと遊園地のゲートへ向かっていた。入場券売場に列ができている。その付近に制服の警官が二人、いや三人立っていた。私服の警官もいるだろう。あまりきょろきょろしない方が良い。

コインロッカの位置を確かめる。その横がトイレ。各務亜樹良の説明のとおりだった。多少迷ったが、真っ直ぐにコインロッカに向かうことにした。

警官の方を横目で見る。

こちらを向いてはいない。距離は十五メートルほどだ。

保呂草の近くには、あまり人がいない。しかし、間にゲートが一つあったので、そこを通る人間の列が多少の目隠しにはなった。

ナンバを探す。一番下だ。ポケットから鍵を取り出してロッカの扉を開く。紙袋と黒のスポーツバッグ。保呂草はそれを手早く引き出して立ち上がる。そして、そのまま隣のトイレに入った。

開いているドアを見つけて中に入る。

狭い場所で、紙袋とバッグの中身を確かめた。拳銃はタオルに巻《ま》かれて、紙袋の一番下に入っていた。バッグの方は、各務亜樹良の衣類である。これも、彼女から聞いていたとおりだった。

自分のアタッシュケースを開けて、その中に拳銃を収める。紙袋には、他に新聞や雑誌などが入っていたが、重要なものはなさそうだった。それらはスポーツバッグに押し込んだ。

水を流し、数秒待ってから外へ出る。幸い、トイレには誰もいない。出口の付近で一旦立ち止まり、外の様子を窺った。大丈夫だろう。

彼は歩きだし、バス停の方へ向かった。

途中に大きな屑籠があったので、バッグを捨てようかと迷ったけれど、立ち止まらない方が良い、と判断した。彼はバス停まで来て、時刻表を見る。ロータリィにパトカーと黒いセダンが並んで駐まっていたので、横目でそちらを観察する。その向こう側、サーキットの建物の正面。今、そこのドアが開いて、中から何人か男たちが出てきた。四人だった。全員が、スーツにネクタイ。明らかに警察だ。その中に、保呂草の知った顔があったので、思わず反対方向へ顔を背けた。愛知県警捜査第一課の警部だ。そう、瀬在丸紅子の先夫である。

バスは来そうにない。

保呂草はゆっくりと歩き、タクシー乗り場へ向かう。そこに停まっていたタクシーに彼は乗り込んだ。

「駅まで」そう言いながら、後ろを振り返る。林が黒のセダンのドアを開けて、立ち話をしているのが見えた。

「どこの駅です?」運転手がきいた。

「ああ、えっと……、とにかく車を出して」保呂草はそう言ってシートにもたれかかる。「そこの信号を左へ。那古野方面へ向かって下さい」

さて、これからどうしようか……。

警察が自分のことに気づくのは時間の問題だ。

祖父江七夏が小鳥遊練無から話を聞いただろう。金曜日に保呂草が格納庫に残ったこと、斉藤静子と知り合いだということをとっくに聞き出しているに違いない。それに、あのラヴホテルのことも、ばれているはずだ。コートだけなら三万円で黙っていてくれたかもしれないが、車を無断で移動されたのだから、文句も言いたくなるだろう。

面《メン》は完全に割れている。

問題は、警察がどんな対象として自分を追っているのか、という点。斉藤静子は殺人犯として追われているだろうか。そうなると、彼はその共犯者ということになる。それが最悪のシナリオだ。

いずれにしても、しばらくは身を隠す必要がある。

しかし、会っておきたい人物がいる。

まず、関根朔太にどうしても会っておきたい。

それに……、そう、瀬在丸紅子に事情を説明したかった。彼女が他の方面から情報をインプットするまえに、話したかった。これは私情である。

明らかに、いずれも危険が伴う。

しかし、これまでの彼の人生で、危険が伴わなかったことが何かあっただろうか……。たぶん、沢山あった。すべて忘れてしまっただけだ。

2

日曜日の正午過ぎに、林は県警本部に戻ってきた。自分のデスクには、新着の書類とファイルと手紙が十センチほど積まれていた。そこそこ重要なものはそのうちの五ミリくらいだろうか、と彼は思ったが、その五パーセントを抽出する暇はなかったので、そのまま放置することにした。もう一日溜めても問題はない。今日は休日で、おまけに事件が発生してまだ二十四時間以内。それくらいは待ってくれるだろう。

小康状態、という言葉が適切かどうかわからない。しかし、この数時間はそれに近い。このまま静かに何も起こらないまま、終結するのだろうか。

たいていの事件はそうだ。尻切れトンボで、終わるともなしに終わる。少なくとも、犯罪のほとんどは、誰かに見てもらうために演出されているのではない。むしろその逆。人知れず実行したかったものが、思慮不足からなのか、偶然なのか、明るみに出てしまう。それを自分たちが観るのである。もっとも、警察が観ることをあらかじめ意識して実行される犯罪も一部に存在する。その意識の大小は千差万別だが、それが特に目立つものもある、という意味だ。

今回の事件に限っては、やはり観客を意識した演出を感じざるをえない。もともとがショーの中。大勢がそれを観ていた。空に浮かんだ完全な密室の中だ。

どうして、こんな場所が選ばれたのだろう?

もしかして、心中だったのではないか。途中で気《き》後《おく》れして逃げ出したのではないか。そんな意見があった。だが、その考えは、二つめの犯行で消し飛んだ。

鑑識の非公式の報告によれば、最初の被害者、西崎勇輝と、二人目の被害者、布施健を殺した銃は別のものであることが判明している。前者の方が口径が大きく、より強力なものだった、というのが検査官の見解だった。二つ目の拳銃は見つかっているが(ただし指紋は採取されていない)、一つ目は墜落現場付近からはまだ発見されていない。あるいは、逃走中の斉藤静子が持っていったのか、それとも、湖に沈んでいるのか。

西崎勇輝を殺害した弾が、背中から体内に進入し、前方へ抜けた、という結果については、もう一度検査をやり直すように連絡しておいた。コクピットに実際に座ってみて、どうにも、信じられない角度だったからだ。鑑識課からの返答はまだ戻ってこない。

脅迫状についても簡単な報告が来ていた。一つ目の封筒に入った長い文章と、七夏がホテルで発見したメモ用紙。この二つは、筆跡も、文字の大きさも、まったく類似していない。別人が書いたものとほぼ断定できる、というのが検査結果だった。これらのどちらからも、指紋は採取できなかった。

斉藤静子と名乗った女性、それに彼女と一緒にホテル・ピットインで車を盗んだ男、この二人の指紋は、いずれも多数採取されている。現在、照合・整理中だった。

画家の関根朔太が捕まらなかった。格納庫のアトリエには、この数日間、姿を見せていないという。

娘の杏奈も父親の所在を知らなかった。友人の西崎勇輝が死亡した事故が、これだけ大々的に世間に報じられているにもかかわらず、現れない、というのは不思議である。是非とも彼に会って、脅迫状に書かれていたスカイ・ボルトについて直接話をきいてみたい、と林は考えていた。そもそも、チームのメンバも関根朔太も、長年フランスにいた。彼らの過去に、今回の事件が関係している可能性もある。

祖父江七夏がデスクに近づいてきた。

「眠れたか?」

「はい、充分です」七夏は答える。「警部も一度お休みになられた方が良いと思いますが」

「ヒューズの話は聞いたか?」

「聞きました」

「あと……、そう……、まだ確認中だが、西崎は後ろから撃たれているそうだ」

「え?」七夏は目を見開いた。「確かですか?」

「さあね」林は口もとを上げる。「もし本当なら、脱出しようとして、ベルトを外したのだろう。そうでもしないかぎり、後ろは向けない」

「前から銃を向けられて、逃げようとした」七夏は言った。「逃げ場はないのがわかっていながら、躰を背けることは心理的にはありえるかもしれませんね。あ、背中にはパラシュートとか、いろいろ背負っていたわけですし、それで、少しでも防げると思ったのか」

「ちょっと無理があるな」林は唸った。

「飛行機の方は、どうなんですか? 弾は見つかりましたか?」

「何も言ってこない」林は首をふった。「駄目みたいだな」

「きっと、コクピットの中も、ほとんど燃えたか熔けたか……」

「そうだ。それよりも……」林は少し声を落とす。「幸い、近くには誰もいなかった。「保呂草はいたか?」

「いいえ」七夏は首をふった。「ずっと帰ってきていないみたいです。トラックからも、ホテルからも、指紋は出ていますから、阿漕荘の部屋を調べれば、証拠としては充分でしょう。やりますか？」

「しかし、奴が殺したわけじゃないからな」林は呟く。

「何か知っていることは確かです」七夏は言った。

3

各務亜樹良からもらった金の一部で、保呂草潤平は中古のスクータを手に入れた。傷だらけのヘルメットをおまけに付けてもらった。二輪を運転するのは久しぶりだったので、最初は慣れなかったが、しばらく走っているうちに勘が戻る。ただ、ジャンパと手袋が必要だとわかった。

スクータを歩道に乗り上げさせて駐める。市内の電話ボックスから、彼は友人の一人に電話をかけた。

「もしもし、保呂草です」

「お、昨日、かけてこなかったな」

「悪い、ちょっと立て込んでいたんで。調べてもらえた？」

「ああ、あったよ。言ってたとおり。北区の杉田《すぎた》画材という店なんだけど、電話と住所……、いいかい？」

「OK」保呂草は胸のポケットから既にペンを取り出していた。手近にあった電話帳の端に、聞いたとおりメモする。

「ありがとう。場所からして、間違いないな」

「もしかしてさ、昨日の事故、何か関係あるんじゃ？」

「そうなんだよ」保呂草はわざと困った様子で話す。「それでまいっているところ。依頼人は依頼人で秘密主義だしね」

「そりゃしかたがないだろう」

「今度、お礼はする」

「期待してるよ」

電話が切れた。

仕事柄、画材関係の問屋に知り合いがいたので、数日まえに電話をかけて調べてもらうように頼んだ。最近、高級な絵の具、シンナ、それとも大きなキャンバスなどの大量注文はなかったか。特に、今まであまりなかったような種類の注文に注意して調べてほしい。当地にやってきた関根画伯が、どこで画材を取り寄せているのか知りたい、という正直な理由の依頼だった。

ジャンパと手袋を途中のショッピング・センタで購入し、保呂草は北区の杉田画材までスクータを飛ばした。

天気は良く、空が眩しいくらいだった。到着したのは午後二時頃。バス通りの商店街の一角で、三階建ての大きな店だった。行き過ぎたところにスクータを駐め、手袋とジャンパを脱いでから歩いて戻る。スーツにネクタイ、黒縁のメガネ、サラリーマン風の髪形、というのが今の彼のファッションである。

自動ドアを入り、一番奥に店員を見つける。若い女性だった。

「あの、すみません」保呂草は頭を下げ、いつもより高い声で話した。「関根先生のご依頼で来たんですけど、あの、私、今から先生のところへ伺うんです。そうしたら、先生が、この店に注文したものがあるから、ついでに受け取ってきてほしいって、そうおっしゃるんですよ。それって、運べるようなものなんでしょうか。私、車じゃないんで、ちょっと困っているんですけど……」

「えっと、関根朔太先生ですか?」

「そうです」保呂草は微笑んだ。

「あれ……」女子店員は首を捻った。「えっと、おかしいですね、一時間くらいまえに、取りにこられましたよ」

「え？」保呂草は驚いた。しかし、一瞬で計算する。「あ、じゃあ、飯食ってたから……。ああ、どうしよう。怒られるなあ」彼は時計を見た。「いや、実は、ちょっと遅刻なんですよ。そうですか……、先生がご自分で取りにこられました？」

「あ、いえいえ」店員は首をふった。「女の方です」

「あれ、じゃあ、鈴木さんかな？」保呂草は適当に名前をいう。「若い子でしょう？」

「いいえ、お年をめした、あの……、外国の方です」

「ああ、ああ」保呂草は頷きながらも、内心驚いた。「そうかそうか、こりゃますます大目玉だ……。私が遅いから、彼女に来させたんだ……。困ったなあ、もう駄目だ、今日は会わない方がいいかなあ」

女子店員は、困った顔と可笑しそうな顔の中間の表情で保呂草を見つめている。

「そうだ、えっと……」保呂草は店内を見回した。

「あ、その壺が良いなあ。それ、売りものですか？」

「あ、ええ……」店員は頷く。「ディスプレイ用ですけど」

「いくらです？」

「三万五千円」

「うん、それにします。先生ね、そういうの、けっこう好きなんですよ。それをプレゼントして、ごまかそう」保呂草は財布を取り出した。「じゃあ、それ、ラッピングして、先生に届けてもらえますか？」

「あ、えっと、お届けものですね？」

「住所、わかりますよね」

「え？　あ……、ええ……、確か」店員は慌ててカウンタの中に引っ込んだ。

バインダ・ノートをカウンタの上に出して、彼女は調べ始める。すぐに見つけたようだ。

「はい、大丈夫です」店員は顔を上げて微笑んだ。

保呂草はカウンタに近づいて、四万円を差し出した。

「はい、ありがとうございます」彼女はレジへ行こうとする。

「住所、確かめさせてもらえます？」保呂草は言った。「新しい方の住所じゃないと困るから」

「はい」彼女は戻ってきて、ノートを回転させ、保呂草の方へ向けた。彼女は指をさす。「ここですけど、よろしいですか？」

　保呂草は声を出してそれを読む。

「うん、ＯＫ、ここです。間違いのないようにお願いしますね」

「えっと、お客様のお名前は、どのようにいたしましょうか？」

「祖父江」保呂草は言った。「おじいさんの祖父に、江戸の江」店員はメモを取る。「そうそう、あとね、熨斗《のし》には御礼、としておいて下さい」

「かしこまりました」

「あ、ついでに、これも」保呂草は近くにあった適当な箱を手に取った。中身が何かわからない。「これは、持って帰ります」

「はい、ありがとうございます」

「領収書を下さい」

「祖父江様、でよろしいですか？」

「いや、上様で」

4

　同じ頃、桜鳴六画邸の敷地内にある瀬在丸紅子の住居、無言亭に、小鳥遊練無と香具山紫子の二人が訪れた。

「こんにちは」迎え入れたのは、根来機千瑛である。「小鳥遊君、昨日はどうしたんだね？」

「はい、いろいろあったんです」練無は答える。根来は彼にとって少林寺の師であるため、自然に礼儀正しくなる。「ご心配をかけて、申し訳ありませんでした」

　二人は部屋の中に入った。

「紅子さん、いてはりますよね？」紫子が尋ねる。

「いらっしゃるには、いらっしゃるんだが……」根来はドアを閉めながら言う。「お休みかもしれんのでね。ちょっと、ここで待っていて下さい」

根来は紅子の書斎のドアをノックする。

返事はなかった。彼はそっとドアを開ける。

「お嬢様、失礼いたします」大きな声でそう言いながら、根来はドアの中へ消えた。

練無と紫子はテーブルの椅子に腰掛ける。無言亭の一階には、玄関を入ってすぐのリビング・キッチンと、紅子の書斎兼研究室兼寝室の二間しかない。紅子の部屋は実験室のような有り様で、機械類でいっぱいだ。練無たちは数回そこに入ったことがある。

根来がそのドアから出てきた。

「お休みになっておられましたが、起きられるそうです」彼はにっこりと微笑んだ。「助かりました。香具山さんたちがいなかったら、怒鳴られていたところです」

「どうして、根来さんが怒鳴られるんです？」紫子がきいた。

「お目覚めのときは、いつもご機嫌が優れないご様子でして」根来はそう言いながらキッチンの方へ入っていく。

「へっ君は？」紫子が尋ねる。

「図書館へ行かれました」

「よう勉強すんな、あの子は」紫子が腕を組む。「小学生にしとくんがもったいないで、ホンマ」

しばらく三人で世間話をしていると、ドアが開いて、瀬在丸紅子が現れた。ジーンズにセータ、髪は跳ね上がり、化粧はしていない。目を擦りながら、ふらふらとテーブルについた。

「こんにちは」両手で頬杖をつき、紅子は目を瞑る。「ああ、眠い……。もう、このまま死んでしまいたいくらい眠い」

「コーヒーをお淹れいたしましょうか？」根来がき

く。

「そうしてくれる？」紅子は目を瞑ったまま答えた。

根来は立ち上がって、再びキッチンへ行く。

「あの、紅子さん」紫子が話す。「昨日の夜、何時頃まで、私の部屋にいました？　私も、今朝はもう頭がんがんで、何も覚えてへんし……」

「えっとね……、十一時頃かな」紅子は答える。

「あ、そうそう、鍵がちゃんとかかっていたでしょう？」

「え？」紫子は首を傾げる。「部屋の鍵？」

「そうよ」紅子が目を開けた。

「あれ？　でも……、キーが炬燵の上にあったから、私、自分で閉めたんですよね。覚えがないんやけどなあ……」

「ああ……、張り合いがないわね」紅子は窓の方を向いてしまう。この世のもの、何もかもがつまらない、と言いたげな表情だった。


「保呂草さん、まだ帰ってこないんだよ」練無が口をきく。

「あ、小鳥遊君がいるじゃない」紅子が彼の方を向いた。

「いますよ」

「いつ帰ってきたの？」

「えへ……、四時頃かな」

「超スーパ午前様やね」紫子が横から言う。「しかし、保呂草さん、どうしてはるんかしら」

「保呂草さんなら……」紅子が言う。「昨日会ったよ」

「え！　いつ？」練無と紫子が身を乗り出した。

「ううんとね……」紅子はまた目を瞑った。「同じだね、うん、そうそう、紫子さんの部屋を密室にしたあと」

「密室にした？」紫子が口を開ける。

「十一時頃？」練無がきいた。

「そうかな」紅子は大きな瞳を天井に向ける。「保呂草さん、何かを取りにきてたみたい。大慌てだったわね。外でタクシーが待っていて、女の人が乗っていたっけ」

「女の人？」練無が言う。

「どんな人？」紫子がきいた。

「うーん、どんなって言われてもね……。三角錐とか、十二面体とか、簡単に言えないじゃない、人間って」

「知らない人？」練無が尋ねた。

「もちろん」紅子は頷く。彼女はずっと悠長な口調で話している。「あ、そうだ……。紫子さんのところから、私、ウイスキィをもらってきちゃったよ」

「やっぱり、紅子さんでした？　どこいったのかしらって、探したんですよ。ボトルがないから」

「もう中身はほとんどなかったけどね」紅子は鈍く微笑む。「ああ、眠いわね」

「変だなあ」練無が呟く。「保呂草さん、何をしているんだろう？」

「また、別のお仕事なん違う？　急に、探偵さんしてはるんよ、きっと。ちょい、その、女の人っていうのが、気にかかるけど」

「ねえ、小鳥遊君、昨日のこと話してよ」紅子は突然言った。「そう、それを聞かなくちゃ」

根来がコーヒーを運んでくるのを待って、練無は昨日の体験をなるべく詳しく話した。飛行機の墜落事故があってから、サーキットを飛び出し、そこで偶然にも祖父江七夏の車に乗せてもらった。墜落現場の様子、そして、七夏と一緒に森を抜ける暗い道を歩いたこと。さらに、格納庫に一度戻り、ここで林に会った。なかなか帰れなくなり、今度はサーキットへ移動。七夏に送ってもらったのは、午前四時頃だった。

「警察がいたのに、もう一人殺されたから、大騒動だったんだよ。銃で撃たれたの」

「え？」紅子は目を見開いた。「誰が射殺されたって？」

「布施っていう人」練無は答える。「そうか、紅子さん、ニュース見てないから、知らないんだ」

「それ、私も初耳」紫子が言う。

練無は、エアポート・ホテルで起こった二つ目の事件についても説明した。

「それ、十一時頃なのね？」コーヒーカップを両手で支えながら紅子がきく。

「そうだよ」

「ということは……、保呂草さんが連れていた女の人は、犯人じゃないわけね」紅子は軽く言った。

「え？　何、何？」紫子は笑う。「何の話ぃ？」

「変なのぉ」練無も最初は笑っていた。だが、しばらくして笑えなくなった。「え！　もしかして……、その人って……、あの、えっと、取材に来てた人かも。ほらほら、飛行機に乗っていたんだよ。それで、パラシュートで降りて、足を挫いて、それでもいなくなって、だから祖父江さんと僕が追いかけてたんだ」

「ちょっと、れんちゃん……」紫子が肩を叩く。「もう少しさ、人にわかるよう、嚙み砕いて話してんか？」

練無は改めて、知っている事情を説明した。

「ふうん」紫子は唸った。「ほんじゃあ何？　警察は、飛行機事故の方も他殺で捜査してるん？」

「そうだよ」練無は頷く。

「墜ちて死んだんじゃなくて、死んだから墜ちたん？」

「うん、そう」

彼は、もう少し詳しく説明する。もちろん、すべて七夏から聞いた話であった。

「そもそも、どうして、祖父江さんがあそこにいたの？」紅子は尋ねた。

「あ、本当だね」練無は口に片手を当てる。「どうしてかな」

「まだ、何かありそうだ」紅子は微笑んだ。「ま、そのうち、わかるでしょう」

「林さんにきいてみる？」練無が言う。

「そうね」そう答えた紅子は、根来の方へ視線を向けた。根来は林と折り合いが悪い。紅子はそれを気にしたのだろう。

「保呂草さん、大丈夫かしら」紫子が心配そうな顔をする。

「うん、大丈夫そうだったよ」紅子が簡単に答える。「元気そうだった」

「そういう問題じゃなくて……」紫子が眉を顰《ひそ》める。

「私たちが心配してもね、何の解決にもならないわけだし」紅子がにこにこして話す。「さあて……、目が覚めてきましたよ。今日は何をする日だったかな……」彼女は両手を真っ直ぐに伸ばす。「あーあ、お腹が空いた。根来、何かある？」

「はい、ただ今」根来機千瑛がまた立ち上がった。

5

傾斜地に建つ高級マンションの二階のドアの前で、保呂草は一度深呼吸をした。表札には「関根」とだけある。ここへ近づくまでに、細心の注意を払い、可能なかぎり慎重に周辺を調べた。警察が張っている可能性があったからだ。しかし、直接的に監視が可能な位置に、それらしい気配はない。

もしかして、警察もまだここをつき止めていない、という可能性もある。つまり、関根杏奈が黙っているのか、娘さえ、ここを知らないのか。どちらかといえば、後者だろう。

関根朔太はマスコミ嫌いで有名だった。滅多に人前に姿を見せない。数少ない彼の映像は、もう十年もまえのものばかり。それも、髪も髭も伸ばし放題の原始人のような風貌で、まともに正面から映ったものなど皆無だった。日本に帰国したときのニュースでも、車に乗り込むところが、ほんの短い時間映ったただけで、ほとんど顔は見えなかったといって良い。

どんな人物だろうか。

少なくとも、社交的な紳士ではない。

警察がいないと判断した以上、早い方が良い。今は墜落現場で手いっぱいなのかもしれないが、直《じき》にやってくる。ぐずぐずしていると、手を打たれて面倒なことになるだろう。

保呂草はインタフォンのボタンを押した。

特に、シナリオは持っていなかった。

行き当たりばったり。

アドリブでいくしかない。

「はい……」スピーカから女性の声が聞こえた。

「杉田画材の者です」保呂草は愛想の良い口調で話した。「さきほど、こちらの手違いで間違った品物をお渡ししてしまいました。どうも申し訳ありません。お持ちいたしましたので、交換していただけないでしょうか」

「えっと、そうでしたか……。何かな。ちょっとお待ちになってね」

数秒して、ドアが開いた。

保呂草は杉田画材の箱を抱えたまま頭を下げる。

「何が違っていた？」彼女はきいた。

言葉は流暢《りゅうちょう》な日本語だったが、明らかに日本人ではない。デニムのジャケットにジーパン。髪は黒かったが、目の色は僅かに茶色。白人である。歳は五十を越えているだろう。小柄で痩せた女性だった。

「あの、関根画伯に直接お会いしたいのですが」保呂草は言った。部屋の奥は、磨りガラスのドアのため見えなかった。

「私が預かります」その女性が手を出して言う。

「失礼します」保呂草は頭を下げて、箱を彼女に手渡す。それから、持っていた紙袋を床に置いて、靴を脱いだ。

「ちょっと、貴方！」彼女が叫ぶ。

保呂草は彼女の横を抜けて通路を進む。突き当たりのドアを開けると、そこはリビングルームだった。仄《ほの》かに油絵の具の匂いがする。

「どういうつもりですか？」後ろで女が叫んだ。

保呂草は無視して、次々に部屋を覗いた。小さな仕事部屋、書斎風の落ち着いた部屋、さらに奥へ進み、かなり大きな部屋に出た。バルコニィがガラス越しに見える。間違いなく、この部屋がメインの空間だろう。天井は高く、大きな絵が幾つも壁に立て掛けられている。描きかけの絵は部屋の中央。それが三つあった。床には、テントのようなビニルが敷かれ、絵の具で汚れている。ここがアトリエだ。

小さな円形のテーブルにカップが一つ。保呂草はそこまで歩き、そのカップに手を触れる。まだ温かかった。

だが、その部屋には誰もいない。

人が隠れるような場所も見当たらない。

「警察を呼びますよ！」戸口で女が言う。険しい表情だった。

「呼んで下さい」保呂草は振り返る。「どうぞ」

「誰なんですか？　貴方……」

「僕は、保呂草というものです」彼は改めて頭を下げた。「申し訳ありません。どうか、失礼は許して下さい。とても重要な、つまり、その、人の命に関わるような重要な理由で、どうしても、関根画伯に直接お会いする必要があるのです。そのために、嘘をつきました。杉田画材には何の関係もありません。僕が勝手にしたことです」

「お名前を、もう一度」

「保呂草といいます。はじめまして、マダム」

「画伯はここにはいません。帰って下さい」

「そのようですね」保呂草はもう一度アトリエを見回した。「ところで、貴女は？」

「帰って下さい」

「昨日、西崎勇輝氏が亡くなったのをご存じですね？」

「何のお話かわかりません」彼女は強ばった表情のままだ。

「新聞かテレビをご覧になっていませんか？」保呂草はきいた。

その女は答えなかった。

どうやら、事故のことも、事件のことも、何も知らないようだ。彼女の表情から、それが読み取れた。

保呂草はポケットから名刺を取り出した。

「僕はこういう者です」彼は女に近づいた。彼女は後ろに一歩下がったが、保呂草の差し出した名刺を受け取り、それを読んだ。「日本語は読めますか？裏に英語があります」

女は名刺を裏返す。その名刺は、探偵、調査員という肩書きが書かれたものだった。

「昨日、飛行機のショーが行なわれている最中に、西崎勇輝氏が拳銃で撃たれて亡くなりました」

「嘘です」女は顔を上げて言った。

「どうか、最後まで聞いて下さい」保呂草は両手を前で広げて、彼女を真っ直ぐに見た。「お願いします。僕がここへ来た理由を正直に申し上げます。どうか、ええ、落ち着いて……。玄関に置いてきた僕の紙袋に、今朝の新聞が入っています。それをあとでご覧下さい。とにかく、西崎さんは撃たれたとき、飛行機に乗っていました。操縦されていたのです。僕の友達の女性が、彼と一緒に同じ飛行機に乗っていました。二人乗りなんです。ご存じですか？ピンクの曲技機です。その女性はジャーナリストのアシスタントで、西崎さんを取材しようとしていただけです。ところが、西崎さんは銃で撃たれて、飛行機は墜落しました。僕の友達はパラシュートでなんとか脱出できて、無事だった。でも、当然、彼女が西崎さんを撃ったのだと、警察は疑います。それで、彼女は、僕に助けを求めてきました。幸い、偶然にも、僕が墜落現場の近くにいたからです。僕は、彼女を連れて逃げました。警察は、彼女を犯人だと思って追っています。もちろん、僕も追われています。しかし、彼女は殺人犯ではない。彼女には、西崎さんを殺す動機がありません。それに、もし殺すのなら、どうして二人だけの飛行機の中で撃ったりするでしょうか？　どうして操縦桿を握っているパイロットを撃ったりするでしょうか？　わかりますね？　僕の言っていることが……」

「新聞を見せて下さい」女は言った。

保呂草は彼女の横を通り、玄関の紙袋を持って戻った。三社の新聞が入っている。彼はそれを取り出して見せた。いずれも第一面に、飛行機事故のことが書かれていた。

「僕らが逃げているうちに、さらに、次の事件が起こりました。この新聞にも、まだ詳しいことは書かれていませんが、パイロットの布施さんという方が、昨日の深夜、宿泊しているホテルで射殺されました。犯人はまだ捕まっていません。ほら、ここに……」保呂草は女が見ている新聞の記事を指さした。「少しだけ書かれているでしょう？」

「西崎さんが、殺された？」新聞を見たまま、女は呟いた。「本当に？」

「本当です。警察がどうして、ここへ来ないのか、僕は知りません。でも、間もなくやってくるでしょう。関根杏奈さんは、ここをご存じですよね？」

「いいえ、あの子は知りません」女は顔を上げて首をふった。

「あの子？」保呂草は相手の言葉を繰り返す。「失礼ですけれど、貴女は、関根画伯とは、どんなご関係なのですか？」

「えっと、保呂草さん、とおっしゃいましたね」名刺を確かめながら女は言った。「貴方のご用件は、何でしょうか？」

「エンジェル・マヌーヴァです」保呂草は簡潔に答えた。

「何のことでしょうか？」

「スカイ・ボルトとも呼ばれています」保呂草は続

ける。「関根画伯がお持ちだという、その美術品について、僕は知りたいのです」

「それが、事件と関係がありますか？　貴方のお友達を助けることと、どんな関係があるの？」

「ありませんか？」保呂草はきき返した。

女は真っ直ぐに保呂草を見据えたまま、動かなくなった。

保呂草も目を逸らすわけにいかない。

彼女はもう一度、新聞に視線を落とす。

一分ほどの静寂のあと、彼女は目を瞑り、顔を上げた。

大きく深呼吸をするように、息を吐く。

保呂草は待った。

彼女は目を開ける。

淡い色の瞳が、微動して、彼を捉える。

保呂草は動けなくなっていた。

寒気がする。

なんだ？

いったい、
この女は……、
何者だ？

「お茶を淹れましょう」彼女はそう言って、アトリエの奥へ歩いていった。

女の視線が逸れたので、ようやく保呂草は呼吸した。

もうそのときには、この女性が、単なる家政婦や秘書などではない、ということを彼は確信していた。

アトリエにある温かいカップは彼女のものだ。

この場所で、一人で仕事をしていたのだ。

仕事……、つまり絵を描いていた？

「そこにお掛け下さい」相変わらずの流暢な日本語で彼女は言った。

アトリエの窓際にある応接セットだった。保呂草はそこに腰掛ける。ガラスの外のバルコニィには、白いテーブルと椅子のセットが置かれていた。そこは北向きだった。建物の北は、小高い森になっている。バルコニィの高い袖壁《そでかべ》と、ちょうど前に立つ樹木の枝葉に遮られていたが、外に出て眺めれば、おそらく森が見えるだろう。空は青く澄んでいる。しかし、眩しい光はここへは届かなかった。

女は一度アトリエから出ていき、数分後に、トレィにカップを二つのせて戻ってきた。

「本当に、突然で失礼をいたしました」保呂草は立ち上がり、もう一度頭を下げた。「どうか、お許し下さい。これ以外に方法がありませんでした」

「よくここがわかりましたね」彼女は言った。「杏奈にも、この場所は教えていません。誰も知らないはずです」

「誰も、ですか?」

「西崎さん以外は」女はそこで微笑んだ。

それは、とんでもなく優しい笑顔だった。僅かな濁《にご》りもなく、どんな躊躇《ためら》いも、陰りもない、純粋な明るさだ。

だから、保呂草は、彼女のその自然な素振りに背筋が寒くなった。

尋常ではない。

これは、

普通じゃない。

彼は気づいた。

「もしかして、貴女は……」

「私が、関根朔太です」

6

「関根さんと西崎さんは、端《はた》から見ていても、とても気の合った友達でした。二人とも若くしてフランスに渡ったのです。関根さんは根っからの芸術家、西崎さんはオートバイのレーサだったわ。私も、ええ、まだ若かった。これでも、美大の優等生だったんですよ。だけど、彼ら二人と知り合って、私の人生は大きく変わりました。あの人たちに気に入られて、いつも一緒に遊びにいった。どこへでもついていきました。あの二人は、その当時、アパートの同じ部屋に住んでいました。もともとは、何の関係もなかったのに、たまたま不動産屋で出会って、同じ部屋を二人で借りることにしたんだって、そう話していましたっけ。私も、彼らの部屋へ引っ越したんです。仲間入りしたのね。それからは、もう何もかもすべてが三人一緒でした。それが、十九のときですよ。ええ、大学へは足が遠のいたかしら。だって、どう考えたって、学校の講義よりも、関根さんの絵を見ている方が、ずっとエキサイティングだったんですもの。もちろん、関根さんはまだ全然無名でした。あの人の才能を、世界で最初に見抜いたのは、この私なんですよ。とにかく、もの凄かった。既に完璧だったの。洗練されていたし、どこにも無駄がなかった。完全に完成されていたんです。ただもう、あまりに斬新過ぎて、新し過ぎて、なかなか見てもらえない。それが唯一の欠点だったと思います。凡人に手を差し伸べるようなサービスがまったくない。そんな絵だったんです。関根さんは、他の人の絵を見ないから、絵の歴史も、現在の動向も、まるで知らないの。自分以外の絵に対する興味を既に失っていたわ。つまり、自分と社会のギャップを理解しようとさえしないんですよ。もちろん、それが天才なのかもしれませんけれど……。でも、とにかく、彼は次々に作品を描き上げていました。一切お金にはならないのに、関根さんはそれで満足だったのです。私も、ときどきアルバイトをしていましたけれど、三人の中では、もちろん、西崎さんが一番の稼ぎ頭でした。彼はスタントマンの仕事を見つけてきて、躰を張った危ないことを平気でしていました。運動神経が抜群だったから。割りの良い仕事だって、いつも笑って話していました。飛行機の操縦を覚えたりしたのも、そんな仕事の関係だったかと思います。もともと、エンジンとかメカニカルなものが大好きだったから、初めのうちは飛行機も趣味だとばかり私は思っていました。そんな生活が、そうね……、二年ほどは続いたかしら。本当に、とても楽しかった。夢のような時間だったわ。毎日毎日が、朝から夜までずっと、子供みたいに自由で、はしゃいでいたし、大声で笑ってばかり、面白いこと、スリリングなことの連続。ああ、本当に楽しかった。今でも思い出すだけで、自然に笑えてくるの。そう、でも……、一つだけ、嫌なことがありました。心配なことがあったわ。それは、私の父が、私を家に連れ戻そうとしていたこと。私が大学へ行っていないことがばれてしまって、何度か手紙や電話がありました。あるときなんか、父が直接私に会うために田舎から出てきたことがあって、もの凄い喧嘩になってしまったの。関根さんと西崎さんが私を庇《かば》ってくれて、とにかく、そのときはなんとか父に帰ってもらいましたけれど。そうね……、このままでは済まないと思っていました。なにしろ、私の父という人は、絵に描いたような古いタイプの人間でしたし、ええ、そんな自由な生活を、特に、女性としての私の生活を、許してくれるような家でもありませんでした。それから、とても沢山のことが一度に起こったのです。ええ、タイミングが悪かったのか、それとも良かったのか……。まず、私は身籠もった。そう、それは、今だから正直に言えます。西崎さんの子供でした。彼は子供はいらないから、堕ろしてほしいと私に言いました。私はそれがショックだった。でも、関根さんは、私に産んだ方がいいって言ってくれたの。彼、自分が父親になってもいい、籍を入れた方が都合が良いなら、そうしようって、そう言ってくれました。ですから、私は、関根さんと結婚することにしたのです。彼は、とても優しい人でした。本当は……、私は彼が好きだった。嘘でもごまかしでもありません。そう、だって、彼の才能を誰よりも尊敬していたし、愛していたのです。関根さんは、その頃、初めての個展を開けることになって、毎日徹夜をして絵を描いていました。西崎さんは、金銭面で彼をバックアップしていたし、私もできることは手伝いました。それなのに……、私が二十二の誕生日を迎えた、次の日だったわ……。突然でした。関根さんが倒れたのです。救急車を呼んで病院へ運びましたけれど、もう彼、意識がなくて、心臓の関係なのか、それとも、血圧が高かったから、頭の中で出血したのか、よくわからない、でも、そんなお話でした。きっと、ずっと徹夜をして、無理をしたのがいけなかったんでしょう。彼、その一週間後に亡くなったんですよ。本当にあっけなかった。私は、一日中泣きました。お葬式もしないで。でもね……、知らないうちに、関根さんの個展の前日になっていて、部屋に彼を寝かせたまま、私と西崎さんの二人で、夜のうちに絵を運んだんです。なんだか、それが、私たちが関根さんにしてあげられる唯一のことかなって、そう思ったの。そもそも、画廊の人たちも、私の顔しか知らなくて、関根さんとは会ったことがなかったんです。だから……、そうなんです、最初は偶然だったんですけれど、西崎さんのことを、関根さんだと、向こうが勝手に勘違いをしたんです。私たち、黙っていました。だって、関根さんがもうこの世にいないなんて、言えないじゃありませんか。その個展、大成功だったんですよ。有名な評論家の目にとまって、マスコミも遅れて押し寄せてきました。私たち、関根さんを山の中まで運んで、お墓を作りました。一晩中かかったかしら。今思うと、子供みたいなことをしたものです。そのあとだって、ときどき、そこへ、その秘密のお墓へ、西崎さんと出かけていきました。今ではもう、何の痕も残っていません。すっかり自然に溶け込んでしまって。森の中の、ちょっとした窪地です。私たちの聖地といっても良いでしょう。そう、それからは……、西崎さんがサングラスや髭をつけて、関根朔太を演じたのです。彼、スタントマンをしていましたから、そういう小道具とかも、どこからかもらってきて、それもだんだん上手くなって、なんだか本当に、私だって、西崎さんと関根さんが二人いるみたいに錯覚したくらいです。そう、そうなんです。最初は、関根さんがそれまでに描いた絵を画廊に引き取ってもらって、私たちは新居に引っ越すことができました。でも、まだまだそんなに高い値段で絵が売れたわけではありません。西崎さんだって、飛行機のエアロバティックスのチームに入って、新しい仕事に夢中でしたね。ただ、今まで彼にいろいろ助けてもらっていたのに、実は、彼もお金に困っていたんです。借金があったの。売るような絵はもうないし。お金が必要だった。私、それで……、一度実家に帰って、あれを持ち出したのです。そう、エンジェル・マヌーヴァ。それが、父が持っているものの中で一番価値のあるものだと聞いていましたし、持ち出すのにも、それは手頃な大きさでした。理由はそれだけです。それを売って、西崎さんの借金を返せればって、私もそれくらいの役には立ちたいって、そう考えたんですね。本当に、子供でした。そんなときちょうど、警察の人が訪ねてきました。いえ、持ち出した美術品のことではなくて、病院で亡くなった日本人のことを調べにきたんです。そのときは、私たち、知りませんってつっぱねたんですけれど、やっぱりこれは、いつかはばれてしまうんじゃないかって心配になりました。でも、それはそれっきりでした。外国人だったからなのか、もちろん、明らかに病死でしたから、警察も関心がなかったのか……。それから、私たちは、エンジェル・マヌーヴァを画廊に預けて、お金を借りました。それで、西崎さんの借金を全額返済して、あとは、病院の先生にも会って、関根さんのカルテを改竄《かいざん》してもらったんです。ええ、お金を沢山出して、買収したんですよ。そう、そのとおりです。私が末期の癌だということにしたの。私がいなくなった方が都合が良いって、西崎さんと二人で決めたのです。私が死ねば、父も諦めるだろうって、都合の良いことを思いついたのね。それで、私は遺書を書いて、橋の上に靴を残しておいたわ。ええ、簡単だった。私は病気を苦にして自殺したことになりました。本人が書いた遺書ですからね、文句はないでしょう。それに、思ったとおり、宗教的な理由なのですけど、私の家は娘の自殺を表沙汰にしなかった。私は、普通に病気で死んで、普通に埋葬されたことになった。お墓だって立派なものを父が作りました。私と西崎さんは、それから、関根さんを掘り出したのよ。えっとね、三年後だったかしら。彼はすっかり骨だけになっていましたけれど、まだ、そこにいたんです。私たち、関根さんの骨をね、内緒で、私のお墓に埋葬しました。私の名前の墓標の下に、天才は今でも眠っているのです。こんな栄誉って他にあるかしら？　私は戸籍から抹消されて、父も諦めてくれました。ええ、エンジェル・マヌーヴァ以外はですけれど。えぇ？　そう……、パスポートは、そうですよ、最初は偽造してもらいました。私、関根さんに変装して飛行機に乗ったことだってあります。最初のときは、どきどきしました。今度だって、日本へは、私が関根朔太として入国したのですよ。そう、だってね、絵を描いているのは、この私なんですから、もうすっかり、私は関根朔太なんです。私、関根さんの真似をして、彼のタッチをできるだけ再現して、絵を描き続けました。彼の絵は完成されていたって言いましたでしょう。だからこそ、ある意味で真似がしやすかった。おかしなことに、私が描き始めてから、彼の絵の評価は一段と上がりました。きっと、わかりやすくなったからでしょうね。私が間に入ることで、天才の絵は、一般の人たちのところへ下りてきた。誰でもわかるようになった。彼はあまりに天才で、あまりに鋭かった。だから、私が咀嚼《そしゃく》してちょうど良かったわけです。私には、新しいことはできなかったけれど、彼のパターンをいろいろなバリエーションで展開することは簡単でした。そもそも、最初にあったものが、それだけ凄かったからです。ええ、ですから、今では私が関根朔太だといっても良いのです。私が彼になり代わって描いているの。私が彼のサインをするんです。え？　エンジェル・マヌーヴァですか？　時間がかかりましたけれど、もちろん、取り返しましたよ。そうなの……、ちょうど、警察が探しにきたときにはなかったんです。可笑しいでしょう？　借金の抵当に取られていたの。でも、私は関根朔太として絵を一所懸命に描いた。それは、エンジェル・マヌーヴァを取り戻すため。そうですね、一年、いえ、二年かかったかしら。お金を貸してくれた画廊も、理解があったんです。だって、彼らはとにかく、関根朔太の新作が欲しかったのね。そちらの方がずっと高くなることが、わかっていたのでしょう。無事に、それを取り戻せました。ええ、エンジェル・マヌーヴァは、私たちを救ってくれたのです。私たちを生かしてくれたのです。魔剣だなんて、とんでもない。あれがなかったら、今の私たちはありません。そうですね、関根さんがもし生きていたら、あれは彼のものです。私たちは、結局のところ、彼が作り出したものので、彼の遺産で、ここまで食いつないできたのですから……。私は、彼と結婚できたことを誇りに思っているわ。どれだけ多くのものを、彼から授《さず》かったかしれません。だけど、私には、彼にお返しできるものが何もないのよ。だから、ただこうして、毎日毎日、彼の絵を描き続けて、少しずつ少しずつお返ししているのです」

7

保呂草は、関根朔太のマンションを出た。階段を下りて、ピロティに立ったとき、溜息がもれた。

なんということだ……。

関根朔太は、もう死んでいた。ずっと昔に。

何故、彼女はそれを話したのだろう？

おそらく、
もう潮時だと判断した。

それしかない。

つまりは、西崎が殺されたから……。

彼女にとっての関根朔太が完全にこの世から消えたから……。

だから、
あんなに自然な優しい笑顔で、
彼女は話したのだ。

きっと、長年の肩の荷がようやく下りたのだろう。

「杏奈さんは、貴女のお嬢さんなのですね？」

「そうです」

「彼女は、貴女のことを知っているのですか？」

「いいえ。私のことは、単なる家政婦だと思っています。あの子は、自分の父親は西崎勇輝だと知っています。誰も話さなくても、感じ取ったのでしょう。その強い思いが、あの子を飛行機へ駆り立てた。関根さんのことも、それに、この私のことも、あの子の眼中にはありません。生まれてすぐ里子に出され、遠く離れて育ったのです。母親が生きているなんて夢にも思っていないでしょう」

「それで、貴女は、良いのですか？」

「何がいけないの？」彼女は一点の曇りもなく微笑んだ。「私はあの子を産みました。私は今まで生きてきました。私はこの絵を描きました。私は今まで生きてきました。それらは、私が影響を与えたもの。私が影響を受けるものではありません」

どうしよう。

いったい、どうすれば、良いのか。

目的は、何だったか？

エンジェル・マヌーヴァ？

「エンジェル・マヌーヴァは、今どこにあるのですか？」彼はきいた。

「さあ、どこかしら」彼女は優しく微笑んだ。「そんなことを、簡単に貴方にお話しできると思います？」
駄目だ。
駄目だと思った。
銃を突きつけたところで、彼女からきき出すことは不可能だ。
もう、すべてを悟った、
終結した人生が、
彼女の瞳の中にはあった。
それを揺《ゆる》がすことは、
不可能。
人の愚かさのすべてを許容した神の手が、
最後の最後に、
保呂草の片手を握った。
暖かい、軟らかい、優しい、小さな手だった。
「ありがとう」彼女はそう言った。「よくいらしてくれました」
保呂草は黙って、玄関から出た。

繰り返し、彼女の声、
そして、彼女の笑顔、
点滅するシグナルのように、
静かに、意識の片隅で、再生、再生。
繰り返し、繰り返し、
現れて、
消えていく。
保呂草の手は、煙草を探していた。
ジャンパのポケットだ。スクータに置き忘れてきた。
なんということだ……。
溜息をつく。
それほど息が苦しかった。
汗をかいていた。
彼女もまた、間違いなく天才だ。
名前のない天才。
だからこそ、天才を見抜き、天才を受け継ぐことができた。

奇跡だ。

紛れもなく、奇跡だ。

気がつくと、スクータまで戻っていた。

呼吸をする。

再生を止めようとする。

煙草が必要だ。

吸わなくては……。

ジャンパのポケットに手を入れて、煙草を探す。

「こんにちは」

保呂草は顔を上げた。

目の前に女が立っていた。

「ああ……」上の空で彼は答える。

祖父江七夏は、ジャンパに伸ばした保呂草の右手に、手錠をかけた。

「暴れないでね」七夏は保呂草を睨みつけて言った。「説明が必要かしら？」

「あの、これは……」

「私の趣味だと思って」

「えっと……」保呂草は後ろを振り向いた。もう一人刑事が立っている。立松という名の若い男だ。

「話は、本部で聞きます」彼女は保呂草の肩に手をかける。「スクータはここに置いておくしかないな。立松君、彼のジャンパを持ってきてあげて。さあ、保呂草さん、仲良く歩きましょうね。車はあちら」

「ちょっと、待ってもらえませんか？」保呂草は言った。やっと正常に頭が回り始めていた。「何の真似ですか？　これは」彼は、手錠をはめられた片手を挙げようとする。鎖が張って、七夏の左手を引っ張った。「容疑は？　逮捕状は？」

「だから趣味だって言ったでしょう」

「ちょっと……、コスプレじゃないんだから……」

「黙って歩きなさい」七夏は保呂草の背中を押す。

「逃げられるなんて思わないことだね。抵抗すると、どんどん立場が悪くなるよ」

「いえ、そういうわけじゃなくて……」歩きながら保呂草は話す。「あ、そうそう……、こういうときって、煙草を一本吸わせてくれたりするもんじゃないですか？　ジャンパに煙草がありますか」

「そういう要求を聞いても、ろくなことにはならないのが、ドラマなんだ……。駄目だね。もっと真っ直ぐ前を見て歩けないの？」

石垣に挟まれたコンクリートの階段を下りていくと、そこに黒いセダンが駐まっていた。立松がさきに行き、運転席に乗り込む。七夏は、ドアを開けて保呂草に乗るように促《うなが》した。二人は後部座席に座った。

「よくここがわかりましたね」保呂草は微笑みながら言った。

「警察をなめないでほしいなあ。杉田画材で壺を買ったそうじゃない。え？　いくらだった？」

「えっと、三万五千円」

「無駄になったわね」

「いいえ、もう元は取れましたよ」

「関根画伯に会えたの？」

「いいえ、いなかった」保呂草は首をふった。「そうじゃなくて」

「じゃ、何？」

「えっと……、まあいいや」

「もうすぐ、誰かここへ来ると思いますけどね」立松は振り返る。「どうします、待ちますか？」

「いいえ、すぐ出して」七夏は指示する。「保呂草さんを本部へお送りするのが再優先だ」

「わかりました」立松はエンジンをかけて、車を出した。

坂道を下り、メイン・ストリートで車は加速する。

「楽しみだわ」七夏は保呂草を横目で見ながら呟いた。「いったいどうして、殺人の片棒を担ぐことになったの？　これも、探偵さんの仕事のうちってこと？」

「刑事さん」保呂草は頷く。「ご存じですよね？　依頼人のプライバシィは絶対なんです」

「その女が、二人も殺していても？」

「二人目なら、アリバイがありますよ」保呂草は言った。「僕がずっと一緒だった」

「そんなのが通用すると思っているわけ？」七夏は鼻で笑う。「がっかりだなあ、そんなにおめでたい人だったの」

「瀬在丸紅子さんを呼んでもらえますか？」保呂草は淡々と言う。

「瀬在丸さん？」七夏が目を細める。

「ええ、紅子さんです」

「どうして？」彼女は急に真剣な顔になった。

「僕と僕の依頼人の無実を証明してくれるからですよ」

七夏は黙って首を傾げて、保呂草をじっと睨んだ。

車は走り続ける。

「もう一度言いましょうか？」彼はにっこりと微笑んだ。

「どういうこと？」七夏はきいた。「何故、瀬在丸さんがそんなことを証明できるわけ？」

「いえ、僕だってできますよ。だけど……」保呂草はオーバに肩を竦めてみせた。「僕じゃあ、信じてもらえないでしょう？」

第8章　作られた形

精神の風が、粘土の上を吹いてこそ、はじめて人間は創《つく》られる。

1

「なんだって、そんなに時間がかかるんですか？　あのですね、こっちはもうずっと待っているんですよ。別に百パーセント絶対確かな結果をなんて言っているんじゃない。可能性だけでもけっこうなんです。ちょっと気になることでも良い。もし、それが駄目なら、今から現物を見せてもらえませんか？　見にいきますよ。ええ、自分で考えますから。え？　日曜日？　そんなもん関係ないでしょう？　少しでも早く手を打たなくちゃいけないんです。休みだからって、待っちゃくれませんよ。日曜日なんか来週だって、再来週だってあるじゃないですか……、まったく、もう……、はいはい、ええ……、わかりました。期待していますよ。はい、お願いしますよ、本当に」

林は溜息をついて電話を切った。

祖父江七夏は、彼のデスクの手前三メートルの位置に立っていたが、なかなか前に進めなかった。しばらく、彼女はタイミングを見計らう。

「馬鹿やろう」林は舌打ちして小声で呟く。そして、ようやく顔を上げた。

「警部」七夏は前に一歩出る。「あの、よろしいでしょうか？」

「ん？」林は壁の時計を一瞬見た。時刻は午後六時半。「何だ？」

「はい」七夏はもう一歩前に進み出る。「保呂草のことなんですけれど……」

「ああ……」林は頷いた。「何て言ってる？」

「それが、一言も」七夏は顔をしかめて首をふった。

「え？　しゃべらないのか？」

「はい……。とにかく、瀬在丸さんを呼べって、それだけです」

「奴は犯人じゃない」林は数回頷いた。「自分は大丈夫だって自信があるんだ」

「しかし、証拠は充分です」

「何の？」

「殺人幇助《ほうじょ》、証拠隠滅、公務執行妨害、自動車および衣料品窃盗、それから、不法侵入……、あと、えっと……」

「金を置いていったんだろう？　車もコートも借りたって言うつもりだな。殺人幇助っていったって、な、事情を知らなかった、怪我人を助けただけだ、指示に従うのも業務のうちだ、と言われれば、まあ、判断は難しい」

「しかし、明らかに殺人犯を……」七夏はテーブルに片手をついて言った。

「明らかじゃない」林が目だけで見上げる。「斉藤静子が殺人犯と決まったわけではない」

「だって……」

「それこそ、状況証拠ばかりだ。何も確かな証拠は見出されていない。鑑識の連中がサボっているせいもあるけどな」

「それじゃあ、どうしたらいいんですか？」七夏は多少投げやりに言った。

「瀬在丸さんを呼んでやりな」林は軽く言った。彼は椅子の背にもたれて上を向く。一度目を瞑り、首を回してから、再び七夏を見た。

「実は、もう電話をしました」七夏は答える。口を尖らせている自分の顔を自覚した。

「あそう」林は頷く。「じゃあ、問題ないじゃないか」

「迎えにこいって言うんですよ」

「誰が？」

「瀬在丸さんです！」七夏は思わず声を上げる。

林は呆れた顔で七夏を見上げている。彼女は後ろを振り向いた。広いフロアには、今は数人しかいなかったが、その全員がこちらを見ていた。

「迎えにいったら良いじゃないか」林が声を押し殺して言った。「何が問題なんだ？」

「私は嫌です」七夏は呼吸を整え、そこで無理に微笑もうとした。「なんだか、まえにも、同じようなことがあったような気がして……」

「誰か行かせたら？」

「いえ……」七夏は腰を曲げて、林に顔を近づける。「瀬在丸さんはですね、私に、この私に、一人で迎えにこいって……、ちゃんと頭を下げてお願いにこいって」ここで鼻息がもれる。「そうおっしゃったのです」七夏は真っ直ぐに背筋を伸ばした。

「あまりのことに、私、多少、気が動転いたしました。さきほど、電話を叩きつけたところです。ええ、申し訳ありません。備品を壊したかもしれません。今も、取り乱しました。反省しています」彼女は軽く敬礼した。「しかし、そのように、先方は無理なことをおっしゃっているのが現状であります。警部、いかが対処いたしましょうか？」

「それは、俺に行けということか？」林が低い声で言った。

「いいえ、とんでもない。そうではありません」七夏は慌てて首をふった。

「じゃあ、何だ？」

「瀬在丸さんなんか放っておけばよろしいと思います」七夏は考えながら言う。「もう少し時間をかけて、保呂草から何とか斉藤のことをきき出して、ですね……」

「彼女を呼んでこい」林は小声で言った。

七夏は黙る。

林の顔をじっと見て、彼女は次の言葉を待った。

だが、林はそのまま動かない。

「私がですか？」そう言ったとき、思わず目頭が熱くなる。彼女は目を瞑り、上を向いてごまかした。

「必要ならば誰かつれていけ」林の声。「僕が行っても良い」

「いえ」片手を目に当てて、七夏は頷いた。「わかりました。行ってきます。しかたが……、ありませんね」

テーブルの上についていた彼女の片手に、林が触れる。

「泣くな」林の口がそう動いた。声は出ていない。

窓の方へ顔を向けて、七夏は笑おうとする。外はもう暗い。ガラスに自分の顔が映っていた。

林をもう一度見て、彼女は頷いた。微笑んだつもりで。

振り返り、ドアへ向かって直進。幸い、途中には、人がいない。彼女はそのままドアを開けて通路に出た。

口で呼吸をしながら、通路を歩く。階段を上がってきた立松とすれ違った。

「あ、祖父江さん」彼が呼び止める。

七夏は立ち止まり、口に手を当てて振り向く。

「どうしたんです？　警部に怒られたんですか？」

七夏は黙って首をふった。

「あ、虫歯でしょう？」

七夏は立松の頭を叩いてから、階段を駆け下りた。

「情けない」独り言を吐き捨て、深呼吸をして感情を切り換える。何度か舌打ちをして、何度か溜息をついた。自分の中の営繕係が、緊急の修理をしているのだろう。剝がれかかった外板に、とにかく釘を打ちつけている。

外に出て、駐車場に駐めてある自分の車まで早足で歩く。コートを着てくるのを忘れたことに気づいた。しかし、暑い寒いを感じるセンサは幸いにも沈黙していた。

車の運転席に乗り込んで、エンジンをかける。

その頃には、すっかり気分が戻っていた。たぶん、少し泣いたせいだろう。もっと大げさに泣いてやれば良かったかもしれない。林の反応が見てみたいものだ。

「行きゃあいいんだろ? 頭下げりゃいいんだろ? 馬鹿やろう!」車を出しながら、彼女は言い続けている。「何様のつもり? 勝手にほざいてりゃいいんだ!」

2

車を駐めてから、七夏は銀杏《いちょう》の落葉を踏んで、無言亭まで歩いた。ときどきある常夜灯から離れると、足もとは暗い。とても寒かった。コートを着ていないのだから当然である。腕組みをするように自分を両腕で抱きながら、ようやく瀬在丸紅子の住まいへ辿り着いた。

ステップを上がってノックをする。すぐ横の大きな窓から室内は丸見えだった。

根来機千瑛が一人、パイプをくわえて新聞を読んでいたが、彼はすぐに立ち上がり、ドアを開けてくれた。

根来は七夏の顔を見て、一瞬表情を曇らせたが、黙って頭を下げた。

「こんばんは」七夏は事務的に言った。寒さのため多少呂律《ろれつ》が怪しかったかもしれない。「夜分に恐れ入ります。瀬在丸さんをお迎えに参りました」

「お入りになって、お待ち下さい」根来は低い声で答える。

ドアを閉めて、しかし、靴は脱がずに、戸口に立って待つことにした。

「お嬢様」根来が、右手にある紅子の部屋のドアをノックした。

「何だ?」という声が小さく聞こえる。「入ってこい」

根来はドアを開けて、部屋の中に消えた。

七夏は一人で待つ。テーブルの上には、既に何ものっていない。夕食はもう済んだのだろうか。紅子の息子は、いつも屋根裏の自分の部屋にいるようだ。まだ、七夏は彼と話をしたことがなかった。七夏の娘と、紅子の息子とは、血がつながった兄妹なのに……。

根来が戻ってきた。

「ただ今、いらっしゃいます」彼はパイプと新聞を片づけながら言った。「どうぞ、お上がりになって、お待ち下さい」

「いえ、ここでけっこうです」七夏は答える。

根来はキッチンの方へ下がり、その奥のドアから出ていった。もうそこは無言亭の一番端で、それ以上に部屋があるわけではない。あっても倉庫くらい。そこから、屋根裏へ上がれるようだった。その足音が聞こえた。

またしばらく、七夏は一人で立っていた。外よりは部屋の中は暖かい。しかし、見える範囲には、暖房器具は置かれていなかった。

「ああ、どうも……、お待たせ」ドアが開き、瀬在丸紅子があくびをしながら現れる。「あら、どうしたの？　そんなところに突っ立って……。どうぞ、お上がりになって」

「いえ」七夏は片手を軽く立てる。「お邪魔をするつもりはありません。お電話で申し上げましたとおり、保呂草さんが、警察で取り調べを受けています。あの……」

「林さんも、私に来いって言ったのでしょう？」紅子は微笑んだ。「ありがとう、ちゃんと一人で迎えにきて下さったのね。貴女の判断とそして勇気に、私は感謝と敬意を表します。とにかく、お上がりになって下さい。お茶を差し上げたいわ」

「えっと、あの……」七夏は多少面食らった。「本部まで、ご足労いただけるでしょうか？　もちろん、私、その、お願いに参りました。どうかお願いいたします」彼女は深々と頭を下げる。

七夏が顔を上げると、紅子は微笑んでいた。

「コーヒーでしたよね？」彼女は首を傾げて尋ねる。

「あ、はい」七夏は答えた。

「寒かったでしょう？　さあ、どうぞ」紅子は手招きする。「ご心配なく。祖父江さん、貴女は、私が淹れたコーヒーを飲んで下さって、それから、私とお話をして下されば良いのよ」

「あの……、どんなお話でしょうか？」

「事件のことです」紅子は真面目な表情になる。「貴女が知っていることを教えてほしいの。それを聞いてから、私が本部へ出向く価値がはたしてあるのかどうかを判断させていただくわ」

「でも、その……、残念ながら、部外者にはお話しできないことがあります」

「ええ……」紅子は頷く。「とにかく、どうぞこちらへ。だから、貴女一人に来てほしかったの」

七夏は靴を脱いだ。紅子はキッチンへ入っていき、カップを棚から取り出した。根来がいないので、彼女が自分でコーヒーを準備するようだ。七夏はテーブルの椅子に腰掛ける。

どうしたのだろう？

さきほどの電話とはまるで別人の紅子の対応である。

一応最初は下手に出て、いざとなったら喧嘩になってもかまわない、と覚悟してきたのに……。

いつも感じることだが、瀬在丸紅子という人格は、本当に捉えどころがない。単に極度に気《き》紛《まぐ》れなお嬢様気質、というだけでは説明できない。もっと複雑で、もっと多様な顔を見せる。哲学的なほど硬派かと思えば、少女のように無邪気。すべて演技なのか、それともすべてが地なのか。

紅子がコーヒーカップを両手で運んできた。

「どうぞ」カップを七夏の前に置き、紅子は自分も椅子に腰掛けた。上品な仕草でそっと顔を上げて、大きな瞳を七夏に向ける。「質問をしても、よろしいかしら？」

「ええ」七夏は少し緊張した。しかし、テーブルのカップに手を伸ばす。「いただきます」

「そもそも、どうして祖父江さん、昨日のショーのときにサーキットにいらしたの？　何か事件の前兆があったのね？」

「えっと……」七夏は迷った。だが、決断は一瞬でついた。「ええ、これはどうか、ここだけの話にしていただきたいのですけれど……」

「もちろん」紅子は頷いた。

「脅迫状が西崎勇輝氏宛に届いていたのです。私はそれで、あそこへ出向きました」

「どんな文面でした？」両手でカップを持ち上げて、紅子が尋ねる。

もう全部話してしまおう、と七夏は考えた。

半ば、やけくそ、それとも、諦めの心境だったかもしれない。

目の前の女性の瞳に、そんな魔力があるようにさえ思えた。否、そう思うことで、責任転嫁をしているに過ぎない。だが、紅子には確かに、ものを見通す力がある。過去にもそれが発揮されたことがあったのだ。林は紅子のところへ相談にいくことがある。それに比べれば、自分と紅子が話した方がずっと望ましい形ではないか。なるべく、林と紅子を会わせたくない。そんな卑近な感情の存在も否定できない。

「これです」七夏は手帳をバッグから取り出し、該当のところを開いて紅子に見せた。「あ、実際のものは、全部カタカナでしたけれど」

「これと同じ、六行で？」

「そうです」

「ふうん……」紅子は手帳を見たまま数秒間動かなかった。ようやく、大きく息を吸って顔を上げる。

「スカイボルトって、何なの？」

七夏は説明した。フランスで結婚した関根朔太が持っていると噂されている美術品、またの名をエンジェル・マヌーヴァ。時価にして十億円以上というこの秘宝が、今回の事件に関係しているのか……。

「その保呂草さんと一緒に逃げた女の人は、前日にも、チームの取材にきていたそうですね？」紅子は別の質問をした。

これに関しても、七夏は知っていることを話す。斉藤静子は、前日の夕方に西崎勇輝にインタヴューし、チームを取材している。また、その夜に彼女は再び現れ、西崎勇輝と二人で出かけていった。二人がサーキットの近くのホテルに宿泊したことはウラが取れている。

「へえ、それは、何て言ったら良いのかしら、なかなか仕事熱心な方ですね」紅子は表情を変えずに言った。「それで、急に、飛行機に同乗することになったのですね？」

「そうみたいです」七夏は頷く。「でも、各務亜樹良の事務所に問い合わせてみましたが、斉藤静子というアシスタントは、今は使っていない、と言うんです。つまり、斉藤という名も偽名。少なくとも、各務事務所に詳しい人間には違いありませんけれど」

「カガミ・アキラ？」紅子は首を捻る。「どんな字を書くの？」

「ご存じじゃありませんか？　わりと有名なジャーナリストです」七夏は手帳に漢字を書いて紅子に見せる。

「貴女、漢字に強いのね」彼女は微笑んだ。

「これでも、国文科の出身ですから」七夏は答える。

次に七夏は、飛行機の墜落現場の様子、四機の飛行機の乗組員、そして2番機、3番機に何が起こったのか、などを推定を交えて語った。墜落炎上した機体に関しては、現在詳細な調査・分析が行なわれている途中である。拳銃はもちろん、西崎勇輝の生命を奪った弾も、まだ発見されていない。

「そうか、だいたいわかりました」紅子は頷き、頬に片手をそっと当てる。「西崎勇輝さんの死体を調べたのでしょう？　拳銃で撃たれたのは、間違いないのね？」

「はい。弾は、貫通しているので、見つかっていませんけれど」

「いえ、撃たれたっていうのは、つまり、他人に撃たれたのか、という意味です。自分で撃った可能性がないのか、という質問よ」

「それはほぼ断定できます。他殺です」

「だって、正面から撃たれているのでしょう？　手を伸ばして、自分で撃てないかしら？　それとも、手から硝煙反応が出なかったの？　あるいは、距離が割り出せたの？」

「いえ……」七夏は首をふった。「それが、違うんです」

「おや、まあ」紅子は目を丸くする。「というと？」

「前からではなくて、後ろから撃たれていました」

「へえ……」紅子は口を小さく開ける。「なんてこと」

「撃たれたとき、躰を捻っていた、という可能性もあります」

「うんうん、なるほど」紅子は嬉しそうな表情で何度も頷いた。「そうだわ……、斉藤静子さんには、脱出方法や、パラシュートの使い方を教えてあったの？」

「それは乗り込むときに、一応の説明はしたそうです。旅客機と同じで、そういう決まりがあるようですね。でも、まさか本当に事故が起こるとは思っていなかったでしょうし、彼女はパイロットの助けも借りず、単独で脱出したのです。おそらく、それなりの経験があったんじゃないでしょうか？　つまり、初めから、そのつもりだったかもしれません」

「それはないわ」紅子は首をふって、七夏に指を向ける。「貴女だって、そんなこと信じてはいない。顔にそう書いてあります」

「私が？」

「ええ、貴女は、斉藤静子が犯人だとは思っていない」

「でも……、彼女以外にはありえない」七夏は言った。

「そうかしら？」紅子は微笑みながら首を傾げる。

「でも、そうね、それはあとで伺うことにする。えっと……、そうだ、そのあと、小鳥遊君と一緒に、二人の後を追跡したのでしょう？　その話なら、彼から聞きました」

七夏は話した。湖畔を歩いて森に入り、ホテル・ピットインの前を通ったこと。その後、格納庫へ行き、そこで、トレーラ・ハウスを調べたこと。そこへ、林がやってきたこと。

しまった、と七夏は思う。

つい、調子にのって話してしまった。

彼女は紅子を見る。

「それで？」紅子は真剣な表情で七夏を見つめていた。「格納庫には、誰がいましたか？」

「柴山という整備長と、えっと、他には誰も……」

七夏は思い出す。林の話は本当はしたくなかったのだが、しかし、紅子はまったくその点には反応しなかった。「そのとき、ホテル・ピットインで車が盗まれたという連絡があったことを聞いて、私はそちらへ向かいました」

「パイロットの人たちは、ではサーキットの方にいたのね？」

「えっと……、倉田という人だけはそうでしたけど、あとの若い三人は、マスコミを避けて、ホテルに、エアポート・ホテルというところに、部屋を取っていました。あ、でも……、そうです、関根杏奈さんは、私、格納庫の前で会いました。トレーラ・ハウスに荷物を取りにこられたから……」

「へえ、どんな人かしら？　小鳥遊君が彼女にぞっこんみたいだけれど」

「美人ですね」七夏は頷いた。「活発でシャープな感じで、はっきりしている。少林寺の先輩ってことは、格闘技をするんですよね。とてもそんなふうには見えませんけど、ええ、でも、それは小鳥遊君も同じか……」七夏は少し笑った。しかし、すぐに畏《かしこ》まる。「ごめんなさい。余計なことを……」

「関根杏奈さんは、お父様が持っているスカイ・ボルトの所在を知っているのね？」

「いいえ、それが、彼女も知らないと話しています。もちろん、真偽のほどはわかりませんが」

「では、脅迫状に何か心当たりがあると言っていませんでしたか？」

「あ、実は、脅迫状は、パイロットには伏せられていたんです。余計な心配をして、ショーに影響があってはいけないという配慮で……。つまり、マネージャと、さきほどお話しした太田さんと、あとは西崎さん自身しか知らなかったわけです」

「杏奈さんも知らなかったのね？」

「そうです。杏奈さんには、そのとき、トレーラ・ハウスで会ったとき初めて、これを見せて、きいてみました」七夏は自分の手帳を指さす。

「彼女、なんて？」

「ええ、なんだか、気が立っているみたいで……」七夏は首をふる。「いえ、当然だとは思いますけれど、スカイ・ボルトを見たことはない、関根画伯の居場所も、自分は知らないって……」

「そう……」紅子は頷く。「それから、どうしました？」

「さきほど話したように、ホテル・ピットインへ行って、コートと車が盗まれた状況を調べてきました。そこから戻ってくる途中で、今度は、エアポート・ホテルで事件発生という連絡が入ったのです」七夏は、説明する。「駆けつけたら、殺されていたのは布施健。チームのパイロットの予備要員だった人です。ホテルの一室で頭を後ろから撃たれていました」

　そのホテルの状況を七夏は詳しく紅子に話した。非常階段と部屋のドア、さらに被害者の状況。凶器がベッドの下から発見されたこと。そこで、七夏は一瞬迷って、黙った。

「全然別の事件かもしれないわ」紅子は言った。

「拳銃は同じもの？」

「いいえ」七夏は首をふる。「西崎勇輝を殺したのはもっと口径の大きな銃だと推定されています。でも、ホテルで見つかった銃、つまり布施健殺害に使われたものは比較的小さな拳銃でした」

「それから？」

「いえ、それだけです」

「何か、話そうとして、迷ったでしょう？」

「はい」七夏は頷く。残念ながら見通されているようだ。「そのホテルの部屋で、私はメモが落ちているのを見つけました」

「メモ？」紅子は瞬《またた》いた。

「はい、今度の文面は一行だけです」七夏は手帳のページを捲って紅子に見せる。

血は魔剣に継がれた

「これは、貴女が書いたのでしょう？」紅子は顔を上げて吹き出しそうになる。何がそんなに楽しいのか七夏にはわからない。

「ええ、もちろん」七夏は頷く。「本ものは、すべてカタカナです。横に一行。でも、この他の意味には読めませんよね。スカイ・ボルト絡みであることは明確です。ただし、筆跡については、最初の脅迫状と一致していません」

「うん」紅子は軽く頷く。「保呂草さんが、私を呼べって言ったのは、ちょうどその犯行時刻に、保呂草さんと斉藤静子さんの二人を、私が阿漕荘で目撃したからです」

「本当ですか？　あの、何時頃ですか？」

「十一時頃ね。私、紫子さんのところで飲んで、帰るところだった。保呂草さんにはアパートの入口で会いました。彼女は、外のタクシーの中で待っていたわ」

「それが斉藤静子だと、どうして？」

「それは偽名でしょう？」紅子は首を斜めにして、天井を見上げた。七夏はつられて、そちらを見たが、もちろん何もない。しかし、紅子はまだそこを見つめている。まるで、天井の片隅に、小さな妖精がいるのを眺めているような表情だった。「その人が、各務亜樹良なんだ……」彼女は小声で呟いた。

「いえ、各務亜樹良のアシスタントなんです」七夏は言う。

「あ、そんなことはどちらでも良いの」紅子は片手を軽く立てて、七夏を制する。それから、少しだけ横を向いて、目を瞑ってしまった。「うーん、そうか……」

「何か、お気づきの点が？」七夏は尋ねる。

「何か、もっと大切なことを、私に言い忘れていない？　林さんが……、彼が、何に一番興味を示したか……。いえ、そうね、良いでしょう。今までのことだけでも、私が本部へ出向く理由は充分です」紅子は立ち上がった。「わかりました。着替えてきます」

「ありがとう……」思わず七夏も立ち上がった。

「あの、ありがとうございます」彼女は頭を下げた。

「どうか、よろしくお願いします」

「十分ほどお待ちになってね」紅子は微笑んだ。

「あ、そうそう」振り返って、彼女は指を一本立てた。

「はい？」

「貴女、国文科だったのね」

「え？」七夏は意味がわからない。

紅子が隣の部屋へ消えるのを見届けて、七夏は椅子に座り直した。

事件のことを紅子に説明したことで、彼女自身の頭の中も、ずいぶん整理された感じがする。

しかし、斉藤静子に、もし本当にアリバイが成立するなら……。

誰かに殺しを依頼した、ということか。やはり、これは組織的な犯罪と考える必要がある。けれど、それならば、何故、最初の殺人はあんな危険な状況で実行されたのか。自らが乗り込み、一つ間違えば簡単に巻添えになるような不利な状況下で、しかも自分に嫌疑がかかることを承知したうえで、実行された殺人……。そんなことが、ありえるだろうか。

どうしても、ひっかかることがあった。

そう、被害者が背中から撃たれていたこと。

そして……、

そうだ、口の中の……。

「あ……」七夏は、慌てて立ち上がった。

彼女は、紅子の部屋のドアの前に立ち、ノックする。

「瀬在丸さん？　言い忘れていたことがありました」彼女はドア越しに言った。「今、思い出したの」

「どうぞ」小さな声が中から聞こえた。

七夏はドアを開けて、部屋の中を覗く。

思っていたよりも広い。左手に向かって奥行きがあった。薄暗く、不思議な雰囲気だ。書斎というイメージではない。倉庫か、理科の実験室か、それとも、工場か……。機械とメータとコードとガラス管。一番奥に明かりが灯っていて、デスクの奥に紅子が立っていた。そのさらに奥に、レースのカーテンがかかった大きなものが見える。目を凝らして、やっと、古風なベッドだとわかった。

「なあに？」紅子はこちらを見ずにきいた。

「あの、一つ、大事なことをお話しするのを忘れていました」

機械類の並んだ棚、実験器具や工具がところ狭しと置かれたデスク、それらの間をゆっくりと進みながら、七夏は紅子に近づく。

何をしているの？

いったい、こんな部屋で？

魔法使いじゃないの、この人。

不思議な気持ちになった。

もしかしたら、自分も既に魔法をかけられたのかもしれない。

「これ、どうかしら？」紅子が言った。

「え？」七夏の目が、紅子に焦点を合わせる。

ぼんやりと白い蛍光灯の光の下、瀬在丸紅子は白いワンピースを持ち上げて、自分の躰に重ねていた。スカートの裾が広がった、多少クラシカルなドレスだった。横を見ると、細長い鏡が壁に立て掛けられている。彼女は、その鏡で自分の姿を映していたのだろう。

「もう少し、選べるほどお洋服があると良いのだけれど……」紅子は本当に困ったという顔をした。「新しいものがないのよ」

「いいえ、とてもお似合いだと思います」七夏は答える。

「林さんに会うんですものね」紅子は無邪気に微笑み、弾むような動作で鏡の方を向いた。「気に入ってもらえるかしら」

七夏と林のことを、もちろん紅子は知っている。

普通ならば、これは明らかに七夏に対する皮肉、挑発、つまり、露骨な嫌がらせの類にとられてもしかたがない。だが、紅子にはそんな気配がなかった。紅子は七夏の顔を見もしない。そもそも彼女のことなど眼中にない。

そういう人格なのだ。七夏は最近ようやくそれが理解できるようになった。紅子の感情は閉じている。他人に向けて開かれていない。

「えっと、何でした？」紅子が尋ねた。

「は？」

「何か、忘れていたって、おっしゃったわ」

「ああ、そうです」七夏は頷いた。完全に消し飛んでしまっていた。「最初の被害者の西崎勇輝の死体を検査していたとき、不思議なものが見つかったんです。口の奥の、喉の辺りにあったのですが、これくらいの……」七夏は指で大きさを示した。「ガラス管でした。おそらく、自分で飲み込もうとしたのか、それとも、犯人が入れたのか……。つまりその、自然に飛び込んだとは考えられない状況だと監察医は話しています。それが何かの部品ではないか、ということで……、警部が整備士にきいたところ、操縦席に、それが入るボックスがあって……」

「これでしょう？」いつの間にかデスクの方へ移動していた紅子が、何かを摘《つま》み上げて言った。

七夏はそちらへ近づき、紅子が手にしているものを見て驚いた。そのものずばり、小さなその部品は、証拠品と同じもの、ヒューズだった。

「それです。はい……」七夏は息を飲んだ。背筋が寒くなる。恐怖を覚えた、といっても良かった。

「あ、あの……」

「どうしてわかったのか……」紅子は落ち着いた口調である。「と、ききたいのね？」

「どうしてわかったんです？」七夏は震える声で尋ねる。

紅子は片手に、まだ白いドレスを持ったままだ。もう一方の手には、小さな電気部品。彼女の目は一度大きく瞬き、次に、上目遣いに七夏を捉えた。

「簡単なことよ」

3

七夏はリビングでさらに十分以上待った。時刻は既に八時を回っている。なるべく早く本部に戻りたかった。

窓の外から話し声が聞こえ、やがて足音が近づいてくる。

「こんばんは」という元気の良い声が二人分。

窓から七夏は彼らを見て、手を振った。ドアが開いて、小鳥遊練無と香具山紫子が入ってくる。

「あれぇ……、どうして刑事さんがここに？」紫子の高い声。

「しかも、祖父江さん一人？」練無のさらに高い声。

「うん、ちょっと訳ありでさ」七夏は苦笑する。

「ほえぇ」紫子がのけ反った。「てことは、お邪魔さまやん。れんちゃん、帰ろう」

「紅子さんは？」練無がきいた。

「今、あちらで……、ちょっと」七夏はドアを片手で示す。「君たち、何をしに？」

「何をって、うん、うふふ……」練無が微笑んだ。

「おしゃべり」

「この子、また変な推理を考えてるんですよ。紅子さんに聞いてもらおうって」

「推理を考えるって、日本語が変だよ」練無が横から言う。

「どんな推理かな？」七夏はきいた。「あ、私が言うのもなんだけど、上がったら？」

「紅子さん、お邪魔しまーす」紫子が明るく言って靴を脱ぐ。

「何か新しい進展は？」練無も上がって椅子に座った。

「古い進展があるんかいな」紫子が小声で指摘する。

「全然」七夏は適当に首をふった。「ねえ、どんな推理なの？　私、小鳥遊君の突飛なアイデアを聞きたいな」

「ラジコンよ、ラジコン」紫子がにやりと笑う。

「こいつ、お子様やもん」

「ラジコンね……」七夏は頷いた。

「拳銃は機械的に発射されたんだよ」練無が話した。「飛行機にそれがセットされていた。操縦者はコクピットの中では、ずっと同じ位置にいるんだから、絶対に外れないよね」

「誰が発射させたの？」七夏はきいた。

「そんなこと知らない」練無は首をふる。「飛行機にそういうのが仕掛けられる人、のうちの誰かなりね」

「私も、実は同じ考えなの」七夏は言った。それは本音だった。

「え？　うっそ？」紫子が声を上げる。「ホンマに？」

「ほらね」練無が顎を上げた。「しこさん、お寿司、奢ってもらうからね」

「だって、そんな装置、飛行機に残っていたんですか？」紫子は尋ねる。

「わからない、今、それを調べている」七夏は答える。

「飛行機が墜落して、燃えてしまうことは計算済みだったんだよ」練無が言った。「唯一の誤算は、一緒に乗っていた、その、記者の女の人が脱出して、生き残ったこと」

ドアが開いて、紅子が現れた。

「面白い推理だね」彼女は出てくるなり言った。

「わあ……、素敵」練無が両手を合わせて立ち上がる。

「うん、ホンマ」紫子も頷く。「あれ？　でも……、紅子さん、どっか出かけはるの？」

紅子はさきほどの白いワンピースを着ていた。髪も整え、化粧も完璧だった。七夏も密かに溜息をついた。

「今からね、警察へ行くのよ」

「え、どうして？」練無がきく。

「保呂草さんをお迎えにいくの」紅子は答えた。

「保呂草さんが警察に？」紫子が立ち上がる。「どうしてどうして？」

「私が保証人ってことかしら？」紅子は躰を左右に振っている。

「では、行きましょう」七夏は既に立ち上がっていた。

「僕も行く」

「私も行く」

「駄目」七夏は首をふった。

「行く行く行く」練無が言う。「絶対行く」

「私かて」紫子が練無を押しのけて前に出る。「行きます」

「駄目ったら駄目」七夏は呆れた顔を作る。「あのね……、幼稚園じゃないの。警察を何だと思っているの？」

「さあじゃあ……、みんなで行きましょう」紅子がまったく違う波長で言った。

4

祖父江七夏の車にはチャイルド・シートが取り付けられていたので、まず、これを外してトランクに仕舞ってから、四人が乗り込んだ。運転席はもちろん七夏、助手席には紅子、後部座席に練無と紫子が並んで座った。

紅子は林にお土産があると言い、洒落た紙袋を膝にのせている。形からして、ワインだろう、と七夏は思った。まさか、本部で林と一緒に飲もうとでもいうのだろうか。否、紅子なら言いだしかねない。どうせ、どこかでもらった安物に違いないけれど、貧乏になっても、お嬢様の癖が抜けないのだ。

まったく、この女は何を考えているのだ……。

紅子の横顔を盗み見て、七夏は思う。

後ろの席の二人の大学生はずっとしゃべりどおしだった。

「そんな、拳銃をラジコンに仕込むなんて中途半端なことせんとな、飛行機ごとラジコンにしなさいよ。そやろ？　そんなら、飛ぶまえに撃ち殺しておけるやん。あとは、地上からラジコン操縦で飛ばしてたん」

「ああもう、そんなこと現実にできると思う？」練無が呆れた口調で言った。「編隊飛行してるんだよ。そんな微妙な操縦が地上からできるわけないじゃん」

「そいじゃあ、えっと……、そや、4番機のカメラマンが操縦しとったんよ」

「ラジコン操縦に改造するよりもさ、前のシートにも操縦桿を付ける方がずっと簡単だよ」練無は言い返す。「もともと、ああいうタンデムの飛行機ってそうなっているんだもん。たまたま、軽くするために取り外してあっただけなんだ。だからね、それを元に戻しただけで……」

「じゃあ何、やっぱ、斉藤って女の人が操縦してたん？」

「そうじゃなくって、飛ぶまえに撃って、その死体を運ぶんだったら、その方が簡単だよってこと」

「ちょっと待って、難しくなってきたぞ」紫子が言った。「えっとえっと、何が言いたかったんか……、えっと……」

「無理なこと考えるからだって」練無が笑う。「拳銃の発射装置が一番シンプルだよね。シートの前に隠しておけるもん。拳銃を固定して、引金を引くだけの装置でいいんだから。パイロットが死ねば、飛行機は確実に墜落して、証拠隠滅も簡単ってわけ。ところが、そこに、もう一人乗り込んじゃったから大変。それで話が難しくなっちゃったんだ」

「でも、なんで、そんなことしたん？」紫子が尋ねる。

「知らないよ、そこまでは」練無は軽く答える。

「動機については、パス！」

「ドリブル、ドリブル」

「きゃあ、シュート！」

二人は足を踏み鳴らして音を立てる。

「静かにしなさい！」七夏が怒鳴る。

「ごめんなさーい」笑いながら二人が声をそろえる。

「ああ、頭が痛くなってきた」ハンドルを握っている七夏は呟いた。「拳銃なんて仕掛けなくても」彼女は話に少しだけつき合うことにする。「飛行機に細工をすれば、墜落させることくらい簡単なんじゃない？」

「パラシュートで脱出されちゃうもん」後ろから練無が答えた。

「それも、できないようにすれば？」

「うーん」練無の唸る声。

隣を見ると、助手席の紅子は目を瞑り、シートにもたれていた。考えているのか、それとも眠っているのか。

「ねえ、どうして保呂草さん、紅子さんを呼んだの？」練無がきいた。

「さあ……」七夏は答える。それはこっちがききたい質問だ。紅子はアリバイの話をしていたけれど、それだけということはないだろう。

「私を呼んでほしかったわん」紫子が言う。

「無理無理無理無理無理」練無の声。

「なんでぇ？」

「そりゃあ、しこさん、ありがたき無理だよ」

「なんでぇ？」

「えっと、まあ……、日頃の行いとかさ、そうだね、日頃の信頼とかさ、それから……、まあ、日頃のしゃべくりとか、日頃の失礼さとか、日頃の酔っ払い方とか、いろいろ」

「なんでぇ？」

「気にしなくて良いと思うな、僕は」

「めっちゃ気になるやん」

「やっぱ歳の問題かもしれないし」

「ああ、そうか、保呂草さんったら、年増が好きなんよ、しくしく」

「そうそう、マダム・キラーだよね」

「うわ、レトロやな、それ」

「若い子は相手にしないって」

「そうやないかって、ものすごご心配しとってん。ホンマ、年増のどこがええのんかしら」

「こら」助手席の紅子が目を開いて振り向いた。

「誰が年増だって？」

「ううん、紅子さんのことやない」紫子は声が震えるほど首をふった。「ちゃいますよ、滅相《めっそう》もない。ほら、あの斉藤って女」

「あ、そうそう、祖父江さんに似てるんだよ」

「私はまだ二十代です」七夏が言う。

「私だってそうよ」紅子がすぐに言った。

「そんな、むきにならんかて……」紫子が笑う。

「いややわぁ。私まだ十代なんよねぇ、はは、なあ？　れんちゃん」

「どうして、そんなこと比べっこしてるの？」

5

愛知県警本部の建物は、練無は初めてだった。エレベータに乗って六階へ上がった。通路のピータイルは艶のある白で、少し滑りやすい。祖父江七夏について歩いていくと、開いたドアの横で、見たことのある顔が煙草を吸っていた。西崎勇輝の息子、翔平である。

練無はドアの中を覗き込む。関根杏奈がテーブルの向こう側に座っていた。彼女はすぐに彼に気づき、立ち上がって部屋から出てくる。

「こんばんは」練無は頭を下げた。

「どうして、ここへ？」杏奈は不思議そうな表情である。「小鳥遊君も、何か、関係者なの？」

「ええ、少しだけ」彼は緊張して答える。「あの、気を落とさないで、頑張って下さいね」

「ありがとう。大丈夫」杏奈は溜息をつく。彼女は部屋の中を振り向いた。

煙草を吸い終わった西崎翔平が、入れ替わりでその部屋へ入っていった。その他にもう一人、中年の男がいる。昨日、サーキットのピットで見た、倉田という名のパイロットだ。みんな、事情聴取のために呼ばれているのだろう。

「関根杏奈さん、はじめまして」紅子が近づいてきた。「私、小鳥遊君の友人で瀬在丸と申します」

「はじめまして」杏奈は多少迷惑そうな顔をする。

「瀬在丸さん、こちらですよ」通路の先で七夏が呼んだ。

「皆さん、フランスへ戻られるのね？」紅子は控室の中を覗き込んで言った。「もうあの素晴らしい曲技が日本で見られないなんて、本当に残念です」

「あの……」杏奈が何か言いかける。

「小鳥遊君をがっかりさせないでね」紅子は微笑んだ。「私ね、最近、ほんの少しだけ、この子のお姉さんが入っていますの」

「やめて下さいよ、紅子さん」練無は苦笑しながら紅子の背中を押した。彼はいつもとは違う口調で杏奈に話す。「ごめんなさい、ちょっと変わった人なんです」

紅子は振り向かないで通路を歩いていく。練無は杏奈に頭を下げてから、紅子の後を追った。七夏と紫子が曲がり角で待っている。紫子は口を尖らせていたが、何も言わなかった。

ドアを開けて広い部屋に入る。

窓が近いデスクで、林が煙草を吸っているのが見えた。彼はこちらを見て頷き、手に持っていたファイルを置いてから立ち上がり、真っ直ぐこちらへ歩いてくる。口にくわえていた煙草を途中のデスクの灰皿で消した。

「わざわざ、ありがとう」林は紅子の前に立って言った。「協力してくれて助かる」

「いいえ」紅子は微笑みかける。「少し疲れていらっしゃるようです。今夜はゆっくりなさった方が良いわ」

「そうもいかない」彼は口もとを僅かに上げる。

「保呂草さんが、君を呼べと言った。とても非協力的で、困っているんだ」

「もう終わります」紅子が言う。

「何が？」林は歩きだしながら言った。「あ、祖父江君」

「はい」七夏が近づく。

「後ろを歩いている二人は何だ？」林がきいた。

「小鳥遊君と香具山さんよ」反対側から紅子が答える。

「どうして連れてきた？」林は七夏の方を向いて、

斜め後ろに親指を示す。

「申し訳ありません」七夏は顔をしかめる。「どうしても来たいって……」

「理由になっていない」林が冷たく言った。

「私が許可したのよ」紅子が言った。「祖父江さんの責任ではありません」

「君の問題じゃない」林は静かに言う。

通路の突き当たりにあるドアまで来た。林は振り返って、舌打ちした。

「わかった……」彼は短い溜息をついた。「まあ、いいだろう」

その部屋に、林、紅子、七夏、そして練無と紫子が入った。若い二人は林に睨まれて大人しい。

室内には、立松刑事と保呂草潤平の二人が、テーブルに向き合って座っていた。

灰皿に吸殻が隙間なく詰まっている。立松は、入れ替わりに部屋から出ていったが、入ってきた練無たちを見て不思議そうな表情だった。保呂草は表情を変えない。

「うわあ、保呂草さん」紫子が控え目に驚きの声を上げた。

「さっぱりしちゃって」練無も囁く。

「面子《メンツ》がそろった」鬚のない保呂草は、額の髪を掻き上げ、片目を一度瞑った。「麻雀ができるな」

6

保呂草は煙草に火をつけた。その煙を胸の奥の隅々にまで届くよう入念に吸い込んで、名残惜しげに吐き出した。そうすることで、躰の中にいる、ちょっと良い奴と、ちょっと悪い奴が咳き込むのだ。それ以外のものには影響しない。煙草の役目とは、所詮その程度である。

「斉藤静子さんは、僕の友人ではありません」保呂草は椅子を後ろに引き、脚を組んだ。「彼女は先週、僕のところに電話をかけてきた。もちろん仕事の依頼です。関根朔太が持っているエンジェル・マヌーヴァという美術品について調べてほしい。本当に彼が持っているのかどうか、それを日本へ持ち込んだのかどうか、それを調べてほしい、という依頼でした。斉藤さん自身も、それを他の人から依頼されているみたいでしたね。はっきりとは言いませんでしたけれど、おそらく、フランスの高齢の富豪でしょう。九十歳だって聞いたことがありますが……」

「関根朔太が結婚した相手の父親ね」紅子が言った。彼女は保呂草の向かい側に腰掛け、椅子の背にもたれて腕組みをしていた。

「まあ、そんなところでしょう」保呂草は答える。「どうしても、取り返したいみたいなんですよ。しかし、僕には、とにかく所在を確かめてほしい、それが彼女の依頼です。僕はそれを引き受けました。さて、以上、これですべてです」彼は両手を広げてみせた。

「各務亜樹良のアシスタントというのも嘘なの?」七夏がきいた。

「知りません。どちらが本当の仕事なんでしょうね」保呂草は答える。「彼女は、彼女にできるアプローチを試みた。西崎勇輝に近づいて、まずインタヴューを取り、その晩には、同じホテルに泊まったそうです。まあ、やり手といえばやり手かな」

「西崎勇輝がスカイ・ボルトを持っていると考えた、ということ?」七夏が質問する。

「その可能性もありますからね」保呂草は頷く。「少なくとも、情報が聞き出せる、くらいには期待したでしょう。それで、本当かどうかは知りませんけれど、とにかく西崎に取り入ろうという作戦で、彼の飛行機にも同乗した、と話していました。最初はカメラマンが一人だけ乗る予定だったところを、彼女も体験レポートを書くため、という理由で乗り込んだ。小型のカセット・レコーダを持ち込んだみたいでした。それは、残念ながら聞かせてもらえなかった」

「銃声が録音されていたからじゃない？」七夏が言った。

「銃声が録音されることがわかっていたら、レコーダなんか持ち込みませんよ」保呂草は微笑んだ。「ちょっと考えてみたら、わかるでしょう？ どう考えたって無理がありますよ。二人しか乗れない飛行機で、相手は操縦をしている。そんな状況で、どうして銃をぶっ放したりします？ 命懸けでするようなことですか？ まえの夜、ホテルで撃ったら良い。ずっと簡単で安全だ。もう一人の方は、そうだったんでしょう？」

「それは君の言うとおりだ」林が低い声で言う。「僕も、斉藤静子が殺人犯だとは考えていない」

「ああ、良かった」保呂草はおどけた表情で大きく頷いた。「えっと、それじゃあ、もう少しだけ安心して話せるかな。そう、まず……、本当に偶然、僕は河井さんのトラックに同乗させてもらいました。そうしたら、そのトラック、万が一のときのために、湖の近くの県道で待機する役目だったんです。これには驚きましたね。墜ちる場所がわかっているみたいじゃないですか。変だなって思っていたら、本当に飛行機が二機墜落した。それで、河井さんと一緒に現場に駆けつけることになったんですけど、実のところ、僕は、そのときまだ、斉藤さんが飛行機に乗っていたなんて知らなかった。でも、森の中へトラックで入っていったら、パラシュートで降りた黄色いツナギの人の姿が見えました。彼女の顔も見えたんです。だから、もうびっくりして、とにかくトラックを停めてもらい、僕だけ降りて、彼女のところへ行きました」

「飛行機の方へは行かなかったのは、どうして？ 不自然な行動じゃないかな」七夏が感情の籠もらない口調で言った。

「だって、そっちは河井さんが行くわけだし、パラシュートで降りたパイロットたちの姿も見えなかったから、きっと既に駆けつけているんだと思ったんですよ。とにかく、さきに彼女のところへ行こうと思った」保呂草はそこで言葉を切って、煙草を灰皿で叩いた。「そうしたら、依頼人の斉藤さんは、僕を見るなり、ここから逃げたい、自分ははめられたって言うんです」

「はめられた？」

「ええ、彼女、墜落する飛行機から必死になって脱出したんです。幸い、スカイ・ダイビングの経験があった。そうじゃなかったら、一瞬の躊躇で、もう間に合わなかったでしょうね。たぶん、犯人だって、それを願っていたんじゃないでしょうか。そうなれば、パイロットを殺して心中した女、という悲劇のでき上がり」

「怪我をしていたのでしょう？」七夏がきいた。

「ああ、ええ、足を挫いていました。僕が背負って歩いたんです」

「それも探偵のサービスってわけ？」

「当然ビジネスです。ボランティアじゃありません」保呂草は七夏を睨み返して答える。

「彼女、飛行機の中で何を見たって話しましたか？」紅子が質問した。「少なくとも、それを聞かなくちゃ、保呂草さんだって納得できなかったでしょう？」

「そうです」保呂草は頷き、煙草を灰皿に押しつけながら、最後の煙を吐き出した。「斉藤さんは、2番機の前のシートに乗っていました。彼女は、パイロットたちの話をイヤフォンで聞いていた。途中で、銃声が聞こえたそうです。そのあと、飛行機が接触事故を起こした。イヤフォンで、誰かが脱出しろ、と言ったそうです。たぶん、4番機の倉田っていうパイロットじゃないでしょうか。とにかく、西崎さんは応答しなかった。何度か杏奈さんがリーダを呼んでいたそうです」

「それは、彼女たちからも聞いている」林が言った。「銃声が無線を通して聞こえたそうだ」

「そう話しているのですか？」保呂草は腕を組ん

だ。「まあ、いいでしょう。とにかく、斉藤さんはベルトを外して、後ろの座席にいる西崎さんを見ようとした。やっとのことで覗き込むと、胸を撃たれて動かない彼が、見えた」

「胸を撃たれていた？」林が身を乗り出し、テーブルの上で両手を組み合わせた。「斉藤静子がそう言ったのか？」

「ぐったりして、動かない。もう死んでいる」保呂草は続ける。「彼女はそう判断して、飛行機が墜落するまえに、脱出しなければならない、と思った。それで、乗り込むときに説明されたことを思い出して、外へ飛び出した、というわけです」

「それを信じているわけ？」七夏が顎を上げる。

「それじゃあ、いったい誰が撃ったの？」

「可能性は二つある、機械仕掛けか、それとも、乗り込むまえに既に撃たれていたのか」保呂草は即答する。

「それくらいは考えた」七夏は頷く。彼女は練無の顔をちらりと見た。「いいわ。とにかく、自分が疑われるのは確実。重々承知のうえで逃げ出した、というわけね？」

「そうです。極めて自然でしょう？」保呂草は肩を竦める。「誰だって逃げ出したくなる」

「後ろめたいことをしているからじゃないの？」七夏は言った。「他人の車を盗んだりする？　どうして、警察にちゃんと話そうとしなかったの？」

「その事情については、僕は知らない」保呂草は首をふった。「確かに、少し行き過ぎだとは思った。だけど、うーん、まあ、そういう人生なんだなって思いましたよ。ねえ、祖父江さん、警察って、そんなに社会から信頼されていると思います？　案外、毛嫌いしている人たちがいるんですよ。間違いでも捕まったら最後、酷い目に遭わされるって……。少しずつイメージアップしなくちゃ……」

「そのあと、どうした？」林が、保呂草の言葉を遮って尋ねた。

「どうも……」保呂草は首をふった。「那古野市内までタクシーで戻って、ああ、一度、阿漕荘に服を取りに戻りましたね。それが十一時頃です。瀬在丸さんが僕ら二人を目撃しています。エアポート・ホテルでパイロットが撃たれた時刻だから、僕らにはアリバイがある。自動車で優に三十分以上かかる距離ですからね」

「それが斉藤静子だという確証がないね」七夏は冷たく言った。「まあ、保呂草さんのアリバイはぎりぎり認めるにしても、彼女の方は駄目だな。本人が出てきて、瀬在丸さんに確認してもらわないと」

「それから？」林がまた低い声できく。「そのあとは？」

「今後の仕事のことで打ち合わせをして、別れました。それっきりです」

「金をもらったのか？」

「もちろんですよ。これはビジネスだって言ったじゃないですか」

「それで、相変わらず、スカイ・ボルトを追っているわけ？」七夏がきいた。「関根画伯に会おうとしたのに、残念だったね」

「ええ」保呂草は頷いた。

「会えなかったの？」紅子が尋ねる。

紅子は保呂草を見据えていた。

七夏は、保呂草を連行した経緯《いきさつ》を紅子に簡単に説明した。警察は、保呂草が関根朔太へ行き着いたのとほとんど同じ経路で杉田画材をつき止め、保呂草の足取りを捉えたのである。

「これで全部ですね」保呂草は額の髪を払って言った。「さてと……、このあとは、紅子さんが話すのかな？」

「うーん、どうしようかな」紅子はまだ腕組みをしていた。「煙草を一本いただけないかしら」

保呂草は手を伸ばし、彼女の前に煙草とライタを置く。紅子は一本を抜き取って、それに火をつけた。

林も七夏も、紅子に注目している。

「少なくとも、保呂草さんが犯人じゃないことは明らかよね？」紅子は顔を上げて、七夏と林の顔を交互に見た。「何をどう話せば良いのかしら？」

「僕の依頼人が殺人に絡んでいるかもしれない」保呂草が言う。「それを警察は疑っている。だから、そうじゃないと説明してあげてほしい」

「でも、林さんは、さっき、そうじゃないっておっしゃったわ」紅子は首を傾げた。「だとしたら、もう、保呂草さんをここに拘束しておく理由はないのでは？」

「そのとおりだ」林は頷いた。「帰って良いよ」

「警部！」七夏が立ち上がった。

「ものわかりが良い」保呂草がゆっくりと立ち上がる。「恩に着ますよ、刑事さん」

「待って下さい」七夏がテーブルに両手をついて身を乗り出す。「確かに、ええ、そうかもしれません。でも、殺人の最も近くにいた重要参考人が、警察の目をごまかして、逃げ隠れしているんですよ。それを手助けした人間を帰すんですか？」

「僕が知っていることは話しました。それに、僕には、その斉藤静子さんをここへ呼び出すことはできません」保呂草は言った。「彼女のところへ案内することもできない。連絡の方法もない。どこにいるのかさえ知らないんです」

七夏はテーブルを回って、保呂草の前まできた。

「知っていることを話したですって？」七夏は彼を睨みつける。「冗談じゃないよ。貴方がその程度のことで納得しているなんて、絶対思えない」

「そんなことは、自分で調べたら良いことでしょう？」保呂草は微笑む。「そっちだってプロなんだ。お互い、ビジネスなんですから、商売領域を荒らすのはやめましょうよ。紅子さん、さあ、もう帰りませんか？」

「瀬在丸さん」七夏は今度は紅子を見た。「私は、知っていることを全部貴女に話しました。貴女は、ここへ来る価値があるって、そうおっしゃった」

「ええ、言いました」紅子は顔を上げる。

「その価値とやらを見せていただけません？　え？　どうなんですか？」七夏は紅子を睨みつける。「このまま、保呂草さんを帰すわけにはいきません。私、何のために瀬在丸さんを呼びにいったんです？　保呂草さん、貴方を別件で逮捕することだって簡単なんだ。斉藤静子のアリバイだって、誰か別人で似ている女を連れてきただけかもしれない。阿漕荘にわざわざ来るなんて、でき過ぎている」

「私がそのとき阿漕荘にいたのは偶然です」紅子は言った。彼女は横の椅子にのせてあった紙袋をテーブルの上に出す。「忘れていたわ。これを持ってきたの。お調べになって」

紅子は紙袋の中から一本の瓶を取り出した。それは、ウイスキィのボトルだった。

「あ、それ、うちの」紫子が小声で叫んだ。

「何のつもりですか？」七夏がきく。

「このボトルに、斉藤静子さんの指紋があります」紅子は澄ました表情で言った。「私、あのとき、わざと彼女にこれを握らせたの。だって、ずっと姿を隠していた保呂草さんが、あんな時間に慌てて戻ってきて、しかもタクシーの中に待たせている女なのよ。興味がわくのが当然でしょう？　普通じゃないって思ったものですから、つい……」

7

「そうね……」紅子は膝の上で両手を合わせて姿勢良く座っている。「祖父江さんからお話を伺って、私がどう理解したのかだけ、本当にそれだけ、ご説明しましょう。想像ですが、保呂草さんもきっと同じ解釈をしていると思います。ただ、彼は、二つ目の事件に関しては、情報不足。そうでしょう？」

「おっしゃるとおりです」保呂草は頷いた。「逃げ回るのに忙しくって……」

「いいえ、きっとそうじゃないわ。もっと楽しいことがあったのね」紅子は保呂草に微笑んだ。「そう、簡単なことです。ただ、これが正しいと主張するつもりは私にはありません。単に、私が知りえた範囲の事柄を、ちょっと工夫して組み合わせれば、たまたまこの形になる。この形ならば辻褄《つじつま》が合う、というだけのことです」

紅子は全員の顔を見回した。

保呂草と七夏は、テーブルの向こう側で椅子に座り直した。紅子の隣では林が腕を組んでいる。テーブルの端には、練無と紫子が大人しく並んでいた。

「被害者の西崎勇輝さんは、飛行機の中で撃たれて亡くなった。実際に撃たれたのがいつだったかは、わからない。でも、彼の躰の傷は本もので、それによれば、弾は背中から入り、胸へ抜けていた。つまり、後ろから撃たれたものだった。このことから、もしも、彼が飛行機のシートに座っていたのなら、シートの後ろから彼は撃たれたことになる。飛行機のシートがどのようなものか知りませんが、曲技機ともなると、アルミ製で、おそらくは、軽量化のために沢山の穴が開けられていることでしょう。いえ、そんなことは些細な問題です。機体は燃えて、アルミは簡単に熔けてしまう。たとえ、そうではなくても、拳銃の穴は残らなかった、と申し上げたいだけです」

「横を向けば、シート越しでなくても……」七夏は発言する。

「私は、何かを断定しようとしているのではありません」紅子は七夏に軽く頷いた。「さて、この状況から容易に想像できることは、西崎勇輝さんが、飛行機の前の座席に座っていたのではないか、ということ。この推論はいかがです?」紅子は七夏を見た。「お考えになって?」

七夏は紅子を見据えたまま、目を見開いている。予想外だったのだろう。

「そう……、西崎さんが前の座席にいたら、どうなるか。2番機には、斉藤静子さんが乗っていました。彼女が後ろに乗っていたのかしら？　でも、彼女、飛行機の操縦ができました？　もしできたとしても、チームの演技ができたでしょうか？　ええ、多少無理がある推論だと思います。小鳥遊君が言ったように、後部シートよりも後ろに、拳銃を機械的に発射できるような装置がセットされていた。あるいは、飛行機が飛び立つ以前に、既に西崎さんは撃たれていて、操縦していたのは別人だった。そんなアイデアも考えてみました。でも、今、保呂草さんに伺ったところによれば、皆さん、銃声を聞いていたのね。パイロットの方々も、そう証言しているということでしたね？」

「そうだ」林は頷く。

「西崎さんが最初から死んでいたのなら、やはり、2番機は飛べません。2番機を操縦していたのは誰なんでしょう？」紅子は面白そうに肩を竦める。

「いえいえ、飛ぶまえに死んでいたら、メカニックの人が気づくでしょうね。どうなのかしら？　無線に西崎さんの声は入っていませんでしたか？」

「入っている」林は頷く。「離陸した頃は、西崎氏は明らかに生きていた」

「そうなると、小鳥遊君の拳銃発射装置説でしょうか？」紅子は練無の方を見る。「シートの後ろに隠すとしたら、もちろん後部座席の方が都合が良いわけです。確かに、ありそうな話かもしれません。ですけど、その装置があとで発見されないかしら？　そもそも何故、斉藤さんが乗り込むまえ、つまり、西崎さんが一人で操縦していた最初のフライトで撃たなかったのかしら？　もし、二人がピストル心中したと見せかけたかったのなら、何故、斉藤さんを生かしておいたの？　ピストルの仕掛けに比べれば、飛行機を操縦不能にする方がずっと簡単だし、斉藤さんが脱出できないようにする方がもっと簡単です。違いますか？」

「つまり、君の結論は何なんだ？」林がきいた。しかし、彼はすぐに溜息をついた。「悪い、少し疲れているんだ。手短に、結論を頼むよ」

「ええ、ごめんなさい」紅子は片手を口に当てて目を丸くした。「そんなつもりはありません。本当に、もうすぐ終わります。あと五分……。はい、結局、いろいろ考えて導かれる結論は、やはり、西崎さんが前の座席に乗っていた、というものです。しかし、2番機の前の座席には斉藤さんがいる。ここで西崎さんと斉藤さんを交換しても意味がありません。残る可能性は、一つしかない。西崎さんは、2番機には乗っていなかった。そう、彼は3番機に乗っていたのです」

「なるほど……」林は頷いた。「そうだろうと思った。それを立証する証拠が何かあるかい？」

「ありません」紅子は首をふった。「明らかに状況証拠だけ。飛行機の燃えた残骸を調べる以外にないでしょうね」

「やらせているところだ」林は舌打ちする。

「あの、じゃあ……、2番機を操縦していたのは、誰？」七夏がきいた。

「西崎翔平さんでしょう」紅子は答える。「ヘルメットを被っていたから、外からはわからなかった。一方の3番機には、後ろに布施さん、前に西崎勇輝さん。これが本当の配置でした。ですから、もうすっかりおわかりのことと思いますけれど、殺人は3番機の中で起きたのです。布施さんが、シートの後ろから、前に座っている西崎さんを撃ちました。これで終わり」紅子は両手でチューリップの形を作り、それが開花する様子を見せた。そのあと、彼女は再び両手を重ね合わせて、片側の頬にそっと当てる。そういったすべての仕草が、いったいどういった意味を持っているのか、誰にもわからない。まったく不明である。ただただ、全員がじっと見つめてしまう、つまりは、自然に咲く花の機能とまったく同様だった。

「西崎……、西崎翔平が、共犯なのね？」七夏が尋ねる。

「当然です」紅子が頷く。「さきほどの保呂草さんのお話によれば、斉藤さんは、後ろの座席の人の胸に穴が開いているのを見た、と話しているのでしょう？　きっと、煙草か何かでツナギの胸のところに穴を開けて、赤いインクを塗って、ぐったりとしている死体を演じた。これだけのことを、西崎翔平さんはしたはず。明らかに計画的だった。その日、斉藤さんが乗り込むことになって、急遽準備したものでしょう。彼らは、斉藤さんが脱出する可能性を計算済みでした。おそらく、斉藤さんがスカイ・ダイビングの経験があると西崎勇輝さんに話したのが、伝わっていたのだと思います。それくらい、普通言いますよね。だから、彼女が脱出する確率は高い、と判断した。その場合、証言することを見越して、手間のかからない簡単な偽装をしたのです。彼女がもし脱出しなかったら、本当は生きている操縦士が、急な操縦で無理なgをかけて、斉藤さんを失神させることが簡単にできたはずです。そうしておいて、自分が脱出する。あとで、死体を移動させる」

「すると、斉藤さんが脱出したあと、その、死体の振りをしていた西崎も脱出した、というわけね。あ、そうか」七夏が呟くように言った。「3番機からは、布施一人が脱出した。3番機の前に乗っているのが、被害者の西崎勇輝さんだった。そうなると……、墜落現場で私が見たあの飛行機は、3番機だったんだ」

「ええ……」紅子は頷いてから、説明を続ける。「ところで、3番機の前の座席に乗っている西崎勇輝さんを、早く引きずり出す必要がありました。布施さんと西崎翔平さんは、パラシュートで降下すると、急いで墜落した3番機へ駆けつけて、西崎勇輝さんの遺体を機体から引っ張り出した。いいえ、実は機外へ投げ出されていたかもしれない。とにかく、彼が前の座席に座っているのを誰にも見られたくなかったので処理をした。そのあと、彼らは、その機体に火をつけたかもしれませんね。ライタが一つあれば可能だったでしょう。何かに火をつけて、投げ込めば良い」

「ああいったものは、タンクが破損して燃料が流れ出すのに時間がかかる。燃料が気化したところへ、たいていは電気的なショートから火がつくらしい」林が低い声で話した。「銃弾を受けて瀕死の西崎勇輝は、それを見越して、ブレーカのヒューズを抜き取ったんじゃないかって考えたんだが、どうだろう? つまり、機体の炎上を阻止して、自分の命を奪った犯罪の証拠を残そうとした」

「とても素敵な考えですけれど、そうではありませんね」紅子は微笑みながら首をふった。「もしそうなら、すべてのヒューズを外したでしょう」

「外したんじゃないかな」林が言う。

「どうして、それを飲み込んだのかしら?」

「メッセージを残そうとしたんだ」

「ああ、いい線だわ」紅子は大きく頷いた。


「何の話ですか?」保呂草が尋ねた。「ブレーカ? ヒューズ?」

「僕たちもわかんないよ」練無が紫子と顔を見合わせてから言った。

「亡くなった西崎勇輝さんがね……」七夏が説明する。「飛行機の操縦席にあったブレーカ・ボックスから、ヒューズという、このくらいの小さな部品を取り出して、それを飲み込もうとしたらしいの。遺体からそれが出てきたってわけ」

「ああ、なるほど」保呂草はにっこり笑った。「そういうことか」

「え、どういうこと?」七夏が保呂草を睨んだ。

保呂草は、紅子の方に片手を差し出す。どうぞ、というジェスチャである。

「西崎勇輝さんは、自分を殺した人間を示すメッセージを残そうとした。つまり、ダイイング・メッセージ」紅子が言った。

「ダイイング・メッセージ?」七夏は目を見開く。

「ヒューズが？　布施健と、何か関係があるわけ？」

「ええ」紅子はくすくすと笑う。「そんなに驚くようなことではありません。簡単です。祖父江さんは国文科だったから、無理もないわ。ヒューズって日本語じゃありませんから」

「そのくらいわかります」七夏が言い返す。「英語でしょう？」

「辞書を引いてご覧なさい」

「え？」七夏は小さく口を開ける。

「あ！」練無が叫んだ。「そうか！」

「そう」紅子は頷いた。そして、まだ首を捻っている七夏に言った。「正しい発音は、フューズ。つづりは、FUSE」

8

林は腕組みをして、一分間ほど目を瞑っていた。

七夏は立ち上がり、腕組みをしながら部屋の壁際を歩いた。保呂草は煙草を吸っている。練無と紫子は神妙な顔つきで大人しく座っていた。

「そうか、すると、拳銃は湖の中か？」林は目を開けて呟いた。「布施はパラシュートで水の上に降りたと話していたが、もしかして、わざと水に入ったのかもしれないな。あの近くの湖底を探してみる価値はある」

「2番機の方も、もし燃えていなかったら、自分たちで火をつけるつもりだったんだと思います」紅子は林に言った。「2番機と3番機の区別がつかないようにしなければならなかった。垂直尾翼の塗装、たぶんフィルム系のシールだと思いますけれど、そのナンバも燃えて判別できなくなる」

「もし、駆けつけるよりもまえに3番機に火がついて……」七夏が顎に片手をやって言った。「西崎さんの死体を引きずり出せなくなっていたら、どうするつもりだったの？　まえの座席に死体があったんじゃ、まずいことになるでしょう？」

「脱出するまえに、既にベルトを切っていたと思う」紅子は答える。「少なくとも、投げ出されるようにね」

「ああ、そうか……」七夏が頷いた。「引きずり出した、というのが嘘だったのか。その方が、あとで、移動させるにも楽だってことね」

「そうなると……」林が低い声できいた。「殺人者の布施を殺したのは、誰だ？」

「知らない」紅子は簡単に答える。「そこまでは、私、関心がありません。もう、保呂草さんと斉藤さんの無実は、証明できたと思いますけれど……、まだ不足かしら？」

「う—ん」林は唸る。彼は、壁際の七夏を横目で見た。

「ええ、いいでしょう」七夏は頷いた。「私は納得した。保呂草さんを釈放します」

「自動車の件は？」保呂草が顔を上げる。「示談にしてもらえますか？」


「そっちは、私、興味なし」七夏は少し微笑んだ。

「小鳥遊君と香具山さん、お願いがあります」紅子はくるりと横を向いて彼ら二人を見た。「ちょっと、私たち、大人の話がしたいの。外してもらえる？」

「え？　なになに？」紫子が後方へ五センチほどの け反った。目を開け、口を開ける。「大人の話？」

「うん」練無は首を傾げながら、数回瞬いた。「えっと、外で待っていれば良い？」

「向こうの通路の先に、コーヒーが飲めるところがあるよ」保呂草が指をさす。

「すぐに済む」紅子は微笑んだ。「ごめんなさいね」

「変なの」練無は立ち上がる。

紫子は目を見開いたままだったが、練無に引っ張られて立ち上がった。二人は部屋から出ていった。

しばらく沈黙。

「何の話ですか？　私も外しましょうか？」七夏が言った。彼女は躰を斜めにして壁にもたれかかっていた。位置は、保呂草の後方である。「それとも、私を外せない方面の、個人的なお話ですか?」

「勘違いしないで」紅子は囁く。「そうじゃないわ。私が言いたいのは、一言だけ」

紅子は林の方へ躰を向ける。

「布施さんを撃ったのは……」彼女は小声で言った。「関根杏奈さんです」

「僕もそうだと思った」保呂草がすぐに言う。「あまりにも反応が早過ぎる。あれは、復讐です」

「復讐? 何の?」林は保呂草を見た。

「彼女は、西崎勇輝氏の娘なんですよ」保呂草は言った。

「まあ、そうなの?」今度は紅子が驚いた顔をする。「ああ、そう、それでなのか。保呂草さん、もしかして、関根朔太画伯に会ったの?」

「僕、探偵ですから」保呂草は無表情で囁く。

「まあ、そうなの?」紅子は片目を細くした。

「紅子さん」彼は紅子を見据える。視線に何か物理的な力があると信じているように。


全員が声を押し殺して話した。部屋の外の近くに練無たちがいるかもしれない。立ち聞きしているかもしれない。関根杏奈のことを練無の耳に入れたくない、という配慮で紅子は彼らを部屋から出したのだ。

「瀬在丸さん、根拠は?」七夏がきいた。いつの間にか彼女は紅子のすぐ横で、テーブルに手をついて立っている。

「そうか……」反対側で林が頷いた。「トレーラ・ハウスで会った、と話していたな」

「え? 私ですか?」七夏が林の顔を見る。

「そのとき、おそらく、拳銃を取りにきていたのだろう」林は言った。「西崎翔平と布施がやったことに、関根杏奈は気づいたんだよ」

「布施さんが、西崎勇輝さんを乗せて飛ぶことがよくあった、ということでしょうね」紅子は淡々とした口調で説明した。「西崎さんは、もうお歳でしたから、そろそろ後進に譲ろうと考えて、布施さんの指導をしていた、ときどき操縦を交替していたのでしょう。もしかしたら、もう、実質的には布施さんの方が上手かった。西崎さんは引退寸前だったんじゃないかしら。でも、それは公表できなかったと思います。彼はリーダなのですから。プライドもあったでしょうし、特に、日本で初めての今回のショーでは内密にしたかった。だから……、布施さんが後ろで操縦して、西崎さんが前に乗っていることを隠していたのじゃないかしら。その逆で、あくまでも表向きには、西崎さんが操縦して、見習いの布施さんは前に乗っている、ということになっていた。もちろん、パイロットの間では隠せなかったはずです。関根杏奈さんが、気づいたのは、そのためだと思います」

「深読みだなあ」保呂草は苦笑した。「単に、西崎翔平と布施が、杏奈さんに話したのかもしれませんよ。それとも、最初から、杏奈さんもグルだったとか。たとえば、保険金がらみじゃないですか？」

「ちょっと待って」七夏はまだテーブルに両手をついたままだった。「確かに、私、彼女が着替えをトランクに詰め込むところを見た。あのとき、ピストルを忍ばせたというのですね？　ええ、もちろん、それも可能だったかもしれません。いえ……、最後には、私にトレーラ・ハウスから出ていってくれ、と彼女言ったんだ。そうか……、うん、なるほどな。あ、でもね、彼女、ホテルの布施の部屋へ、どうやって入ったのかしら？　どうして鍵を開けられたわけ？」

「そういう関係だったのでしょう」紅子は人差し指を頭の横に当てた。「少しは頭を働かせてね」

「ああ……、そうか、いえてる」七夏は口を開けた。「ああ、なるほど……。もしかして、彼女、布施の部屋でシャワーを浴びていたのか……」

「そうそう。だから、僕は、単純に布施から正直な話を聞かされたのだと思った」保呂草が小声で言った。「でも、彼女は、それを聞いてカッとなってしまった」

「でも、待って……」七夏がまた目を細めて難しい顔をする。「そもそも、どうして気づいたの？」

「何のこと？」紅子がきき返す。

「どうして、関根杏奈が犯人だと断定できる？」七夏は尋ねた。

「杏奈さんは、トレーラ・ハウスで脅迫状の話を祖父江さんから聞いたのでしょう？」紅子は説明する。「だから、それを利用しようって、彼女は考えた。今から自分がやろうとしていることは、もちろん衝動的な復讐。あんな時刻にトレーラ・ハウスに拳銃を取りにきた。我慢ができなかった、見境のない行動だわ。でも、そこで祖父江さんに会って、彼女は少し頭を冷やしたでしょう。警察のことも意識した。自分が逮捕されるかもしれない、ということも当然考える。少しはそれに抵抗したい。自分は正しいことをするのに捕まるわけにはいかない。そこで、うってつけの目眩《めくら》ましを思いついた」

「ああ、あのメモ書き？」七夏が唾を飲み込む。

「そう」紅子は頷く。「脅迫状を受け取っていたことを知って、彼女は、警察の目をそちらへ向けさせようとした。まえの事件も含めて、すべて同じ犯人、同じ組織の犯行だ、と思わせようとした。とても幼稚でしたけれどね」

「だけど、彼女以外にも、脅迫状の内容を知っていた人間はいます」七夏が言う。「第一、本ものの脅迫状を書いた張本人は知っているんだから……」

「筆跡が違う」林が口を挟む。

「国文科ですものね」紅子は微笑んだ。「貴女の手帳には、本来カタカナだった文章が漢字に書き直されていたわ。その方が覚えやすい、と貴女は思ったのでしょう？」

「え？　ええまあ……」

「その漢字の文章を見たのは、貴女以外には、関根杏奈さんと私だけでは？」紅子はきいた。

「そうかな……。だから、何なの？」

「新しき血を刃先に注ぎ、と書いてあったでしょう？」紅子は言った。「でも、ホテルで発見されたメモには、何とあった？」

「血は魔剣に継がれた」七夏が答える。

「そう、そこです」紅子はまた指を頭に軽く当てた。「貴女が書いた、その注《そそ》ぐという漢字、難しいのよね。別の読み方はない？」

「あ……、そうか」七夏は手帳を出して眺めていた。「注《つ》ぐか……」

「そういうこと」紅子は立ち上がった。「これで、終りです。あとは、この線でいろいろ調べてごらんになって。見る角度さえ的確ならば、必ず証拠が見つかるでしょう。動機だって、人間関係だって、それなりのものが出てくるはず。でもね……、そういったものに、私は興味がありませんので、もうお伝えいただかなくてもけっこうです。もちろん、林さんが、どうしてもっておっしゃるのでしたら、ええ、是非、祖父江さんも、ご一緒に遊びにいらして下さいまし。さて、帰りましょうか、保呂草さん、よろしくって？」

「はい」保呂草は飛び上がるように立ち上がった。

「お供しましょう」

第9章　生きるものの形

たとえ、どんなにそれが小さかろうと、ぼくらが、自分たちの役割を認識したとき、はじめてぼくらは、幸福になりうる、そのときはじめて、ぼくらは平和に生き、平和に死ぬことができる、なぜかというに、生命に意味を与えるものは、また死にも意味を与えるはずだから。

1

紅子と保呂草は部屋から出た。戸口で、保呂草が振り返ると、林は七夏に耳打ちをして何かの指示をしていた。

「あ、送らせるよ」その林が紅子に言った。「ちょっと待っていてくれ」

「ありがとう」紅子は通路に出たところで立ち止まった。

「別に、タクシーで良いのでは？」保呂草は言う。

エレベータの方へ歩くと、角を曲がったところのベンチに、香具山紫子が一人で座っていた。

「あ、紅子さん」彼女は立ち上がる。心配そうな顔だった。「あの子、また、飛び出していったきり」

「小鳥遊君が？」紅子はすぐに尋ねる。「どこへ？」

「もう、許されへん」紫子は口を尖らせる。「さっき、関根杏奈さんが、向こうから出てきはって、そしたら……」

紅子はそちらを見る。保呂草は先へ行き、開いているドアの中を覗き込んだ。

室内には西崎と倉田。二人のパイロットの反対側に、サラリーマン風の男が一人、壁際には立松が立っていた。

「保呂草さん」立松がこちらを向いた。「あれあれ？　帰れることになったんですか？」

「関根杏奈さんは？」保呂草は尋ねる。

「帰っちゃいました」立松は保呂草に近づいてきた。「ちょっと、祖父江さんは？　逃げようとしてるんじゃないでしょうね」

「違う違う」保呂草は首をふる。

「帰った？」後ろで紅子がきいた。

「うーん、なんかね、気に入らないことでもあったみたいです」立松が呆れた顔をする。「協力してもらわないと、印象悪くなるのになあ」

通路を祖父江七夏が早足で歩いてくる。

「あ、祖父江さん」立松が通路に出た。「保呂草さん、いいんですか？」

「関根杏奈さんが出ていったって」紅子が七夏に話す。「もしかして、小鳥遊君が一緒かもしれない」

「どうしたの？」紫子は少し離れたところに立っている。

保呂草は既にエレベータに向かって駆けだしていた。

2

関根杏奈は県警本部の正面玄関を出て、駐車場へ向かって歩いた。彼女の後ろを、小鳥遊練無が黙ってついてくる。エレベータの中で、どうしたのか、と杏奈はきいた。しかし、彼は黙って答えない。じっと彼女を見つめるばかりだった。

「小鳥遊君、もう、ついてこないで」玄関ロビィでは、周囲の人も憚《はばか》らず、彼女は強い口調で言った。

それでも、練無は少し離れてついてきた。

駐車場の自分のバイクまで来る。杏奈はバイクの横に立ち、キーを差し入れ、セルモータを回してエンジンをかけた。それから、ヘルメットを両手に持つ。彼女は振り返った
三メートルほどのところに、練無が立っている。

まだ、彼女をじっと睨んでいた。

「何なの」溜息をついて、杏奈は言った。「どうした？　言いたいことがあったら、言ったらどう？」

「僕からは、何も言うことなんてないよ」練無は抑制した声で話した。「杏奈さんが、何か言うことがあるんじゃないかって、思ったから……」

「ない」杏奈は素っ気なく言う。「お休みなさい」

「西崎さんに、杏奈さん、似ているよね」

ヘルメットを持ち上げたところで、彼女の手が止まった。

「どういう意味？」

「紅子さんが、さっき、言ってたこと……」練無は泣きそうな顔だった。「どういうことなの？」

杏奈は顎を引き、練無を見据える。

練無は動かない。

杏奈は深呼吸をした。

瞬く。

唇を湿らせる。

呼吸。

冷たい空気を吸い込む。

ゆっくりと、コントロールして、口から吐き出した。

「わかった」彼女は囁く。

持っていたヘルメットをバイクにのせる。

バッグも肩から外して、アスファルトの上に置いた。

静かだ。

すぐ横にそびえ立つビルの窓を見上げる。

そのバックには星空。

彼女はジャンパを脱いで、それをバイクにかけた。

前の足を出す。

躰を横に向けて、軽く腰を落とす。

「見せて」杏奈は言った。

「何を？」練無は真っ直ぐに立ったままだ。

しかし、既に意味は通じていた。

杏奈は息を止め、仕掛ける。

練無は動かない。

彼女は躰を回転させて、脚を蹴り上げる。

練無は腰を落として避けた。予想どおりの反応。

次の攻撃は右手。

しかし、練無は簡単に飛びのいた。

彼女は体勢を整え、息をする。

練無は真っ直ぐに立っている。

「お願い、見せて」杏奈は言った。

「嫌だ」彼は答える。

「もう、貴方の方がずっと強いんだよ」

彼女は突いて出る。

初めて、彼と接触した。

練無は左腕で、彼女の右手を横へ弾いた。的確な角度、最高のタイミング。

彼女が跳ね上げようとした右の膝を、一瞬早く彼の右手が押さえる。

躰を捻って、逆の脚を横から振る。

練無はそれをくぐり抜ける。

二人は離れる。

杏奈はまた呼吸をした。息が震えていた。

「貴女は、僕を助けてくれた」練無が言った。

彼は真っ直ぐに立っている。

呼吸は乱れていない。

構えようとしなかった。

「黙りなさい！」杏奈は叫ぶ。「たまたま通りかかっただけだ。あんたに興味があったわけじゃない。いじめられているのが可哀想だなんて、思ったわけでもないよ。私はね、喧嘩がしたかっただけ、むしゃくしゃしてただけなんだ。誰かを、殴り倒してやりたかっただけ……。だから、もうかまわないで！」

「僕は……」練無は声を震わせて、後ろに下がった。

「泣くな！　弱虫！」杏奈は叫んだ。「もう……、帰る。ついて……、こないで……」

彼女は急にものが言えなくなった。

喉に何かが込み上げてくる。

目を擦り、息をする。

「お願い、だから、ついてこないで。私は……、そんな……、立派な人間じゃない。あんたが、思っているような……」

彼女は練無に背を向けて、バイクへ戻る。

練無がやはりついてきた。

「今度、飛行機に乗せてほしい」練無は頭を下げた。「約束して下さい」

「無理だね」杏奈は言う。また震える息をする。顔を上に向けて、ごまかそうとした。「私は、もう飛べない。もう二度と……、無理だと思う。さようなら」

彼女はジャンパを着て、ヘルメットをかぶった。手袋をした。そして、バイクに跨《また》がる。

「お願いします」練無はまた頭を下げた。

杏奈は、一度目を瞑る。

ヘルメットの風防を開けて、手袋で目を擦った。

ハンドルを握る。

バイクは加速し、彼女の躰を連れていった。

3

保呂草、紅子、紫子、七夏は、エレベータが開くと、ロビィを駆け抜け、外へ飛び出した。

バイクの大きなエンジン音が遠ざかっていくのが聞こえた。保呂草は辺りを見回す。

駐車場の方から小鳥遊練無が一人で歩いてくる。

「れんちゃん！」紫子が呼んだ。

彼は答えなかった。

「良かった」保呂草が呟く。

祖父江七夏は、練無の姿を確認すると、建物の中へ引き返した。保呂草が振り向くと、彼女はロビィの受付で電話を借りて、受話器に何か話している。

練無は声を上げて泣きだした。

まるで小さな子供のようだった。

アスファルトに膝をつき、拳《こぶし》を地面にぶつけている。

「れんちゃん、どうしたん?」紫子が駆け寄って彼の手を取る。「あかんて、そんなことして。泣かんといて……、なあ、れんちゃんって」

保呂草は煙草に火をつけた。隣にいた紅子に箱をすすめると、彼女は首をふって断わった。

煙を吐き出して、保呂草は溜息をつく。

紅子は星を見上げている。

大通りを車が行き交う。

点滅する信号が見える。

練無はようやく立ち上がった。

彼のすすり泣く声が小さくなる。

紫子が練無を抱き締めていた。

「れんちゃん、頼むから、泣かんといて」

保呂草は煙を吐いた。

静かな夜だ。


静かな夜は、いつだって、誰かを泣かせている。

エピローグ

日曜日の夜、飛行場から赤い予備機が飛び立ち、そのまま消息を絶った。南へ向かったことが確認されている。海上に出てまもなく、レーダから機影は消えた。航続距離は約三百五十キロ。もちろん、フランスまでは届かない。

西崎のエアロバティックス・チームは、当然ながら解散になった。

警察の取り調べに対し、西崎翔平は、大まかに供述を始めているらしい。それによれば、もともと、チームの経営状態は相当に酷かったという。日本に戻ってきて、西崎勇輝は生命保険に加入したが、このとき、飛行機事故は保証対象から除外された。経営を巡っての親子の対立なのか、それとも、西崎勇輝自身さえ承知のうえでの計画だったのか、などと取り沙汰されているものの、依然不明な点が多く、捜査は続いている。

次の週の日曜日。N大学のキャンパスに、保呂草のビートルは入った。アスファルトの上に落葉が敷かれ、駐車スペースのラインが見えなくなっていた。

助手席の瀬在丸紅子が最初に降りる。彼女は事件以来、久しぶりに顔を見せた。後部座席には、香具山紫子と小鳥遊練無が乗っていた。ずっと元気のない練無を連れ出そう、ということで、四人でドライブに出かけることになったのだ。

「うわあ、眩しいなあ」紅子が嬉しそうに空を見上げる。「気持ちが良い宇宙だね」

「ホントホント」紫子が相槌を打つ。「こんだけ落葉があったら、焼芋《やきいも》できるんちゃう」

「そりゃ焼けるさ」保呂草が頷く。

郊外へ出て、五平餅《ごへいもち》をどこかで食べることで意見が一致していた。しかし、ちょうど昼食の時間だったので、まず大学の生協に寄っていこう、という話になった。提案したのは紫子で、紅子がすぐに賛同した。

「そうそう、最近ね、新しいメニューが加わったんだよ」紅子が歩きながら言う。「チキンの悪魔風ステーキ」

「悪魔君ステーキ？」紫子がきいた。

「それじゃあ、悪魔君が一大事じゃない」紅子が笑う。

「そんなこと言うたら、ウルトラマン・ソーセージかて同じじょ」

「急に食欲がなくなってきたわ」

「あれ、紅子さん、N大に出入りしてはるの？」紫子が尋ねる。

「うん、ちょっとね、いろいろおつき合いがあって」

坂道を下っていくうちに、紫子と練無が先へ行き、保呂草と紅子が遅れて並んだ。

「そういえば、保呂草さん」紅子は小声で話しかける。「各務亜樹良さんには、その後、会ったの？」

「いいえ」保呂草は首をふった。しかし、すぐに気づいて、取り繕《とつくろ》った。「えっと、彼にはもともと面識はありませんよ。もしかして、斉藤静子さんのことですか？」

「いいえ、各務亜樹良さん」紅子は微笑んだ。

紫子と練無の二人は、五メートル以上離れている。保呂草はわざと歩調を緩めた。

「会っていません」保呂草は正直に答える。「電話で話はしましたけどね」

「そう……」紅子は頷く。「最初の脅迫状に、各務亜樹良さんの名前を織り込んだのは、どなたかしら？」

「さあ……」保呂草はポケットの中で煙草を探す。

やっぱり、紅子は勘づいていた、と彼は内心思った。

「各務さん、フランスへ？」

「ええ、まあ、そんなところでしょうか」保呂草は困った。煙草に火をつけるために立ち止まる。ここで、こんな話になるなんて……。心の準備が不充分だった。

「見つかりそう？」紅子はくるりと振り返って保呂草を見た。手を後ろに回し、顔を少し上げて目を細めている。

「何がです？」

「エンジェル・マヌーヴァ」

「さあ……」

「見つかると良いね」紅子はにっこり微笑んだ。そして、さっと保呂草に背を向けて、歩き始める。彼女は独り言のように呟いた。「お墓の中かしら」


保呂草潤平も……、否、私も……、そうだと考えた。

各務亜樹良に電話でそれを話し、彼女は、向こうで関根朔太の墓……、否、彼の妻の墓を、密かに掘り起こしただろう。

その後の連絡はない。

ただ、私の口座に先日多額の入金があった。少なくとも、半年は仕事がなくても大丈夫な金額だった。

つまり、あったということだ。

エンジェル・マヌーヴァは見つかったのだ。

亜樹良はそれを依頼主に返しただろうか。

魔剣を取り戻した老人は満足しただろうか。

おそらく、そうだ。

それで、心置きなくあの世へ旅立てる。

死ぬために、人は満足しようとするのだから。

しかし、その墓に眠っているのは、彼の娘ではな天才の描いた絵もまた、墓標の文字に等しい。

溜息。

緩やかな下り坂を、ちらほらと若者が歩いている。

練無と紫子はずっと先へ行ってしまった。彼らの笑顔を見ることが、最近の私の小さな楽しみかもしれない。

紅子が少し先で立ち止まり、こちらを振り向いた。

彼女は微笑む。

その一瞬の形こそ、
逃してはならないもの。

その形を目指して……。

墓標に刻む文字のために……。


い。

彼の娘は、今も日本で絵を描いている。

その天才にも、また娘がいた。

関根杏奈、彼女が生きている可能性は、おそらくないだろう。

絵を描き続ける天才は、何を考えたのか。

師であり、夫である男に、彼女は秘宝を捧げた。

だから、それは墓に埋められた。そうすることで、彼女の中で、魔剣は役目を終えたのだ。まったく同様に、彼女の娘もまた、父親の元へ返され、彼女の中で、安らかに役目を終えた。そうに違いない。

おそらくは、影響しない。

何も彼女には影響しないのだ。

それらは、私が影響を与えたもの。

私が影響を受けるものではありません。

人が死に、墓標には、文字が残る。

冒頭および作中各章の引用文は、『人間の土地』（サン＝テグジュペリ著　堀口大學訳　新潮文庫）によりました。

EYE LOVE EYE

N.D.C.913　306p　18cm

魔剣天翔《まけんてんしょう》

二〇〇〇年九月五日　第一刷発行

KODANSHA NOVELS

著者―森《もり》 博嗣《ひろし》

発行者―野間佐和子

発行所―株式会社講談社

東京都文京区音羽二-一二-二一

郵便番号一一二-八〇〇一

編集部〇三-五三九五-三五〇六

販売部〇三-五三九五-三六二六

製作部〇三-五三九五-三六一五

印刷所―株式会社廣済堂　製本所―加藤製本株式会社

定価はカバーに表示してあります

ISBN4-06-182145-8（文三）

KODANSHA NOVELS 講談社ノベルス

歌人牧水の直感が冴える！
若山牧水・暮坂峠の殺人　真鍋繁樹

新本格推理・異色のデビュー作
翼ある闇　メルカトル鮎最後の事件　麻耶雄嵩《まやゆたか》

処女作「翼ある闇」に続く奇蹟の第2弾
夏と冬の奏鳴曲《ソナタ》　麻耶雄嵩

奇蹟の書第3弾
痾(あ)　麻耶雄嵩

異形の長編本格ミステリー
あいにくの雨で　麻耶雄嵩

七つの《奇蹟》
メルカトルと美袋のための殺人　麻耶雄嵩

非情の超絶推理
木製の王子　麻耶雄嵩

書下ろし本格トラベル推理
新潟発「あさひ」複層の殺意　峰隆一郎

書下ろし本格トラベル推理
博多・札幌見えざる殺人ルート　峰隆一郎

書下ろし本格トラベル推理
金沢発特急「北陸」殺人連鎖　峰隆一郎

書下ろし本格トラベル推理
寝台特急「出雲」消された婚約者　峰隆一郎

書下ろしトラベルミステリー
特急「あずさ12号」美しき殺人者　峰隆一郎

書下ろしトラベルミステリー
特急「日本海」最果ての殺意　峰隆一郎

トラベル&バイオレンス・ミステリー
新幹線『のぞみ6号』死者の指定席　峰隆一郎

トラベル&バイオレンス・ミステリー
新幹線『やまびこ8号』死の個室　峰隆一郎

書下ろしトラベル&バイオレンス・ミステリー
寝台特急『瀬戸』鋼鉄の柩　峰隆一郎

書下ろしトラベルミステリー
特急「北陸」「富士」個室殺人の接点　峰隆一郎

書下ろしトラベルミステリー
寝台特急「さくら」死者の罠　峰隆一郎

書下ろしトラベル推理
特急「白山」悪女の毒　峰隆一郎

書下ろしトラベルミステリー
飛騨高山に死す　峰隆一郎

近未来国際謀略シミュレーション
中国・台湾電脳大戦　宮崎正弘

奇想天外探偵小説
血食　系図屋奔走セリ　物集高音《もずめたかね》

本格の精髄
すべてがFになる　森　博嗣

硬質かつ純粋なる本格ミステリ
冷たい密室と博士たち　森　博嗣

純白な論理ミステリ
笑わない数学者　森　博嗣

清冽な論理ミステリ
詩的私的ジャック　森　博嗣

論理の美しさ
封印再度　森　博嗣

ミステリィ珠玉集
まどろみ消去　森　博嗣

森ミステリィのイリュージョン
幻惑の死と使途　森　博嗣

繊細なる森ミステリィの冴え
夏のレプリカ　森　博嗣

KODANSHA NOVELS 講談社ノベルス

清冽なる衝撃、これぞ森ミステリィ
今はもうない 森 博嗣

多彩にして純粋な森ミステリィの冴え
数奇にして模型 森 博嗣

最高潮！ 森ミステリィ
有限と微小のパン 森 博嗣

森ミステリィの現在、そして未来。
地球儀のスライス 森 博嗣

森ミステリィの華麗なる新展開
黒猫の三角 森 博嗣

冷たく優しい森マジック
人形式モナリザ 森 博嗣

森ミステリィの華麗なる展開
月は幽咽《ゆうえつ》のデバイス 森 博嗣

森ミステリィ、七色の魔球
夢・出逢い・魔性 森 博嗣

驚愕の空中密室
魔剣天翔 森 博嗣

ハードボイルド長編推理
狙撃者の悲歌 森村誠一

長編本格推理
明日なき者への供花 森村誠一

長編本格ミステリー
背徳の詩集 森村誠一

長編本格ミステリー
暗黒凶像 森村誠一

長編本格ミステリー
殺人の祭壇 森村誠一

長編ドラマティック・ミステリー
夜行列車 森村誠一

長編ドラマティック・ミステリー
殺人の花客《かかく》 森村誠一

長編ドラマティック・ミステリー
殺人の詩集 森村誠一

連作ドラマティック・ミステリー
殺人のスポットライト 森村誠一

長編サスペンス
星の町 森村誠一

連作ドラマティック・ミステリー
完全犯罪のエチュード 森村誠一

完璧な短編集
ミステリーズ 山口雅也

パンク＝マザーグースの事件簿
キッド・ピストルズの慢心 山口雅也

本格ミステリ
垂里冴子のお見合いと推理 山口雅也

書下ろし本格推理
神曲法廷 山田正紀

書下ろし本格推理
長靴をはいた犬 神性探偵・佐伯神一郎 山田正紀

書下ろし戦略シミュレーション
幻の戦艦空母「信濃」沖縄突入 山村正夫

名探偵・令嬢キャサリンの推理
ヘアデザイナー殺人事件 山村美紗

長編本格推理 白猫怪死の謎
京都紫野殺人事件 山村美紗

長編本格推理 墜死した花嫁
京都新婚旅行殺人事件 山村美紗

ミステリー傑作集
愛人旅行殺人事件 山村美紗

長編本格推理 ピタゴラスの時刻表 吉村達也

長編本格推理 ニュートンの密室 吉村達也

長編本格推理 アインシュタインの不在証明 吉村達也

書下ろし旅情推理 金田一温泉殺人事件 吉村達也

書下ろし旅情推理 鉄輪温泉殺人事件 吉村達也

世紀末に放つ同時代ミステリー 侵入者ゲーム 吉村達也

特殊犯罪捜査ファイル リサイクルビン 米田淳一

赤かぶ検事奮戦記 京人形の館殺人事件 和久峻三

赤かぶ検事奮戦記 蛇姫荘殺人事件 和久峻三

赤かぶ検事奮戦記 あやつり法廷 和久峻三

赤かぶ検事奮戦記 祇園小唄殺人事件 和久峻三

赤かぶ検事奮戦記 倉敷殺人案内 和久峻三

赤かぶ検事奮戦記 濡れ髪明神殺人事件 和久峻三

連続殺人犯の異常心理ファイル 心理分析官 和田はつ子

心理分析官の事件ファイル 鬼子母神 和田はつ子

書下ろしホラーミステリー 蚕蛾《さんが》 和田はつ子

KODANSHA NOVELS 講談社ノベルス

KODANSHA NOVELS 講談社ノベルス

*'00年9月現在のリストの一部です

ユーモアミステリー
東西南北殺人事件　赤川次郎

ユーモアミステリー
起承転結殺人事件　赤川次郎

ユーモアミステリー
冠婚葬祭殺人事件　赤川次郎

ユーモアミステリー
人畜無害殺人事件　赤川次郎

ユーモアミステリー
純情可憐殺人事件　赤川次郎

ユーモアミステリー
結婚記念殺人事件　赤川次郎

ユーモアミステリー
豪華絢爛殺人事件　赤川次郎

ユーモアミステリー
妖怪変化殺人事件　赤川次郎

ユーモアミステリー
流行作家殺人事件　赤川次郎

ユーモアミステリー
ABCD殺人事件　赤川次郎

長編ユーモアミステリー
三姉妹探偵団1　失踪篇　赤川次郎

長編ユーモアミステリー
三姉妹探偵団2　キャンパス篇　赤川次郎

長編ユーモアミステリー
三姉妹探偵団3　珠美・初恋篇　赤川次郎

長編ユーモアミステリー
三姉妹探偵団4　怪奇篇　赤川次郎

長編ユーモアミステリー
三姉妹探偵団5　復讐篇　赤川次郎

長編ユーモアミステリー
三姉妹探偵団6　危機一髪篇　赤川次郎

長編ユーモアミステリー
三姉妹探偵団7　駈け落ち篇　赤川次郎

長編ユーモアミステリー
三姉妹探偵団8　人質篇　赤川次郎

長編ユーモアミステリー
三姉妹探偵団9　青ひげ篇　赤川次郎

長編ユーモアミステリー
三姉妹探偵団10　父恋し篇　赤川次郎

長編ユーモアミステリー
三姉妹探偵団11　死が小径をやってくる　赤川次郎

長編ユーモアミステリー
三姉妹探偵団12　死神のお気に入り　赤川次郎

長編ユーモアミステリー
三姉妹探偵団13　次女と野獣　赤川次郎

長編ユーモアミステリー
三姉妹探偵団14　心地よい悪夢　赤川次郎

長編ユーモアミステリー
三姉妹探偵団15　ふるえて眠れ、三姉妹　赤川次郎

長編ユーモアミステリー
三姉妹探偵団16　三姉妹、呪いの道行　赤川次郎

長編ユーモアミステリー
三姉妹探偵団17　三姉妹、初めてのおつかい　赤川次郎

長編青春怪奇ミステリー
沈める鐘の殺人　赤川次郎

長編青春ミステリー
棚から落ちて来た天使　赤川次郎

長編青春ミステリー
ぼくが恋した吸血鬼　赤川次郎

KODANSHA NOVELS 講談社ノベルス

長編ユーモアミステリー
秘書室に空席なし　赤川次郎

長編ユーモアミステリー
静かな町の夕暮に　赤川次郎

長編ミステリー
死が二人を分つまで　赤川次郎

長編ミステリー
微熱　赤川次郎

異色短編集
手首の問題　赤川次郎

長篇サスペンス
我が愛しのファウスト　赤川次郎

超才・明石散人の絢爛たる処女小説！
視《み》えずの魚《うお》　明石散人

サイエンス・ヒストリー・フィクション
鳥玄坊先生と根源の謎　明石散人

サイエンス・ヒストリー・フィクション
鳥玄坊　時間の裏側　明石散人

サイエンス・ヒストリー・フィクション
鳥玄坊　ゼロから零へ　明石散人

追跡のブルース
カニスの血を嗣《つ》ぐ　浅暮三文

奇想天外なる本格ミステリー
地底獣国（ロスト・ワールド）の殺人　芦辺　拓

本格ミステリのびっくり箱
探偵宣言　森江春策の事件簿　芦辺　拓

殺人博覧会へようこそ
怪人対名探偵　芦辺　拓

長編警察小説
刑事長　姉小路祐《あねこうじゆう》

書下ろし長編警察小説
刑事長――四の告発　姉小路祐

書下ろし本格警察小説
刑事長――越権捜査　姉小路祐

書下ろし本格警察小説
刑事長　殉職　姉小路祐

書下ろし検察小説
東京地検特捜部　姉小路祐

書下ろし検察小説
仮面官僚　東京地検特捜部　姉小路祐

書下ろし長編警察小説
汚職捜査　警視庁サンズイ別動班　姉小路祐

新本格推理強力新人痛快デビュー
8の殺人　我孫子《あびこ》武丸《たけまる》

書下ろし新本格推理第二弾！
0の殺人　我孫子武丸

書下ろし新本格推理の怪作
メビウスの殺人　我孫子武丸

書下ろしソフィストケイティッド・ミステリー
探偵映画　我孫子武丸

異色のサイコ・ホラー
殺戮にいたる病　我孫子武丸

新バイオホラー
ディプロトドンティア・マクロプス　我孫子武丸

書下ろし本格推理・大型新人鮮烈デビュー
十角館の殺人　綾辻行人《あやつじゆきと》

書下ろし衝撃の本格推理第二弾！
水車館の殺人　綾辻行人

書下ろし驚愕の本格推理第三弾！
迷路館の殺人　綾辻行人

KODANSHA NOVELS 講談社ノベルス

書下ろし山岳渓流推理
木曽駒に幽霊茸を見た 太田蘭三

書下ろし山岳渓流推理
殺意の朝日連峰 太田蘭三

書下ろし山岳渓流推理
寝姿山の告発 太田蘭三

書下ろし山岳渓流推理
謀殺水脈 太田蘭三

書下ろし山岳渓流推理
密殺源流 太田蘭三

書下ろし山岳渓流推理
殺人雪稜 太田蘭三

書下ろし山岳渓流推理
失跡渓谷 太田蘭三

書下ろし山岳渓流推理
仮面の殺意 太田蘭三

書下ろし山岳渓流推理
被害者の刻印 太田蘭三

書下ろし山岳渓流推理
遭難渓流 太田蘭三

書下ろし山岳渓流推理
遍路殺《ころ》がし 太田蘭三

あの「サイコ」×「講談社ノベルス」!
多重人格探偵サイコ 雨宮一彦の帰還 大塚英志

書下ろし新本格推理
霧の町の殺人 奥田哲也

書下ろし新本格推理
三重殺 奥田哲也

書下ろし新本格推理
絵の中の殺人 奥田哲也

戦慄と衝撃のミステリ
冥王の花嫁 奥田哲也

異色長編推理
灰色の仮面 折原　一

本格中国警察小説
上海《シャンハイ》デスライン 柏木智光《かしわぎちこう》

渾身のハードバイオレンス
15年目の処刑 勝目　梓

長編凄絶バイオレンス
処刑 勝目　梓

男の復讐譚
鬼畜 勝目　梓

不死身の竜は、誰に、なぜ、いかにして刺殺された!?
殺竜事件 a case of dragonslayer 上遠野浩平《かどのこうへい》

書下ろしハードバイオレンス&エロス
無垢の狂気を喚び起こせ 神崎京介

書下ろし新感覚ハードバイオレンス
0《ゼロ》と1の叫び 神崎京介

書下ろしスーパー伝奇バイオレンス
妖戦地帯1 淫鬼篇 菊地秀行

スーパー伝奇バイオレンス
妖戦地帯2 淫囚篇 菊地秀行

長編超伝奇バイオレンス
妖戦地帯3 淫闘篇 菊地秀行

本格ホラー作品集
怪奇城 菊地秀行

ハイパー伝奇バイオレンス
キラーネーム 菊地秀行

スーパー伝奇エロス
淫蕩師1 鬼華情炎篇 菊地秀行

KODANSHA NOVELS 講談社ノベルス

長編ミステリー
魔女のソナタ　伊集院大介の洞察　栗本　薫

長編推理
怒りをこめてふりかえれ　栗本　薫

伊集院大介シリーズ
新・天狼星ヴァンパイア(上)　恐怖の章　栗本　薫

伊集院大介シリーズ
新・天狼星ヴァンパイア(下)　異形の章　栗本　薫

書下ろし本格推理巨編
柩の花嫁　聖なる血の城　黒崎　緑

第16回メフィスト賞受賞作
ウェディング・ドレス　黒田研二

第17回メフィスト賞受賞作
火蛾　古泉迦十《こいずみかじゅう》

第14回メフィスト賞受賞作
UNKNOWN《アンノウン》　古処誠二《こどころせいじ》

心ふるえる本格推理
少年たちの密室　古処誠二

本格推理
ネヌウェンラーの密室　小森健太朗

書下ろし歴史本格推理
神の子の密室　小森健太朗

書下ろし〈超能力者〉シリーズ
裏切りの追跡者　今野　敏

書下ろし〈超能力者〉シリーズ
怒りの超人戦線　今野　敏

エンターテインメント巨編
蓬莱　今野　敏

ノベルスの面白さの原点がここにある！
ST　警視庁科学特捜班　今野　敏

面白い！　これぞノベルス!!
ST　警視庁科学特捜班　毒物殺人　今野　敏

長編本格推理
横浜ランドマークタワーの殺人　斎藤　栄

ドライバー探偵夜明日出夫の事件簿
一方通行　笹沢左保

純粋ミステリの結晶体
蝶たちの迷宮　篠田秀幸

建築探偵桜井京介の事件簿
未明の家　篠田真由美

建築探偵桜井京介の事件簿
玄い女神（くろいめがみ）　篠田真由美

建築探偵桜井京介の事件簿
翡翠《ひすい》の城　篠田真由美

建築探偵桜井京介の事件簿
灰色の砦　篠田真由美

建築探偵桜井京介の事件簿
原罪の庭　篠田真由美

建築探偵桜井京介の事件簿
美貌の帳　篠田真由美

建築探偵桜井京介の事件簿
桜闇　篠田真由美

建築探偵桜井京介の事件簿
仮面の島　篠田真由美

書下ろし怪奇ミステリー
斜め屋敷の犯罪　島田荘司

書下ろし時刻表ミステリー
死体が飲んだ水　島田荘司

長編本格推理
占星術殺人事件　島田荘司